民主與兩岸動向

余英時——著

目錄

第二輯 中國大陸

第三輯 兩岸關係

第四輯 世局與通論

第五輯 人物

附錄

新版編輯的話

顏擇雅

舊版《民主與兩岸動向》出版於一九九三年九月，是余英時生前唯一的政論集。我手邊的一本因為讀過多次，已眉批得密密麻麻。近十餘年，本書卻一直處於絕版狀態，可說是他離世後尚未再版加印的唯一舊作。如今要感謝印刻出版社總編輯初安民出面，向原出版社取得授權，才讓本書回歸書市。

本書值得回歸書市，首要原因是書裡文章皆不見於網路，也未被簡體版文集收錄。成書時，跨境買書又不方便，因此臺灣以外讀者普遍無緣一窺堂奧。

至於臺灣，因為余英時在兩千年後就不在報刊發表政論，新一代讀者大多也是等到二〇二二年《余英時評政治現實》問世，才領教到他針砭時事的筆力。我在編輯該書時，卻為了尊重版權，只能把他六四前後那批投書割愛，總覺相當可惜。如今《民主與兩岸動向》重見天日，我又有幸參與其中，才算了卻一樁心事。

本書有些文章，別說今天讀來依然擲地有聲，將來就算中共倒臺，也是不會過時的。只要世人還有探究中共權力本質的需要，〈知識份子與「光棍」〉與〈全面「異化」〉的一年〉都是不能錯過的兩篇。

我個人獲得最大啟發的一段文字，則出自〈民主罪言〉：

歷史雖然是人創造的，但人並不能任意創造歷史，更不能在任何時候都發揮創造的作用。只有在客觀條件具備而時機又恰好成熟的關鍵上，人的主觀努力才能決定此下的歷史進程。這樣的關鍵時刻在歷史上是不常見的（略）。具體地說，這（種時刻）是一個由「轉型」步向「定型」的關頭，而一旦「定型」之後，便不容易再扭轉了。

這段話搞不好是余英時寫過的非學術著作中，最重要的一段。不只解釋了他為何不相信任何決定論，也解釋了他為何在臺灣解嚴後曾卯起勁來寫政論寫了三年，然後一陣子不太寫，九五年遇到海峽危機又密集寫了一年。這些時刻，都是上文所謂的「關鍵時刻」。

我也是讀了〈民主運動與領袖人才〉一文，才意識「以百姓為芻狗」一句雖是《老子》描述「聖人」之語，但用在史達林、毛澤東等極權領袖身上也完全說得通。至於理想的民主領袖，余英時則定義如下：

他確以多數人民的利益為依歸，但是在他的政治綱領不為多數人民所理解時，他除了憑理性來作說服工作外，決不煽動群眾的暴力傾向或採取其他非法手段。更重要的是他絕不為了奪取或保持權力而利用支持他的多數來壓迫反對他的少數。這是容忍異己、尊重少數的精神，也是民主的精義所在。

問題是自由社會往往也是多元社會，領導力量並不限於政治人物，也包括意見領袖。要說余英時這段話是在規範所有意見領袖，當然也可以。問題是意見領袖也是凡人，要他們發言不帶情緒，太強人所難了。孔子最講自我修養，看人不順眼還不是會罵「老而不死是為賊」？偏偏在社群媒體時代，不痛批也不毒舌，就很難成為意見領袖。

因此，上面那段話更大的意義，應該是在提醒所有民主公民：憲法的言論自由雖然保障了各種觀點、各種情緒發洩，但我們在投票時還是應該區分哪一種言論是理性說服，哪一種是煽動仇恨。不然，就可能選出會傷害民主的政治人物。

這次新版，文章順序大體遵循三十年前版本，但有依主題清楚切成五輯。其中，「世局與通論」是新版才特意挑出。順序微調，則是為了更加正確反映寫作時間先後。目錄頁篇名之下都註明寫作年月，讓讀者可以一目了然。

新添文章則有四篇。一是寫於一九八七年底的〈窮則變，變則通〉。此文我在《余英時評政治現實》書末有簡單介紹，有讀者來信問哪裡可讀到全文，我才發現此文尚未收入任何文集，就趁這次新編《民主與兩岸動向》加入。

第二篇是余英時為《嚴家其中國政治論文集》寫完序文的八個月後，為雜誌轉載而加寫的〈作者按語〉。第三篇是一九九二年講詞〈中國和平統一的近景與遠景〉。兩篇都流露作者對於臺灣當時朝野大陸熱的不以為然。

以上三篇收入新版，有徵求陳淑平（余夫人）的同意。

新加的第四篇則是張先玲在二〇二一年寫成的〈在北京包餃子的期望〉。這篇放書末，因為張先玲正是作者序提到的那位母親。

編按與編註也是新版才加。畢竟三十年前讀者熟悉的時事動態，今天讀者可能很陌生。余英時經常引用古人文句，有些我也提供語譯。

為了編輯本書，我翻閱了大量舊報紙，難免感受到強烈的今昔對比。回到一九八九，海峽兩岸都黨國不分，民間都渴求政治革新。余英時當時要在臺灣媒體寫那麼多談論統一的文章，並不是想鼓吹統一，而是正相反，他擔憂臺灣人太天真，以為開放探親了，蔣經國也走了，兩岸可以和談了。余英時反覆強調一個重點：只要中共當政一天，臺灣就不應該跟北京進行任何政治性談判，包括任何形式的兩岸和平協議。這點，對於二〇二三年的臺灣還是深具啟發。

那為什麼書中有「我也衷心盼望著臺灣和大陸有重新『統一』的一天」這種話呢？這種句子對今天的多數臺灣人來說當然刺目，但在這篇〈當斷不斷反受其亂〉發表的當下，也就是一九八八年，卻鮮少有人會覺得突兀。畢竟當年大多數臺灣人都自以為是中國人。

嚴格說，余英時畢生沒支持過臺獨，卻差不多從一九九三年開始，就不再講出盼望統一這類言論。取而代之的，是他對中共反臺獨話術的不時反駁。若參照《余英時評政治現實》一書，就可以發現關於統獨，他的最後立場不是統也不是獨，而是「反反獨」。只看《民主與兩岸動向》一書，〈民主乎？獨立乎？〉的這句話也很耐人尋味：「世界上誠然有許多獨立而不民主的國家，但是卻沒有民主而不獨立的國家。」

乍看，他好像說臺灣一旦民主化，臺獨就是必然。但且慢，曾是獨立國家的德州不也很民主，怎會加入美國聯邦？

我想，這句話不能以華文世界的語境去理解。華文使用者太習慣統一相反是獨立，獨立相反是統一了。換成英文，獨立（independence）相反卻是依賴（dependence），統一（unity）相反則是分裂（secession）。

因此，余英時意思應該是臺灣一旦民主化，要統要獨這個問題，人民自然會做出自主選擇。

讀這本三十年前的書也難免會想：為什麼中共至今不必為六四屠城付出代價？〈全面「異化」的一年〉比喻如下：「中國今天便像一架載著十億乘客的飛機，但卻被幾百萬暴徒劫持了。」

如果是恐懼，不想做無謂犧牲，當然就不是自主選擇。但如果是相信暴徒的駕機技術比較高超，所以寧願逆來順受呢？這就是選擇了，只不過背後心態是依賴，獨立的相反。

兩岸人心為何越來越遠，答案在此又是昭然若揭。

原序

本書選收了一九八七—九一這五年間的時論文字三十三篇，立論的範圍大體不出民主發展與海峽兩岸的動向，因此定名為《民主與兩岸動向》。

時論文字是明日黃花，本無重印的必要。但本書之所以結集問世則基於以下兩個理由：第一、一九八七—九一是海峽兩岸的局勢動盪得最為劇烈的一段時期，整個中國正走上一個新的歷史轉折點。在這個關鍵時刻，我以局外人的身分所提出的一些觀察，其本身雖然卑之毋甚高論，但多少有為歷史作見證的意義，因而不妨暫時作為史料的片斷而加以保存。第二、我是一個學歷史的人，這些文字大致都貫注著一個歷史的觀點，所論雖激於一時一事，但是仍有超於時事的成分，而且這一歷史的新階段不過剛剛開始，「事」雖過而「境」未遷，本書的論點也許並沒有完全失效。

本書所收各文大致可分為三個部分：第一部分共十三篇，都是討論臺灣民主發展的問題的。一九八七年國民政府正式解除戒嚴令和一九八八年蔣經國逝世為這十幾篇文字的撰寫提供了契機。蔣經國在逝世前毅然決定解嚴並開放黨禁和報禁是他個人永留史冊的一件大事，而他的逝世則標誌著國民黨「強人」時代的終結。蔣先生「出師未捷身先死」誠然是最值得惋惜的，臺灣的民主過渡因此而陷於失序。但五年多以來，我們不能不承認，過渡還算是相當平穩，「群龍無首」所造成的初期亂象並不足以使人過分驚詫。

如果說今天臺灣的民主進程有什麼值得令人憂慮的地方，那也許便是理想主義精神的稀薄。民主作為一種政治原則，它的精義不僅在於少數服從多數，而且更在於多數尊重少數。民主作為一種生活方式，它所體現的價值是寬容、開放、多元、不趨極端、富於同情心等等。所以一個民主的社會往往也是一個最有人情味的社會。但今天臺灣的政客，甚至高級知識分子則似乎把民主理解為人數的操縱，一切權位的爭奪都可通過簡單的多數而獲致。選舉大有成為解決一切問題的無上法門，甚至高等教育和研究機構也開始要以選舉來決定領導權誰屬了。我們毋須譴責政客的趁火打劫，因為那是他們的本色。但高級知識分子的無識和譁眾取寵則不能說不是臺灣的一大隱憂。正是由於民主變成了人數的操縱，才有人在「省籍」意識上刻意地煽風點火。如果真的有一天到了「火炎崑崗，玉石俱焚」的境地，政客們也許另有全身而退之道，但知識分子又將何以自處呢？

本書第二部分是專門討論大陸的民主運動的，選收了長短不等的十篇。如所周知，這場轟轟烈烈的運動是以一九八九年六月四日的天安門屠殺告終的。在中國範圍內而言，天安門的民主運動顯然是徹底失敗了，但是以整個共產世界而言，天安門的壯舉發生了意想不到的連鎖反應，終於加速了東歐和蘇聯的崩潰，六、四的鮮血並沒有白流。在六、四屠殺之前，許多人也曾妄想鄧小平也許會步蔣經國的後塵，主動地打開政治民主化的大門。而事實卻適得其反。天安門屠殺不僅暴露了北京屠夫們的個人殘暴，更重要的，它使全世界人都親眼看清了中共政權的本質。

天安門屠殺在一夜之間徹底改變了西方世界對中共的看法。六、四以後，一向同情共產黨革命的美國知識界再也沒有人肯公開地說中共是代表「人民」、「無產階級」或「農民」的政權了。歐洲學術人士的反應更為強烈。一九九〇年九月我初訪瑞典，遇見不少來自西歐和北歐各國的史學家，雖然已事隔一年，他們提到北京的屠殺仍憤慨不已。最使我感動的是今年五、六月間我訪問法、德各大學，最後重到瑞典，不但沿途所遇見的歐洲學人對天安門的慘痛記憶絲毫未減，而且瑞典學術界的領袖還在籌劃著怎樣建立一個國際性的組織，以長期支援因六、四屠殺而流亡在西方的中國知識分子。西方人道主義的傳統在歐洲比在美國似乎植根更為深厚。今年的六、四我是在海德堡渡過的，這一天，電視上一再轉播香港數萬人燭光遊行的動人場面。這是歐洲人至今不忘六、四的明證。與此形成鮮明對照的則是臺灣的中國人對六、四的冷漠。幾年以前，在臺灣熱烈爭取民主的政客和知識分子今天大概正陶醉在自己新獲得的權力和聲勢之中；他們對大陸民主運動的挫敗已沒有關懷的興趣，對於流亡海外的大陸民運人士更無同情的餘暇。上面所說的理想主義精神的淡薄在此也得到進一步的證實。

和海外所有的電視觀眾一樣，天安門的屠殺雖然在我的心中留下了永不磨滅的悲慘印象，但畢竟還隔了一層，並無切身之痛。然而非常意外地，我現在才發現：在數以千計的天安門死難者之中竟包括了我自己的近親在內。我有一位至親，一九四五—四六我曾在她家住過一年，那時她才上小學。我們重逢是在一九七八年的北京，她已是幾個孩子的母親了。一九九二年初她給我寫了一封信，託人轉寄，但這封信一直到最近才交到我的手中。我現在要把她信中的一段話引在這裡（信中的姓名以□□代替，為了不替她添麻煩）：

> 我的小兒子□□於八九年六月四日凌晨二點—三點之間被戒嚴部隊的槍彈擊中頭部，犧牲在天安門附近的南長街南口。據目擊者告訴我，他倒下時還用手比了一個「V」字，可恨的是當時有救護車趕到，部隊不准搶救，大約因為他是倒在長安街邊的原故；以後他們又將在長安街上死去的人埋在二十八中學的牆外。我們一直找不到□□的踪跡，直到八、九號他們又將埋的人挖出來，當時因□□穿了一套軍服（舊式的），他們以為是軍人，就沖洗乾淨，找了一個小醫院的太平間存放起來（大醫院的太平間都滿了），最後確定不是軍人，才通知我們去認（因為我們通知了學校，學校又報了公安局）。□□是個高中生，他當晚十一點半從家裡出去，他說一定要紀錄下歷史的真實鏡頭，要伸張正義；結果尚未到天安門廣場便中彈倒下，照相機也被部隊拿去。可恨□□用生命換來的底片找不到了。

這是一個孩子的母親用血和淚寫成的關於天安門屠殺的一個鏡頭，任何註釋都是多餘的。四年以來，我讀了無數篇關於天安門屠殺的記載和評論，但這一切文字加起來也比不上這封短信給我的震動之大，哀痛之深。由母親親筆寫兒子在天安門被屠殺的經過，這是我所讀到的第一篇文字，也是迄今為止唯一的文字。信中還附了死者的一張照片和北京廣播電臺轉播過的死者在高中一年級時所寫的一封公開信。從這封信中，我們知道死者生前和他的母親之間存在著一種非常慈愛而又互相瞭解的關係。他因此希望天下的父母也都能和子女成為朋友，這樣才能消弭代溝於無形。這明明是一個充滿著推己及人的愛心的好孩子，但這樣一個剛剛開始茁壯的幼苗卻活生生地為北京屠夫扼殺了。他中彈倒下去的時候竟「不准搶救」，我想不出世界上還有什麼野蠻的政權能做出這樣傷天害理的事。他死的時候只有十九歲吧。我已記不清一九七八年十月在北京時有沒有見過他，那時他才八歲，即使見過，印象也模糊了。照片上的他笑得很甜，透著清秀、聰慧、和溫厚。難道這樣一個可愛的孩子竟是中共宣傳中所說的「挑起反革命動亂的暴徒」嗎？可惜我今天還不能發表他的姓名和遺像，但我相信這一天是會很快到來的。

我已說過，這位天安門死者母親的信是毋需註釋的。不過關於六、四時北京各大醫院太平間已停滿了死難者的屍體這一點，我必須用另一位親戚的話來加以補充。這位親戚去年來美探親，恰好告訴過我她親眼看到的六、四屠殺的另一鏡頭。她是一位醫生，而且抗戰後便在北平加入了共產黨的地下組織，至今仍然是黨員。她說，她服務的地方是北京的一所很小的醫院，六、四那天她的醫院中便抬進了好幾十個中彈的傷者。她和同事們曾全力加以搶救，但一個成功的例案也沒有。原來戒嚴部隊所射的都是「開花彈」，擊中的都在體內爆炸了，醫生們開刀之後，一個個都垂頭喪氣，束手無策。這是一個獨立來源的有關天安門屠殺的另一真實鏡頭，但恰好可以為上引的信添一個註腳。

六、四已是四年前的往事了，然而北京親戚最近的來信卻給我新添了一層切身之痛。天安門前已乾的血和我的體中尚在流動的血竟有一部分是同源的。這個十九歲的高中學生為了「伸張正義」、為了「紀錄下歷史的真實鏡頭」，獻出了他的寶貴生命。這將是我此生永不能忘懷的一個悲痛的記憶。我不可能而且也不配對大陸的民主運動作出任何直接的貢獻。但是為了不能愧對這個孩子，為了不能讓這個孩子的血白流，至少至少，我必須也「紀錄下歷史的真實鏡頭」。這個孩子只是數以千計的天安門前被屠殺中的一個，不用說，其他的許多死者也必然同樣會留下無數的記憶——在他們的親人和朋友的心裡，甚至在更多的不相識者的心裡。世界上沒有比記憶更偉大的力量，這個力量便是大陸民主運動的最後保證。古人說：「情由憶生，不憶故無情。」遙遠的歐洲人至今還記得天安門的屠殺，難道血濃於水的中國人，特別是在海外的，在臺灣的，真能達到「太上忘情」的境界嗎？

本書第三部分以討論兩岸關係為主，此中關鍵則是中共政權的本質問題。海峽兩岸不可能長久斷絕往來，這是人人都承認的。而且十幾年來，兩岸之間在文化和經濟上早已發生千絲萬縷的交涉。所以真正的問題是兩岸關係在政治上究竟應當採取何種形式。在大陸一方面，中共的一貫立場是十分清楚的：它要求臺灣的國民政府全面投降，自動降級為一個地方政府。其模式大體比照一九九七年後的香港，不過在過渡期間稍稍寬大一點而已（如暫時尚可保留軍隊）。在臺灣一方面，則有「統一」與「獨立」兩種方案的嚴重衝突。很顯然的，這個問題的討論一開始，臺灣已先蒙內部分裂之害；而中共則始終保持一種高姿態，不曾鬆動過一絲一毫用武的威脅。更使人詫異的是有些臺北「統派」或「獨派」的政客竟妄想利用中共來為自己造勢；他們紛紛到北京進行活動，意在取得中共官方的某種諒解[1]。其結果則是更助長了中共的氣燄。三、四十年的隔絕，臺灣新一代的人已完全看不清中共集團的「光棍」本質了。一個冷酷的事實現在清楚地擺在臺灣的面前：在中共政權本質未變以前，無論是「統一」或「獨立」都是走不通的。「統一」即是投降，「獨立」則必招大禍。今天臺灣流行一種觀點，以為中共決不敢動武，因此臺灣儘可宣告「獨立」，造成既成事實。這是一般淺薄政客以自己的利害打算

1 編註：六四後，余英時寫作此文前，訪問北京的國民黨人士太多了，無法在此列舉。民進黨人士則有呂秀蓮（一九九〇年七月）、許信良（一九九一年一月）、陳水扁（一九九一年七月）、謝長廷、蔡同榮、姚嘉文等（一九九三年六月）。

來測度中共的行為，而絲毫沒有考慮到此種行險僥倖之舉對臺灣兩千多萬中國人所可能帶來的嚴重傷害。中共的最高原則是決不允許任何舉動足以動搖它在中國的統治地位。一九八九年六、四以前，美國的「中國通」幾乎無一人相信中共敢以槍炮屠殺天安門前的學生和平民。但無情的事實已答覆了這個錯誤的判斷。臺灣的「獨立」將立即波及到西藏、新疆、內蒙古、以至香港，影響之大將遠在當年天安門和平抗議之上。說中共對此會坐視不動，豈非是天大的荒謬？

我在本書有關兩岸關係的文字中，反覆強調的其實只有一點：兩岸的文化和經濟的溝通不妨以審慎的方式逐步加強，但政治談判則目前決非其時。「統一」和「獨立」對臺灣而言都是政治自殺。大陸和臺灣不能永遠分離，這是毫無可疑的，但正常的關係必須在大陸也開始民主化以後才能建立。臺北的政客無論是「統派」或是「獨派」似乎都假定中共在大陸的極權統治已安如磐石，永無動搖的一天。我從歷史的長期發展所得到的觀察則與此恰恰相反。天安門以後的局面是中共政權的迴光返照，它正面臨著一場無可挽救的最後巨變——或者是「和平演變」，或者是暴力演變。它的「最後強人」消逝之日便是巨變開始之時。臺灣的安危最後繫於大陸民主化的成敗，北京那隻垂死的政治老虎已無足輕重。臺灣的「統派」不必妄想「入虎穴，探虎子」，因為虎穴已無虎子可探了；「獨派」也不必在這個時刻故意去「捋虎鬚」，因為那只有激起垂死之虎的反噬。朱熹論宋、金關係時曾說：「今朝廷之議，不是戰，便是和；不和，便是戰。不知古人不戰不和之間，亦有箇且硬相守底道理。」我想套用朱子的話：今天臺灣對於大陸，在不「統」不「獨」之間，「也且有個硬相守底道理」。所謂「硬相守」，即臺灣必須建立起最低限度的內部共識，走向一種「少數服從多數，但多數尊重少數」的民主道路。相反的，如果臺灣內部不斷地進行原子分裂的活動，則其前景是未可樂觀的。

評論時事從來不是我的興趣所在。本書所收文字都是過去五、六年間兩岸的特殊情勢逼出來的。但如果不是由於臺北和香港的報刊編輯一再熱心的敦促，我大概也不會有這些出位之思。我願意借此機會向催稿的編輯朋友們表示最真摯的謝意。本書的結集出版也表示我的時論工作暫時告一段落。「天下有道，則庶人不議。」我希望今後不再有寫時論的需要。

最後我必須承認，我在這些時論中說了不少不識時務因而也很討人嫌的話。現在讓我恭恭敬敬地引胡適之先生「老鴉」詩的第一節，來結束這節自序：

我大清早起，
站在人家屋角，啞啞的啼，
人家討嫌我，說我不吉利：——
我不能呢呢喃喃討人家的歡喜！

一九九三年八月十二日於普林斯頓

【編按】

此文於一九九三年九月七、八日在《中國時報・人間副刊》分兩天刊完，標題「一位母親的來信」，副題「民主、天安門與兩岸關係」。這位母親是余英時的二舅張仲怡的女兒張先玲，六四罹難的兒子叫王楠。她在二〇二一年追悼余英時的文章附在書末。

第一輯　臺灣

急不得也緩不得

——解嚴以後臺灣民主新局的展望

根據得自臺北的消息，國家安全法已正式通過，戒嚴令即將解除，這是中華民國憲政史上一件頭等的大事，值得大筆特書。在執筆寫此文時，我還沒有機會讀到國安法的詳細內容，因此無法加以評論。但本文的目的並不在討論一時一地的具體問題，而是從歷史的觀點對中國憲政民主的前景提出一點反省和觀察，國安法本身縱有不盡完美之處也不致影響我們的全面判斷。

首先我們必須指出，臺灣最近一兩年來的政治發展已給中國的民主前途帶來了前所未有的新曙光。就我個人所接觸到的華裔學人而言，幾乎沒有一個不認為這是現代政治史上的一個奇蹟——臺灣繼經濟奇蹟之後，顯然又將創造一項政治奇蹟了。和亞洲地區其他發展中國家相對照，尤其是南韓和菲律賓，臺灣政治現代化的過程無疑是最有秩序、最平穩，同時也是相當迅速的。這個政治奇蹟自然不是從天上掉下來的，而是人的努力的結果。朝野上下相忍為國都是值得讚揚的。但是我們不能不特別推重國民黨主席蔣經國先生的貢獻。最近臺灣一連串的政治開放的措施，蔣先生都是最重要的原動力，這是大家都明白的。「動員戡亂時期臨時條款」是在民國三十七年開始實施的，至今已整整四十年。這是當時為了應付戰爭狀態而通過的緊急措施，但至少在理論上今天仍未完全失效。因為中共始終沒有放棄對臺灣用武的恫嚇。現在國民黨內領導階層接受蔣主席的提議，毅然作出解嚴的決定，使憲法的運作步向正常化的途徑。我們冷眼旁觀，不能不承認蔣先生和他所領導的執政黨確實表現了「天下為公」的誠意。時代的變遷和社會的壓力當然都對國民黨的最近動向發生了影響。但是國民黨和蔣先生的主動精神也決不容忽視。我覺得這是理解今後臺灣民主發展的重要關鍵之一。

從歷史上看，民主體制只有在秩序與和平的社會狀態下才能健全地成長，動亂和暴力則往往扼殺民主的幼苗，或逼使民主走上歧途。西方的民主體制以英、美兩國最為健全，這正是受了秩序與和平之賜。英國十七世紀的革命是所謂不流血的「光榮革命」，美國的「獨立戰爭」也不是「血流漂杵」的暴力革命，所以英美的民主都是長期和平演進的結果。英國人的政治智慧尤足為我們取法；他們是在原有的憲法體制的基礎上不斷地擴大個人人權和社會福利。

今天激進人士所艷稱的暴力革命則始於一七八九年的法國大革命。這是以「進步」、「民主」和「共和」為內容的劇烈革命；在它剛剛爆發的時候，曾得到歐洲知識分子的普遍稱讚。但是法國革命所帶來的「暴力」因素很快地便引起了有識之士的憂慮。法國革命之所以產生一段「恐怖時期」即是出於「暴力」的作用。自從「恐怖」成為「革命」的基本特徵之後，「革命」在一般歐洲人的心目中已是一個可怕的破壞力量，威脅到每一個個人的安全、財產，以至生命。歷史告訴我們：法國民主道路是崎嶇的，遠不及英、美的順利。嚴格地說，法國的議會民主遲至第三共和時代才正式確立，上距大革命的爆發已將近一個世紀了。而且法國政局始終以動盪不定為其特色，這也可以說是革命暴力的一種後遺症。但是政治暴力發展到二十世紀才充分地暴露了它的無比殘酷性。二十世紀以馬克思主義為背景的「革命」，自然都起於社會的不公平，因此，最初頗能博得一般知識分子的同情和社會大眾的參與。但是俄國革命以來的歷史經驗顯示：凡是靠革命暴力建立起來的政權，無論它的意識型態和口號如何美妙動人，最後，無不墮落為暴力集團，而斷絕了民主的一切生機，陳獨秀晚年始發現西方「民主政治的真實價值」，並覺悟到所謂「無產階級專政」在本質上其實只是暴力統治。這是一個領導過暴力革命而良知未泯的人的現身說法，所以特別值得重視。

這裡我們遇到了現代民主發展史上一項最大的難題：即在非西方地區建立民主秩序的過程中，革命暴力究竟應該扮演什麼角色？一方面歷史清楚地告訴我們：暴力和民主是不能並存的，多一分暴力便少一分民主。另一方面，這些地區的統治集團往往堅決地阻礙民主改革的推行，使得某種程度的暴力革命成為不可避免。但一旦暴力出現，革命便會變質，溫和穩健的民主派將失去其領導的作用；激烈的暴力派則將奪取革命的成果。

以暴力起家的政權未有不繼續依賴暴力以維持其政權的。民主運動的前途便這樣在暴力化的過程中徹底地斷送了。自俄國布什維克派奪權成功以來，這一「以暴易暴」的悲劇公式已上演了無數次，而真正的民主主義者或自由主義者則常常成為這一悲劇過程中的犧牲品，因為在統治集團的眼中，他們是暴力革命的「先驅」或「同路人」，但在激烈的暴力派看來，他們的溫和穩健反而變成了向統治集團妥協的罪狀。

上面所論現代民主發展的困境，對於今後臺灣政治新局的開拓有重大的啟示。民主的建立必須儘量避免暴力，尤其是暴力的兩極化，這是歷史已一再證實了的一項事實。因此民主改革不能不具備兩個最主要的條件：第一、社會上有普遍的民主要求；第二、執政團體也有誠意和決心逐步開放政權。這兩個條件聽起來很簡單，但它們的同時出現卻是極其困難的，因為這需要各種歷史因緣的湊合。臺灣現階段的民主發展便恰好處在這一「因緣湊合」的關鍵時刻。

限於篇幅我只能簡單地說一說這兩個條件對於臺灣民主發展的重要性。

第一、所謂「普遍的民主要求」是指一種新的社會結構而言的，即工業化所帶來的中間階級在社會上取得主導的地位。這個「中間階級」並不限於資產階級，而是不斷擴大吸收大量的工人階級的成員在內。現代史專家早已指出這是現代社會發展的一個明顯趨勢。中間階級的經濟利益和知識程度都要求一種民主的秩序，不但使他們可以直接或間接參與國家的決策，而且也可以為他們的基本權利提供法律上的確切保障。換言之，只有在中間階級已經壯大的現代社會中，才真正能出現「普遍的民主要求」。過去二十年來臺灣的經濟成長便恰恰創造了這樣一個中間階級。我們都知道「民主的要求」早在「五四」時代便已高唱入雲，但那只是少數知識分子的要求，而不是社會大眾的普遍要求。在一個農民佔全人口百分之八十以上的社會，無論少數知識分子怎樣熱心地提倡民主都是不容易發生效果的。事實上，一部近代世界史顯示，農民問題常是民主的一個重要障礙。英美的經驗說明，這兩個國家之所以能夠成功地建立起民主體制，正是因為它們很早便解決了（如英國）或避開了（如美國）農民的問題。相反的，俄國和中國的革命之導致共產黨專政則是由於農民問題完全沒有獲得解決。甚至法國民主的不穩定也部分地源於農民問題的困擾。農民的世界觀往往囿於一村之內，因此比較不大關心全國性的政治問題。「帝力於我何有」、「天高皇帝遠」都是農民心理的一種寫照。法國革命前夕，受過教育的城市人民都非常重視投票方式是否公平的問題，唯有農民對此不但毫無興趣，而且根本不能理解。臺灣五十年代的土地改革使農民問題獲得合理的解決，緊接著才有後來的經濟發展。這是中國其他地區從所未有的現代化的經驗，所以嚴格地說，「普遍的民主要求」是在最近十年才真正出現於臺灣社會的。我們只要把《自由中國》封閉時代的社會狀態和今天的形勢稍作比較，便不難看出民主秩序的建立是離不開社會經濟的客觀條件的。「道假眾緣，復須時熟」，民主在臺灣今天確已是眾緣齊備、時機成熟了。中國人追求民主的理想至少已有一個世紀之久，但今天才第一次在臺灣地區出現了實現民主的機緣。這是特別值得我們珍惜的。

第二、執政團體的決心和誠意對於民主的發展也有特殊的重要性，從歷史上看，民主要求的挫折和最後流為暴力革命往往都直接源於執政團體的拒絕和壓制一切改革。現在國民黨既以實際的行動來證明它回到憲政正軌的決心和誠意，我們似乎沒有理由在這個關鍵時刻懷疑這種決心和誠意。「決心」和「誠意」雖然是主觀方面的事，未必能使人人都看得見，然而其真偽也不是完全沒有辦法判斷的。孔子說得最好：「始吾於人也，聽其言而信其行；今吾於人也，聽其言而觀其行。」對於國民黨推行憲政的決心和誠意，我們正應該抱這樣的態度──「聽其言而觀其行」。四十年前國民黨初行憲政時，胡適之先生曾說過：「近年國民黨準備結束訓政，進行憲政，這個轉變可以說是應付現實局勢的需要，也可以說是孫中山先生的政治綱領的必然趨勢。一個握有政權的政黨自動的讓出一部分政權，請別的政黨來參加，這是近世政治史上稀有的事。所以無論黨內或黨外的人，似乎都應該仔細想想這種轉變的意義。」（見〈兩種根本不同的政黨〉一文，發表在民國三十六年七月二十日出版的《獨立時論》。）

整整四十年了，胡先生的話今天恰好又可以應用在解嚴這一大轉變的上面。今天在臺灣的黨內和黨外的人士似乎更應該「仔細想想這種轉變的意義」。我在本文開始時特別強調國民黨和蔣先生在推動憲政方面的主動精神，便是要指出臺灣民主發展所特有的一項有利條件。這項條件是亞洲其他國家（如南韓）所缺少的，在臺灣的中華民國政府既不是軍人專權的政府，也不是代表少數財閥利益的政府；它的領導階層在政治上比較具有彈性。國民黨自民國十三年改組以後雖然採取了「一黨專政」的模式，但孫中山先生只是以「一黨專政」為革命的過渡手段，他的最後歸趨仍然是英美式的憲政民主。民國三十七年行憲是第一次的轉變，不幸這一轉變竟在中共暴力革命的狂潮之下淹沒了。今天的解嚴可以說是第二次的轉變；在臺灣的客觀社會狀況的配合之下，這次轉變的成功機會應該是很大的。近四十年來，國民黨的性質一直在蛻變之中；無論從意識型態或黨的構成分子說，都是如此。新一代的國民黨領導層幾乎清一色地出身於西方的自由教育，他們並沒有繼承第一代黨員的「革命」負擔。他們在政治上也許傾向於「保守」，但那也是開放社會中的「保守」。今天西方民主國家的一個基本特徵即是「保守」和「進步」兩種政治力量的互相制衡。

從在野的反對黨派一方面說承認或不承認執政黨有民主改革的誠意是一個基本關鍵，反對黨派如果根本否定執政黨有「可與為善」的可能性，它們便不可避免地要一步一步地走向激烈化，一直落到「暴力革命」的境地為止。歷史已告訴我們，這是根本斷送民主前途的一條路。相反的，反對黨派如果審慎地觀察執政黨的實際行動，從而承認執政黨有民主改革的可能，那麼它們便將採取一種完全不同的行動綱領和策略。在後一種前提之下，反對黨派必須全力以赴，走議會政治的道路，用理性和事實去說服選民，而不是以任何情緒來激動群眾。我們冷靜地觀察歷史，便可知所謂「群眾運動」是二十世紀極權政治的最基本的特徵，共產黨和納粹黨都是靠「群眾運動」起家的。去年夏天，有一位大陸學術界的領導人親口告訴我，毛澤東在私下談話中曾多次說：「所謂群眾運動，其實不過是運動群眾。」這個「亂世奸雄」的自白應該使我們知所警惕。在民主社會中，人民集會抗議是和平的、有秩序的，而且必須事先得到法律的認可的。這和帶有暴力性質的所謂「群眾運動」是絕對無法相提並論的。「人民集會」和「群眾運動」之間僅僅是一線之隔，但這是自由和暴力之間的一個根本分野，真正追求民主的人，不能不緊守這一道防線。

我們身在海外的中國人都以十分興奮的心情期待著中國的民主新局在臺灣展開。但是我們也不能不指出，今天臺灣畢竟還不是處在完全正常的和平狀態之下，中共的威脅仍然是十分真實的。解嚴以後的臺灣自然必須在自由和人權方面日趨開放，然而在可見的未來，臺灣的民主發展仍不免面對著一種「急不得，也緩不得」的難局。所謂「急不得」是針對著反對黨派而言的。民主自由的社會不是一夜之間建造得起來的，國民黨的組織和結構也不是解嚴之後便可以立刻轉變得過來的。反對黨派應該繼續不斷的努力以促成臺灣的民主轉化，然而不宜操之過急。「急則生變」、「欲速則不達」。反對黨派應該助長國民黨的主動精神，而不是削弱它。操之過急則只有激起國民黨內極端保守勢力的抬頭。這是兩敗之道，最後將給中共製造機會。所謂「也緩不得」則是針對著國民黨而言的，我們希望國民黨不要以任何藉口來延緩民主憲政的充分實現。國民黨必須認識到只有民主憲政才能真正給它帶來「天與人歸」[1]的合法基礎。國民黨在民主發展中所失去的只是「保守」和「專政」的舊形象，所獲得的將是一個全新的生命。「周雖舊邦，其命維新」，這一充滿著政治智慧的古老詩句是值得國民黨人細細咀嚼的。

一九八七年七月十日於普林斯頓

【編按】

此文於一九八七年七月十三、十四日在《中國時報》分兩天刊完。解嚴正式生效是七月十五日。篇名語出《朱子語類》。

余英時二十三歲（一九五三年）寫過《民主革命論》一書。書中寫道，他從懷疑革命、憎惡革命，而開始了他對革命的研究。他認為中國革命的一連串失敗要怪革命精神不健全。如果能夠建立新的革命精神，他對民主革命還是充滿期待的。

這篇〈急不得也緩不得〉則寫於五十七歲，他顯然已不再相信暴力革命可以建立民主。後來在六十五歲（一九九五年）又以英文發表〈二十世紀中國現代化與革命崇拜之爭〉一文，指出中國就是把革命捧太高，老相信「革命尚未成功」，才遲遲無法現代化。此文中譯收入《人文與理性的中國》一書。

1 編註：「天與人歸」語譯：上天給予天命，人心也歸向同一人。

「群龍無首」，民主之始

——敬悼蔣經國總統

蔣總統經國先生辭世的消息來得太突然了。在全無心理準備的情形下，我簡直無法有冷靜的反應。經國先生近數年來全力領導民主改革；他已成為中國民主前途的象徵。不久以前，有好幾位大陸留美的青年曾向我誠懇地表示：他們都希望臺灣所樹立的民主規模可以對中國大陸發生示範的作用。現在臺灣的民主改制才走出第一步，而主持的人竟拋下了無窮未竟的重任而去，我們真忍不住要反覆吟誦「出師未捷身先死，長使英雄淚滿襟」的詩句。

經國先生開創中國民主新局的卓越貢獻，以及他對中國統一所抱的悲懷宏願，將來史家自有定評。但「死者已矣，生者何堪」，我們在哀悼之際，首先想到的是：中華民國今後何去何從？多少年來海內外關心臺灣前途的人都在為經國先生的接班問題擔憂。民國六十四年老總統逝世時，接班問題事實上早已安排就緒了。經國先生經過了二、三十年的磨鍊和養望，順理成章地承繼了父親的衣缽。然而這次經國先生卻來不及完成政權轉移的全部部署了。

兩年多前，經國先生曾以「天下為公」的精神宣布他決不把領導的位子傳給蔣家子弟。這一宣布在消極方面澄清了外界的疑慮和猜測，但在積極方面卻也沒有提供關於繼承人的具體保證。這在經國先生一方面，也確有不得已的苦衷。他既已決心掃除世人關於「家天下」的誤解，賸下來的便只有一條路可走，即將政權轉移納入民主憲政的正軌。這樣一來，他事實上已不可能公開指定任何個人為他的繼承者，因為這是與憲法精神不符的。依照憲政精神，國家元首的承繼問題只能取決於制度化的方式。總統在位亡故，例由副總統接任。李登輝副總統在經國先生逝世後數小時內即已正式就總統之職，這正足以說明中華民國憲法並不是一紙空文，而已見諸實事了。

經國先生當初決定選李登輝先生為他的競選伙伴，自然已考慮到萬一他有不測，李先生將承擔起國家的重任。我們沒有任何理由不信任經國先生深思熟慮的判斷。不容諱言，據一般的理解，李先生在黨、政、軍各方面都不算是「資深」或具有「實力」的人物。眼前也許會有不少人對這一點抱有隱憂。但是我認為這一憂慮——如果存在的話——不但是完全不必要的，而且是對於轉型階段中華民國的政治性質缺乏根本的瞭解。「資深」、「實力」等觀念在專制政體下是相當重要的，但在正常的憲政制度下則是無足輕重的。經國先生最後幾年是在全力推行民主制度的建立，他要將中華民國政權的性質從「人治」轉化為「法治」，同時也要把政治權威從「個人化」改變為「制度化」。在「法

束個人權力在中國的統治，這是史無先例的創舉。不幸他在完成民主改制之前，竟撒手民主新型，在這一年之內將見分曉。經國先生晚年一直在運用他所特有的個人權力來結

次最嚴重的挑戰。臺灣是否能從一黨專政、個人權力的舊型順利而平穩地轉向制度化的

經國先生的遽然逝世無疑給中華民國帶來了很大的危機，對於政治轉型的過程是一

足為異，而且正是可喜的新現象。此後，國家權力如果能完全根據憲法而分配在府、院等各個職位上，中華民國便將真正躋身於世界上民主國家之林而毫無愧色了。

用。所以登輝先生繼經國先生之位而不接替其全部權力正是憲政正常化的開始，不但不

主要理由便是因為在當時那種危局之下，總統的職位不足以使他充分發揮全面的領導作

限的。民國三十七年行憲之始，蔣中正先生曾有意把總統的位子讓給胡適之先生；他的

統之位，卻並不等於接替了經國先生的全部權力。依照中華民國憲法，總統的權力是有

經國先生在總統任內所擁有的大權主要既來自他個人的威望，李登輝先生雖繼任總

新局。

史上「權」不附「位」，因人而轉的舊格套。個人權力到他為止，此下即是民主憲政的

決不是因為無人可以托付，而主要是因為他決心把「權」交還給「位」，徹底結束民國

識到這種個人權力是和民主制度不協調的。他之所以沒有在生前把權力移交給任何個人，

以往經國先生個人所擁有的權力是由許多偶然的歷史因素造成的。我深信他在晚年已意

治」和「制度化」的情況下，權力緊緊地依附於客觀的「位」，而不隨任何個人為轉移。

先去。我們長期以來所擔憂的危機終於無可避免地到來了。但是另一方面，隨伴著危機而來的，也有新的生機。中國在近幾十年中一直未曾脫離家長統治的軌道。今天在權力轉移的佈署剛剛開端的時刻忽然失去了家長，這就要看一向慣於接受家長指示而行動的家族成員能不能自求多福了。通得過這一關口，危機便轉化為生機。

但無論是危機還是生機，都是屬於中華民國朝野全體的。這決不只是在朝者的危機，更不只是在野者的生機。禍與福，朝野都是一致的。以執政黨而言，此時必須緊緊地團結在李總統的領導之下，更積極地推動憲政改革，繼續經國先生的未竟之業，而國會的改革尤為當務之亟。國民黨內的保守派決不可因為經國先生的個人壓力已不復存在，而誤認為這是抗拒改革的轉機。

以在野黨而言，此時絕不可存趁火打劫之心，誤以為這是亂中奪權的契機。臺灣之所以成為國際上一個不可輕侮的經濟力量，經國先生和他的黨所作出的貢獻也是無可否認的。臺灣中產階級的興起不僅是由於自身的堅苦勤奮，而且也是由於政府所提供的安定秩序和經濟政策。中產階級和一般人民對於這一點是有深切體會的，他們決不會支持任何動亂以滿足極少數人的政治野心。此時在野黨必須以更大的忍耐和瞭解，與執政黨和衷共濟，謀取民主改革的逐步實現。只有漸進的民主秩序才是臺灣的安全和豐裕的最可靠的保證，也是解決一切糾紛的唯一途徑。

經國先生逝世使中華民國頓然陷入一個「群龍無首」的局面。但是《易經》的「群龍無首」也可以象徵著民主秩序的開端，而不必解釋為天下大亂。臺灣在經濟上早已成為一條世界聞名的「龍」。然而在政治上，這條龍究竟是「飛龍在田」，還是「潛龍勿用」，現在正面臨著考驗。經國先生「出師未捷身先死」，是大家都深切哀悼的。但更重要的不是哀悼，而是善體他的遺志。他臨終前所最關切的顯然是怎樣能使臺灣在「群龍無首」之後而依然保有井然的秩序——一個民主的新秩序。「人存政舉，人亡政息」的惡性循環則是他最為深惡痛絕的。「禍福無門，唯人自召」。臺灣的禍福是中國民主前途之所繫，我們懇切地盼望著朝野上下在這個重大關口上踏出穩健的第一步。

一九八八年一月十三日夜於新加坡旅次

【編按】

此文於一九八八年一月十五日刊登於《中國時報》第三版，標題「以建立民主的新秩序告慰經國先生」。蔣經國過世時間是一月十三日下午三點五十五分，消息公佈是藉由當晚八點四十五分的電視黑底白字插播卡。

余英時當時是新加坡課程發展署儒家倫理編寫組的海外顧問，這是為何他是在新加坡接到消息。

「三民主義統一中國」的深遠意義

——再悼蔣經國總統

一月十三日晚，宴後回到旅館，我從《聯合報》長途電話的留言中，驚悉經國先生逝世的消息，那時已是夜晚九點半以後了。這兩三天來，由於在新加坡旅館中看不到華文報紙，經國先生逝世前後，臺灣的一般狀況，我始終不十分清楚。今天（十六日）早上，飛機在香港過境，我仍然無法在機場找到香港的華文報刊，只有英文《南華早報》上，有一些片斷的報導，和一篇較長的分析。我知道臺灣這幾天大體上是在靜靜的哀傷之中，金融市場的迅速恢復正常，更說明了人民對新的政治領導層，充滿了信心。不幸的事件誠然來得太快，但是中華民國朝野上下都在政治上成熟了。他們確已經得起任何突發性的震撼，這和我的初步估計是相去不遠的。

從譯文中所看到經國先生的遺囑，他顯然最關心兩件大事：第一是民主憲政的改革必須繼續下去，第二是三民主義統一中國最後必須實現。隨後李登輝總統的宣告和政府發言人的談話，也都明確的肯定了這兩點將是中華民國的基本國策。這兩項基本政策，是相關而不可分的，但在不少人的意識中，卻不免有加以分割看待的傾向。現在經國先生已經走進了歷史，我們有必要對他的兩大遺志，尋求一種嚴肅的理解。我們今天是處在一個矛盾的時代：一方面是現代化的要求，另一方面則是超現代的「尋根」願望。離開了現代化，我們將不能獲得個人的自由和解放，離開了文化的「根」，我們又將失去民族的尊嚴，因而使自由淪入虛無，解放轉成漂泊，民主改制和中國統一恰好同時涉及現代化和尋根兩個方面。

經國先生晚年所全力推動的民主改革，是海內外絕大多數中國人一致贊成的，即使有少數反對者，也不能不採取各種曲折隱蔽的方式，因為這種反對是見不得人的。但是一談到中國統一的問題，不同的人群往往不免有不同的看法，不但各執一詞而且都振振有辭，這便是我在上面所說的「分別看待」。換句話說，大家都接受民主改革，然而並不都必然同意中國統一。

「統一」有各種不同的涵義，但有一種統一卻是除了中共當權派以外，大家都反對的，那便是在最近期內，讓中共來統一中國，而將在臺灣的中華民國降級為一個地方政權。這樣的「統一」，不僅是臺灣和海外的中國人所絕對不能接受的，而且也是大陸上人民所不願看見的。最近幾年中，我在海外接觸到數不清的大陸知識分子，他們幾乎都異口同聲的對臺灣寄以厚望，中華民國的存在已成為中國希望的象徵，「經濟學臺灣」、「政治學臺灣」已是大陸人民的普遍要求。由於最近臺灣民主改革的突破，還有不少來自大陸留學生甚至盼望著國民黨在改制完成後，重回大陸主政的可能性。

我不能在這篇短文中討論各種不同的統一概念，我只想簡單檢討一下，「三民主義統一中國」的意義。這句口號在字面上是容易引起誤解的，使人感到它僅僅代表著國民黨一黨的要求。但是，如果深一層分析，這一誤解則是不難澄清的。我早已指出，孫中山先生的三民主義，與共產主義絕不可相提並論，因為作為一種意識型態，它不是封閉系統而是開放系統，無論我們說三民主義是民族、民權、民生，或是民治、民有、民享，這種主義其實都只代表大的方向，其具體的內容，則是可以而且必須隨著時代而變動的。這和西方所謂民主自由公平等是同一性質和層次的概念。以臺灣的現狀而言，經濟豐裕而分配比較公平，體現了民生主義的原則，目前進行的民主改革，則是民權主義的落實，至於民族主義，在今天，只有從文化上立足，才有真實的意義。因為，舊帝國主義的時代早已一去不復返了。臺灣是中國文化保存得最多的一塊土地，它不但沒有像大陸那樣受到有系統的文化摧殘，而且也不像香港那樣，一直未曾擺脫殖民地的地位。臺灣的中國文化雖然帶有地方色彩，但這和傳統時代中國大陸各地區都有地方色彩並無二致。透過地方色彩的表層，我們仍然可以清楚的辨識其中所傳承的中國文化的根源。最近我偶然有機會參加了一次臺灣本省人的家族大集會，更證實了我的信念。如果我們根據上述臺灣的經濟、政治和文化的動態，來重新界定三民主義，那麼這種三民主義正是今後中國大陸所必須師法的。我們試看近幾年來大陸的動向，中共政權所推行的經濟改制是企圖走向臺灣式的民生主義（「經濟學臺灣」）。知識分子對民主自由人權的強烈要求，顯然已受到民權主義在臺灣新發展的刺激（「政治學臺灣」）。而中國文化在民間的重現生機，則逐步回向臺灣所保存的民族傳統（也不妨稱為「文化學臺灣」）。依照這一解釋，「三民主義統一中國」絕不是什麼政治神話，更不可看作是國民黨一黨或經國先生個人的歷史包袱。在臺灣的兩千萬中國人只要能繼續在現有的經濟、政治，和文化規模上穩步前進，中華民國的存在，自然能對中國大陸投射一股無形但無比巨大的影響力量。所謂「三民主義統一中國」主要仍靠大陸人民的自力，臺灣所發揮的是和平理性的示範作用。

經國先生在臨終前，毅然宣布了開放大陸探親的政策，這是一個非常有遠見的決定。大陸一位有地位的學者最近告訴我，鄧小平曾在私下說：「這是狠狠的將了我們一軍。」原因很簡單，每一個探親的人，都在有意無意之間，把上述的三民主義帶回了大陸。這是政治、經濟，同時也是文化的反攻。但這不是武裝反攻，而是和平反攻。

臺灣的文化根源來自大陸，無論是明清時代移民來的，還是光復以後來的，這條文化臍帶，無論如何是切不斷的。無可諱言，臺灣的安危，和大陸的狀態是密切相關的，只有在大陸變成一個理性的力量時，臺灣的安全才有確實可靠的保障，而臺灣在經濟、政治和文化上的進步和安全又是促使大陸逐漸理性化的重要因素。此中的許多環節，是緊緊的扣在一起的。為了促進大陸的和平轉化，中華民國必須更大膽的向大陸開放。從探親進一步發展為文化、學術和經濟的交流。政治談判的時機還很遙遠，但可以開始對話。

最後我要強調一下，所謂「臺灣獨立」的極大危害性。「獨立」和「統一」一樣，也有許多不同的涵義。就實質而言，臺灣今天本來已獨立於大陸之外，根本用不著再爭什麼獨立，但這只是一種政治獨立，而且是暫時的。長遠的說，臺灣和大陸最後必然走上統一之路，但這最後的統一，是統一於政治民主、經濟豐裕，更重要的是文化歸根。但是如果「獨立」的意義，使臺灣和中國永遠分離，變成一個所謂臺灣人的國家，那必將招致毀滅。因為問題還不在最後無法獲致國際上的承認，或中共可能動武，而是首先製造出所謂「本省人」和「外省人」的分裂，永遠斷絕了民主的先機。

民主是臺灣的唯一出路，沒有任何衝突和困難不能通過民主的方式而獲得解決。我剛剛得到消息，國民黨中常會十二人小組已通過國會全面改選的新決議，將安排大陸上當選的立法委員和國大代表自由退休，若無法正常出席則另有強迫退休的辦法。這是一個極為重要的決定，足以慰經國先生在天之靈。但是我尚不清楚，大陸代表名額保留的問題怎樣解決，無論技術上如何困難，我仍然希望中華民國在本土化的同時，至少不要失去全國性的象徵意義。我舉雙手贊成民主改革，但是我也盼望朝野上下，毋忘經國先生「三民主義統一中國」的深遠意義。

元月十八日完稿於普林斯頓

【編按】

此文於一九八八年一月二十日刊於《聯合報》第三版，標題「和平理性、必然的統一之路」，副標「為『三民主義統一中國』進一新解」。

最後一段提到的國會全面改選，要等到一九九二年十二月十九日才舉行。任期超過四十年的第一屆國民大會代表、立法委員、監察委員則是在一九九一年底全面退休，方式是大法官釋憲，所以算是強迫。

國民黨的新機運

接到來自臺北的長途電話得悉，國民黨中常會已於廿七日推舉李登輝先生代理黨主席，在目前的情況下，李先生代理黨主席，誠不失為一種最妥當的解決方式，但國民黨的根本問題不在這裡，國民黨正面臨著一次歷史性的轉變關頭，黨主席問題所顯示的，不過是浮在水面的冰山之一角而已。

首先，讓我們說明為什麼李先生代理黨主席，是目前最妥當的一種方式？以西方的民主制度而言，黨和政府根本是分離的，國家元首與黨主席往往不由同一人同時兼任，以免造成一黨私利與全國公利之間的混淆。但是，自從民國十五年改組以後，國民黨已從西方式的民主政黨，一變而為革命政黨，在訓政階段，黨的領袖必然成為政府的最高領導人，民國廿七年總裁制的設置，便象徵著黨政軍一元化領導體制的完成。在這個體制下，黨權不但高於政權和軍權，而且是政權和軍權的唯一合法根據。

但是依照孫中山先生的理論，從訓政過渡到憲政，便進入了「還政於民」的最後階段，這時國民黨必須結束其「一黨專政」，而將政權公開於各黨各派以至無黨無派的人士。民國卅七年憲政的實施，不幸受挫於內戰，戒嚴令在事實上延長了國民黨的一黨專政；直到去年七月十五日為止。所以，在最近這四十年中，總統和國民黨總裁或主席，也一直是合二為一的。

根據以上的分析，總統兼任黨主席，顯然是革命政黨的特徵，和民主政黨性質絕不相容的。我們今天正在為中華民國的民主改革催生，照理說，我們似乎不應該贊成李先生以總統身分兼任黨的代主席。那麼，我們何以認為這是目前最適當的措施呢？我們所持的理由如下：

一、一元化領導體制在國民黨執政史上，已有五十年以上的傳統，一個傳統既經形成之後，絕不是一夜之間就能改變的，在客觀條件不成熟的情形下遽廢傳統，尤足以招亂。

二、這一傳統即使有改易的必要，也絕不能變之於李登輝初任總統的此時此刻。我們都知道，李先生在黨內的資歷不算很深，他雖然依法繼任了總統，但他的實際領導地位，仍有待加強。到現在為止，中華民國的權源仍來自執政黨，所以中常會是最高決策機構，如果國民黨以任何藉口，阻止李登輝代理黨主席，事實上便等於對他的領導公開的表示缺乏信心，這將是十分不智的。

三、不必諱言，由於李先生是本省籍，他是否代理黨主席，更成為一個非常敏感的政治問題。不可否認，中國人從來都有地方意識，但在傳統政治制度史上，這個問題大體上已得到了比較合理的解決，沒有成為中國統一的障礙。臺灣今天即使還有殘餘的省籍意識，我們相信將來也一定會更徹底地銷熔在民主制度之中。執政黨尤其有必要起帶頭作用，不讓省籍問題成為任何重大決策中的因素。

據《紐約時報》本月廿四日的報導，李先生代理黨主席的動議，最初是由傾向於改革的少壯派黨員提出的，其中當然也包括了本省籍的人士。這一提議也許引起了少數元老的過度敏感，使他們對李先生代理黨主席，持保留的態度。我們冷眼旁觀，深覺這一爭議，與其說是起於省籍意識，毋寧說是起於代溝更為恰當。為今之計，只有李先生代理黨主席，才能消除這一不必要但可能很嚴重的誤會。

我們尤其盼望國民黨元老能深明為政大體，在這個關鍵時刻，對李登輝先生特別表示尊重。北宋哲宗年幼即位，九十歲文彥博以太師之尊，對這位少年皇帝便特別恭敬，終日站在殿前，略無倦容；程伊川稱讚他「三朝大臣侍幼主不得不恭」。這是傳統中國老政治家的智慧，值得今天執政黨元老的參考。李總統雖然不是「幼主」，但是他在黨內的資格畢竟較淺，特別需要元老們的支持。

其次，我們要簡略的談一談國民黨基本轉變的問題。今後幾年國民黨將面臨脫胎換骨的時代，如何從革命政黨，轉化為民主政黨，這本是孫中山先生理想中的國民黨最高境界。

如前所述，在訓政階段國民黨的最高領袖和國家元首，是合二為一的，但是，由於中國社會結構的潛在影響，這種一元化的領導，在不知不覺中，便走上了家長統治的道路。我們這樣說，只是陳述事實，絲毫不含有價值判斷的意味，這裡面確有許多客觀的歷史力量在暗中推動，不是個人的主觀願望所能完全左右的。而且，在以往的歷史條件下，家長統治也未嘗沒有積極的一面，特別是在危機時期。家長統治並不等於一人專橫，有理性和先見的家長，往往能做出符合多數家族成員要求的重大決定，也就是能夠掌握盧梭所說的「群意」。

西方十七、八世紀出現一個「開明專制」的階段也同樣有它的歷史背景。以國民黨的歷史而言，孫中山的黨的改組，蔣中正的抗日，和蔣經國的民主改革，都說明家長統治的正面作用。

然而，這些都是過去的事了，蔣經國先生以家長的權力來結束家長統治，不但根本改變了中華民國的性質，而且也無可避免的將使國民黨的基本結構發生變化。在憲政的體制下，國民黨將逐漸從一個負有非常使命的革命集團，蛻化為一個正常的民主政黨。它至少在理論上，是和一切其他的民主政黨，處在平等的地位，以進行公平自由的競爭。

這一轉變將是一個長期過程，因為國民黨最後必須達到黨與政徹底分離的境地。這當然是一極為艱巨的歷史任務，在可見的未來，國民黨似乎仍將以東方式「一黨獨大」的姿態維持其執政的地位，略如日本自民黨和新加坡人民行動黨之例。西方式的兩黨或多黨制，恐怕一時還不易在中國實現，不過這種「一黨獨大」的執政局面，縱使能夠維持，也不再像以往那樣可以高枕無憂了。從今以後，執政黨必須隨時隨地在反對黨監督之下，而不斷調整其政策。

在這種新局面之下，黨內的家長統治自然首先要讓位於黨內民主，使每個普通黨員都能發生真實的參與感，這正是即將到來的國民黨第十三屆代表大會所必須嚴肅討論的課題。依據國民黨黨章第廿三條規定，黨主席應由全國代表大會選舉，我們希望國民黨在這半年之內能通盤考慮如何再一次改組的大問題。改組的第一步，便是黨內民主的充分建立，只要黨內有真正的民主，黨主席和總統究竟是分是合的問題，便不難迎刃而解了。

國民黨眼前所面臨的最大挑戰，不來自黨外而出於黨內，「吾恐季孫之憂不在顓臾，而在蕭牆之內也！」國民黨的危機在此，但是新機運也在此。我們誠懇的盼望國民黨的領袖們能三復孔子之言。

【編按】
此文於一九八八年一月二十八日發表於《中國時報》第二版。
剛從美國回臺灣的蔣宋美齡最反對李登輝代理黨主席。二十七日臺灣最大新聞，就是黨秘書長宋楚瑜開會開到一半「臨門一腳」，才讓李登輝順利代理黨主席。

夫惟不居，是以不去

——黨政分離與公平競爭

我在〈國民黨的新機運〉一文中，曾談到黨政分離的問題，但我現在想繼續對這個問題作進一步的說明。

國民黨的最初模式是西方的民主政黨，後來在民國十三年改組時，變成了列寧式的革命政黨，今天因憲政的全面實施而將重回民主政黨的正軌。依照孫中山先生的構想，訓政即是以黨治國，黨與政在實際運作中是合而為一的，但是中山先生並未接受列寧關於一黨專政的理論，他的訓政最後是要過渡到還政於民的階段，因此訓政時期是短暫的，它不像「無產階級專政」那樣可以無限延長下去。現在蔣經國先生已以最大的誠意，實踐了中山先生還政於民的諾言。國民黨本身的結構，及其與政府的關係，自然也都有重新調整的必要。

為什麼這兩種不同的階段，會有「黨政合一」和「黨政分離」的差異呢？理由很簡單，在前一階段，國民黨是以獨一無二的革命政黨的身分實行訓政，而在後一階段，國民黨只能以普通民主政黨的身分，與其他民主政黨在憲政體制下，從事自由而公平的競爭了。多黨制的出現，必須預設黨權與政權之間有一條清楚的界限，執政黨只有在依法當選期間才能行使政權，但是如果下一屆競選失敗，它便立刻成為在野黨。民國二年一月十九日，中山先生在國民黨茶會上明白的說：「一國之政治必有賴黨爭始有進步……本黨將來擔任政治事業，實行本黨之黨綱，其他之在野黨，則處於監督地位。假使本黨實施之黨綱不為人民所信任，則地位必至更迭，而本黨在野亦當盡監督責任，此政黨之用意也。互相更迭，互相監督而後政治始有進步。」國民黨在去年七月解嚴以前，也許可以完全不必為自己的執政地位擔心，但從今以後，則至少不能在理論上假定自己將永遠保持執政黨之地位，而必須認真考慮到中山先生所謂「政黨互相更迭，互相監督」的問題。

不但如此，在進入憲政階段以後，國民黨即使繼續長期執政，也不能不改變它和政府的關係。在以黨治國的鼎盛時期，由於黨是最高的權威，政府機構普遍設有黨部。這種設置在訓政時期，確實是於法有據的。但在憲政體制下，卻大有商榷的餘地。國民黨當然也早已自覺到這一問題，所以去年開始有臺大黨部辦公室撤出校園的措施，無論如何，黨政關係今後勢將發生結構性的變化，變化的總方向無疑則是「黨政分離」。

民國卅七年行憲以後，國民黨在理論上已還政於民，但是由於國民黨事實上一直都在執政，它和政府之間千絲萬縷的關係，也依然處於「剪不斷」的狀態。這種狀態基本上是歷史演進的結果，不過今天國民黨既已決心逐步從革命政黨轉化為民主政黨，當然不能不重新對黨和政關係全面深入思考。

我們在上面，強調了國民黨必須隨著新的歷史階段的到來，而有相應的基本轉變。但這決不意味著國民黨一直未變，相反的，國民黨最近四十年來，早已不斷的朝著合理的方向轉變，否則臺灣的經濟成就，便成為難以理解的事了。我們都知道，臺灣的經濟發展，主要得力於財經專家能夠貫徹他們所擬定的政策，不受政治干擾，這就是一般人所說的政經分離，其實政經分離也就是黨經分離。國民黨完全能夠信任專家，使經濟領域保持其相對的獨立性，便是理性化的一種表現。

國民黨的另一種變化，是在最近廿卅年中，一方面大量吸收本省籍黨員，使自己落地生根，另一方面，則儘量把黨務集中在選舉活動方面，這些發展顯然都是十分健康的。通過這些發展，國民黨事實上，已鋪平了轉向民主政黨的道路。

「黨政分離」是黨政階段對於執政黨的新要求，這個要求則起於多黨競爭的政治新局。在這個局面下，政權不再是任何一黨所得而壟斷的，政府究竟是由一黨單獨組成或是多黨聯合組成，必須通過選舉才能決定。由於多黨競爭，所以沒有任何一黨，包括執政黨在內，可以和政府之間完全劃上等號，這是黨與政之間，必須劃清界限的根本理由。

中山先生深信多黨競爭，在朝在野互相監督，是政治進步的動力。所以他在民國初年，曾一再對共和黨、自由黨的組成，表示熱烈的歡迎。但當時國民黨在野，力量也很薄弱，中山先生自然希望多有幾個友黨出現，以合力發揮對袁世凱政權的制衡作用。民國卅六年，國民黨準備行憲，願意自動讓出一部分政權，請別的政黨來參加。胡適之先生曾撰文讚揚，認為是「近世政治史上稀有的事」，但那時國民黨所承受的國際和國內的壓力，也是很重的。從這一點說，經國先生毅然開放黨禁還政於民，實在更為難能可貴。

經國先生當然早已預見到解嚴的一切後果。黨禁開放以後，必然引起黨政分離的問題，和國民黨結構改變的問題，這些也應該在他的意料之中。沒有人能懷疑經國先生對國民黨的忠誠，那麼他為什麼開放黨禁，給他的黨製造無數困難呢？

在我們看來，這恐怕正是因為經國先生深愛他的黨。經國先生顯然不願意他的黨，苟安在特權的保護之下，為了尋求憲政階段的新機運，國民黨必須更新它的基本結構，從革命政黨轉化為民主政黨。這雖然是一個艱難的歷程，但依國民黨的憑藉之厚，國民黨人應該有信心可以克服一切的困難。在自由競爭中，取得一次又一次勝利的民主政黨，不但保證了自己執政地位的穩定性和合法性，而且也會不斷提高民主政治的水平。

國民黨雖然必須轉變，但這一轉變卻不是短期內所能完成的，而且也不宜操之過急。無論是「黨政分離」，或黨的結構的轉化，都需要較長的時間，才可能處理得妥善。現在政府的結構也在轉變之中，充實改造國會已如箭在弦上，由於國民黨是長期的執政黨，黨結構的轉變，自然和政府結構的轉變是節節相扣的，真有牽一髮而動全身之勢。

國民黨內現在似乎已顯然有兩種不同的意見，一派是主張全面進行民主改革的，一般稱之為改革派。另一派則主張「率由舊章」，以不變或少變為宜，一般稱之為保守派。前些天國民黨中常會已通過了充實國會的決議，改革派顯然已取得了黨內的主流地位。社會上多數人的想法，自然是在改革派的一邊，但是我們也不能忽略保守派所持的基本論點。首先，我想指出，我們不能完全從道德觀點來評判改革和保守兩種立場，以致於認定二者是善是惡、公與私或君子與小人的對立。這是中國傳統政論中根深柢固的偏見，今天必須避免。其次，我們也不能對兩派作簡單化的分別，即以後者是黨內元老派堅持大陸時代的過時觀念，前者是少壯派而且包括了本省籍黨員代表時代潮流。在我們看來，所謂保守派的立論要點，是法統和黨統的承繼問題。根據憲法第一條：「中華民國基於三民主義，為民有民治民享之民主共和國。」國民黨則更是以三民主義為宗旨的黨。所以就法統言，今天在臺灣的中華民國，斷然是和民國卅七年的憲政一脈相承的，黨統自更不必說了。如果保守派所關心的是黨統和法統，他們的理由是相當堅強的。今天中華民國和國民黨都走本土化的道路，這是一個無可避免的趨勢；但怎樣維持黨統和法統，則是一個很嚴肅的問題，不能不加深思。中常會決議，現階段國會選舉，不設置大陸代表名額，這是適合現狀的一種舉措，但是我們希望改革以後的國體，依然是基於三民主義的中華民國，國民黨也依然是中國的一個政黨。如果改革和本土化是完全的同義語，那麼所謂中華民國已自動的降為一個地方政權，國民黨也變成了一個地方政黨，這便和改革的目標背道而馳了。經國先生三民主義統一中國的遺言，也將名存實亡了。

今天這裡面顯然有理想和現實的衝突，消解衝突則只有妥協，以避免兩極化。妥協在政治上是常態，美國憲法便是妥協的結果，其中三大妥協是人人皆知的。國民黨沒有理由不能一方面進行本土化和黨內民主化，另一方面，保持其創黨的理想。不但如此，國民黨只要能保持其理想，它在以民主政黨的新姿態與其他政黨競爭時，也完全不必有所畏懼，因為其他政黨也只有在承認憲法所定之國體的前提下，才能成為合法的反對黨。

國民黨在憲政的基礎上與其他民主政黨公平競爭，這是現代史上一件值得大書特書的大事。它繼續執政的前景，也因此變得更為光明了。老子說：「生而不有，為而不恃，功成不居，夫惟不居，是以不去」，國民黨以天下為公的理想，創建了中華民國，現在又進一步公開其政權於天下，不以天下為黨有，因此它必然更能得到人民的擁護。這就是「夫惟不居，是以不去」。

【編按】

此文於一九八八年二月九日發表於《聯合報》第二版。文末括弧註明「本文由余英時先生口述，本報記者王震邦筆錄」。但從造句風格判斷，全文應有經他本人校訂改寫。把善惡、公私、君子小人這些對立帶進政治立場之爭，是一種中國傳統文化的壞影響，這是余英時的一大洞見。除了此文，他另外在一九七八年〈有感於「悼唐」風波〉也表達過類似觀點，請見《余英時雜文集》一書。

最後一段「生而不有」引文出自《老子》第二章，語譯如下：「聖人創生功業，卻不據為己有，有在做事，卻不恃其能，把事情做圓滿了，也不居功。正因為不居功，才不會人亡政息。」

世界新體系下臺灣的兩大課題

今年一月以來，臺灣的政局突然進入一個劇變的階段。過去四、五個月中，不但在臺灣的中國人直接參與或捲入了這一劇變，而且全世界的有心人也都在以不同的心情注視著臺灣政局的推移。其中尤以中國大陸、亞洲各國，和美國對臺灣的發展最為關切。我們可以毫不遲疑地說：臺灣已成為世界體系中的一環。唯其如此，我們今天在觀察臺灣問題時，便決不能採取孤立的觀點，相反地，我們必須把它安放在世界體系的背景中，以求取一種整體的認識。

但我所說的世界體系和新馬克思派的「依賴理論」完全不是一回事。從歷史的角度看，今天的世界體系毋寧有「相互依賴」、「環環相扣」的，雖然「環」的力量有強弱大小之別，彼此之間的「依賴」也有程度的不同。我自然不能在這篇短文中陳述這一看法的理論根據。下面我將本此觀點，集中地但極為簡略地談談臺灣所面臨的兩個最迫切的問題：即民主改革和兩岸關係。

民主改革在今天的臺灣早已成為人人所信仰的一種天經地義，它的必要性因此也毋須再加強調。問題是在於我們怎樣去理解「民主改革」，以及什麼才是完成民主改革的有效方式。在今天的世界體系中，改革或變革的要求是相當普遍的，但由於社會文化性質的不同，往往表現為不同的類型。其最顯著的可以說有三類：第一類是暴力式的變革，如伊朗革命、拉丁美洲某些馬克思式的革命屬之。第二類是共產主義國家的改革要求，如波蘭、中國大陸，以至蘇聯，都或多或少地表現了這種傾向。第三類是亞洲某些發展中的國家或地區，如南韓、菲律賓、臺灣等是其著例。在進行暴力革命的國家中，我們發現貧窮或貧富嚴重不均往往是一個重要的因素。

另一個相關聯的現象則是政治上的統治階層極端的貪污腐敗。如果用歷史學家湯因比（Arnold Toynbee）的說法，即這些社會中有一個龐大的「內在無產階級」（internal Proletariat，按：不可與馬克思主義的用法相混）。共產國家的改革則另具特色。一方面，執政的共產黨困於生產落後，不得不有限度地放寬其經濟統制，但它們對一黨專政的權力則絲毫不肯放鬆。其最如意的算盤是經濟弄活而權力結構不變。另一方面，這些極權式國家中的絕大多數人民則仍可視作湯因比所謂「內在無產階級」。不過由於共產黨統治下的社會是以「權力」，而不是以「財產」為劃分階級的標準，我們不妨稱之為「內在無權階級」。這些「內在無權階級」自然不能僅僅滿足於經濟改革；他們也同樣要求權力的重新分配。但正式提出這種要求的目前多限於少數知識分子，廣大的群眾則一時在思想上還跟隨不上。以中國大陸和蘇聯為例，民主、自由、反對黨等觀念確已出現，然而顯然僅在知識分子的圈子中流行。所以關於這二類變革的前景，我們目前還不易測其所至。

第三類的民主改革無論從社會基礎或權力結構言都與上述兩類不同。其中最重要的一點是沒有一個龐大而困苦的「內在無產階級」或「內在無權階級」。相反地，由於經濟發展方面的成就，社會上出現了一個有力的「中產階級」或「中間階級」。在我上舉的亞洲三個地區中，菲律賓是最缺乏典型性的，因為它雖然有一個新興的中產階級，但貧富仍過於懸殊，其廣大而貧窮的農民仍屬於「內在無產階級」。艾奎諾夫人的上臺固然通過了民主選舉的形式，但馬可仕政權的崩潰則多少涵有暴力革命的意味。而且菲律賓政變顯然與美國的暗中操縱有關，否則其暴力的成分必更為濃厚。不但如此，菲律賓的革命游擊隊仍然甚為活躍，其最後結局尚未可逆料。

南韓則是民主改革最為成功的例子。南韓的選舉場面誠然予人以相當火爆的印象，但其執政黨毅然與兩金的反對黨進行公開的競爭，而且總統即由直接民選產生，則是非常值得稱道的政治成就。南韓人的理性並未為強烈的政治情緒所吞沒，其中間階級要求安定秩序的願望更是顯而易見的。

世界體系的具體表現之一即在於相關的國家或地區之間的動態互相依賴和互相影響。中共與蘇聯的經濟改革彼此間有一定的影響；中東、拉丁美洲各地的暴力革命似乎互相激勵；亞洲各國的民主改革自然也起著共鳴。從整體的觀點看，我們深感臺灣的民主前途是可以樂觀的。

蔣經國先生最後兩三年中，看清了世界潮流的方向毅然以家長式的權力謀求家長統治的結束，因而奠定了民主改革的基礎。在過去這五個月中臺灣雖然發生了不少「亂象」，但通體而論，其所表現的平靜和安定是出於事先揣想之外的。臺灣的中間階級顯然已具有較高的理性，並顯然嚮往一個穩定的新秩序，暴力革命式的變革至少不符合大多數人民的願望。只要「分配公平」（distributive justice）的原則能夠繼續維持下去，中間階級的隊伍便會不斷擴大。這是民主改革的基本保證。

如果我們對於今天世界上三大類型改革或變革運動的觀察大體不誤，那麼臺灣的改革除了循民主的憲法的途徑之外實別無選擇的餘地。臺灣的經濟和權力結構都和暴力革命的方式不是相稱的，更不符合絕大多數人民的根本利益。歷史經驗已充分證明：無論是基於宗教狂熱（如伊朗式的）或政治狂熱（如馬列主義）而爆發的暴力變革最後都不可避免地重複「以暴易暴」的惡性循環。真正的民主和自由的生活方式只能建築在理性和容忍的基礎之上。民主的真諦是眾多團體之間的利益的妥協而不是任何一方的獨霸。

海峽兩岸的關係也必須從世界體系的全面動態上去尋求新的解決之道。在第二次世界大戰結束的時期，所謂自由世界和極權世界的尖銳對立是十分明顯的。那時的世界大有不歸於楊則歸於墨的趨勢。所以英國的大哲學家羅素最初主張美國用原子彈來消滅蘇聯。但在蘇聯也擁有原子彈之後，他則作一百八十度的轉變，不惜主張西方向蘇聯全面投降，以避免整個人類文明的毀滅。羅素的偏見今天已不值得注意，但他的極端態度頗足以說明當時世界體系兩極化的傾向。這個傾向當時在中國的表現便是國共的分裂和內戰。四十年代末期的國民黨本身雖然是「一黨專政」型的組織，但是當時的國際形勢逼使它不得不選擇自由世界的一邊。其結果則是行憲和選舉。中國的知識階層也同樣發生了兩極分化，一大部分人錯認了中共的本質而開始向左轉，另一部分自由主義者則無可奈何地依附於國民黨。用當時流行的話來說，中立是不可能的，第三條路是沒有的。

但這四十多年中，世界形勢終於在不知不覺中發生了新的變化。美蘇兩大強國從勢不兩立變為互謀和解。一向視蘇聯為「邪惡帝國」的雷根今天也親往莫斯科去尋求限武與共存之道了。中共更由向蘇聯「一面倒」轉變為高唱和美國的「友好關係」了。現在整個的世界氣氛明顯地轉向「降低緊張」。在這個世界的新形勢之下，海峽兩岸的關係也在實質上——雖然未在口頭上——趨於緩和。在經濟領域內，海峽兩岸的間接交通早已是公開的祕密；在學術思想方面，兩岸的交流至少在文字層次上已由間接轉成直接了。自開放探親政策以來，數以萬計的臺灣居民已先後渡海返鄉，眼看這一趨勢還在繼續增高之中。臺灣的「大陸熱」和大陸的「臺灣熱」都是有目共睹的事實。在這一情形下，國民黨在表面上繼續堅持「三不通」之說很難不予人自欺欺人的感覺。以基本的文化價值而言，我們自然不能接受馬列主義的意識型態；以實際政治而言，臺灣自然也絲毫不應鬆懈對中共「統戰」或「滲透」的警惕。但中國大陸的局勢也顯然在改變之中，無數大陸的知識分子和人民都對臺灣的經濟成就，特別是最近的民主改革，抱著很高的嚮往和期待。怎樣制定一個安全、積極而同時又合乎實際的大陸政策，正是臺灣當前的一個最重要的課題。

民主改革和兩岸關係都是當務之急，需要臺灣朝野上下共同以較快速的步伐開闢新路。古人說：「推拓得去，則天地變化，草木蕃；推拓不去，則天地閉、賢人隱。」究竟「推拓得去」，還是「推拓不去」，對於在臺灣的全體中國人而言，這是一場最嚴峻，也最富於創造性的考驗。

【編按】

發表於一九八八年六月一日《中國時報》第二版。副題是「寫在『迎接挑戰開創新政』研討會舉行首日」。研討會是中國時報系舉辦，地點在臺北的國立中央圖書館，為期三天，共六場，兩場由余英時擔任主持人，分別是第一場「憲政體制的運作」，還有第六場綜合討論。

最後一段「推拓得去」引文，是泰州學派王襞（音同壁）講的話。

民主罪言

——臺灣解嚴一週年獻詞

一轉眼之間，臺灣解嚴已快一週年了，蔣經國先生逝世也整整半年了。這一年來，臺灣的政治變化也許比以往四十年的總和還要大得多。黨禁、報禁的開放和家長統治的終結都在這一短時間內接踵而至。這一發展在表面上看來似乎是突發的，但深一層觀察則「履霜冰至」，其來有自，是「從量變到質變」的一個典型例子。

我們大致都承認，臺灣今天正經歷著政治「轉型」的階段。其實我們應該更精確地指出：從七月開始，臺灣的政治和社會即將面臨著一個歷史性的轉捩點。國民黨十三全大會是一個萬方矚目的大事，國內和國際的人士都在等待著國民黨的新執政綱領，他們都想知道國民黨在這個大轉變的關鍵時刻，究竟將採取什麼樣的除舊更新的部署。

歷史雖然是人創造的，但人並不能任意創造歷史，更不能在任何時候都發揮創造的作用。只有在客觀條件具備而時機又恰好成熟的關鍵上，人的主觀努力才能決定此下的歷史進程。這樣的關鍵時刻在歷史上是不常見的；七月的臺灣卻正是這樣一個時刻。具體地說，這是一個由「轉型」步向「定型」的關頭，而一旦「定型」之後，便不容易再扭轉了。我特別重視這個時機，其故在此。但是我們並不認為執政黨可以單方面決定今後臺灣發展的方向，在野的人士，特別是反對黨派也同樣將扮演歷史創造者的角色。所以本文分為兩個部分，分別對在朝和在野而發議。但所說僅限於個人的觀察，且多為逆耳之言，不敢自以為是，更不敢奢望讀者的同意。

自蔣經國先生逝世以後，國民黨雖曾一再保證憲政改革必將繼續進行，但一切具體的步驟和日程都不免延擱了下來。這是可以理解的：現在國民黨是一個「群龍無首」的局面，已不再有一位大家長可以當家作主了。所以一切重要的變動都必須等到十三全大會以後才能決定。國民黨所面臨的重要問題儘管千頭萬緒，然而真正迫切的其實只有兩大項目：第一是對內怎樣使政權重新合法化，就地生根。這在今天只有從國會代表的徹底改選著手，直到每一個代表都有真正的民意基礎為止。這個問題的解決宜急不宜緩，縱使不能立刻實行全面改選，也應訂出明確的日程，一定要在幾年之內完成改選的過程。第二是和中國大陸的關係的問題。國民黨堅持以「中國統一」為最終極的理想，這是可以獲多數人同情的。臺灣無論以民族成分或文化淵源而論都是中國的一個組成部分，海峽兩岸之間的人民在文化和經濟上仍存在著千絲萬縷的關係。由於顯見的理由，今天在政治上臺灣絕沒有和中共政權立即進行「談判」的可能。但是如果要「統一」不流為一種毫無內容的政治宣傳口號，國民黨應該試著通過非政治的管道加強兩岸人民之間的連繫。只有如此才可能一方面使大陸上的中國人對臺灣發生嚮往之心，而另一方面則阻止在臺灣的中國人滋長所謂「分離意識」。開放探親政策是一大成就，但開放的步調還可以繼續擴大一點。在絕對不影響安全的有效控制之下，小規模的雙向學術文化溝通不妨一試。國民黨的「恐共症」是在政治利害的計算上發展出來的。純從政治觀點著眼，臺灣和大陸交往確是有百害而無一利。但文化有一種潛移默運的力量，這往往是在純政治的視野之外的。

以上是擺在國民黨面前的兩大課題；前者是政治現實，後者是文化理想，「中華民國」這塊金字招牌便懸掛在這兩樣東西上面，沒有前者，則「民國」虛有其名；沒有後者，則「中華」失其根據。但是國民黨究竟能不能妥善地處理這兩大課題則主要將視它在十三全大會期間所表現的是何種精神面貌。毫無疑問的，這兩件大事都需要用一種開創的、開放的精神去推動。國民黨今天是不是具有這種精神呢？

照最近報章所載，國民黨內部仍有相當大的一部分人堅持他們的黨不是普通的政黨，而是「革命民主的政黨」。這恐怕是對「革命」一詞的誤解。在政治上，只有用武力推翻現存政府才能稱之為「革命」，絕沒有執政黨而仍以「革命」自居的，有之只有共產黨所建立的政權，海峽對岸的中共便是眼前的例子。依據孫中山先生的理論，國民黨只能在「軍政」時期，最多再勉強加上「訓政」時期，可以維持其「革命」的特殊地位。到了「還政於民」的憲政階段無論如何是不宜再濫用「革命」兩個字的。國民黨要「革」

誰的「命」呢？要「革」中共的「命」嗎？那便無異於承認中共是中國的正式政府了。何況以武力推翻中共政權在國民黨的官方文書中早有定名，即「戡亂」或「剿匪」。「革命」和「戡亂」之間是無法劃等號的。事實上，對於「革命」兩字的堅持主要反映了國民黨黨內一部分人士的極端保守的心態，不甘心放棄以往在「革命」藉口下所獲得的特殊權威結構。在一種意義下，國民黨今天確有一件重大的「革命事業」可做，即自我革命——「革」掉以往所擁有的「革命權威」的「命」。認真地推行憲政改革便是一種富於革命精神的自我轉化，從「革命政黨」轉變為一般性的「民主政黨」。所以我們認為，國民黨與其堅持「革命民主政黨」，倒不如改稱「具有革命精神的民主政黨」，更為名副其實。

國民黨是否堅持「革命」之名本是小事，無足重視。但觀微知著，這件小事所反映的精神狀態則不免令人疑慮。如果連一名之微都如此依依難捨，我們還能期待它以開創的、開放的精神去處理上述兩大課題嗎？從客觀形勢上說，十三全會在國民黨黨史上應當具有貞下起元的歷史意義，其重要性決不下於民國十三年的改組。在家長統治結束之後，我們當然首先期待著黨內民主的出現；黨內民主可以對整個社會的民主化發生帶頭作用。但是民主是離不開理想精神的。如果國民黨並不具備開創歷史新局的理想精神，則所謂黨內民主便將流為僅僅依據現實原則而重新分配權力。分配如果公平，自然可以如實地反映黨內社會力量的構成，因而達到均衡的效果，這樣的黨的結構在常態情形下可以說是相當健康的，但在這個重大的關鍵時刻恐怕尚不足以承當旋乾轉坤的歷史任務。國民黨內有保守派，也有革新派。對於這兩派，我們初無所軒輊，因為合乎理性的保守與創新同是文化中所不可或缺的基本價值。然而對於十三全大會而言，我們卻期待著革新派能成為國民黨現階段的主流力量。

對於臺灣的民主化，我們對於在野人士也同樣抱著深切的期待。西方的歷史證明，城市中產階級是使議會民主得以成長的主要力量。馬克思主義者認為沒有資產階級便沒有民主，這個歷史論斷的本身是足以成立的。他們的錯誤則在於進一步斷定民主僅僅代表資產階級的利益。晚年覺悟後的陳獨秀才深刻地認識到「資產階級民主政治之真實價值」，才懂得所謂「無產階級的民主政治」其實只是資產階級民主的不斷擴大而已。所以他最後在〈我的根本意見〉中說：「無產階級民主，不是一個空洞的名詞，其具體內容也和資產階級民主同樣要求一切公民都有集會、結社、言論、出版、罷工之自由。特別重要的是反對黨派之自由。」這些話是陳獨秀在四十八年前說的，但是這位中國共產黨創始人的政治慧見在今天更顯得精光四射，因為「無產階級專政」在一切共產國家的破產已完全證實了他的論點。現在連蘇聯也不得不開始向「自由化」的道路踏出第一步了。

四十年來，臺灣終於出現了一個充滿活力而又相當獨立的中產階級，這是中國社會前所未有的新發展。議會民主的客觀條件已成熟了。為什麼二三十年前談民主、自由和組織反對黨會立刻激成雷震的冤獄？正因為民主在當時不過是少數知識分子的理想，並沒有強大的中產階級為其社會基礎。這和今天大陸上魏京生、楊巍等人為民主運動而入獄先後如出一轍。

民主基本是一個從下而上的社會運動。蔣經國先生晚年毅然解除戒嚴令固然表現出他能掌握時代躍動的政治智慧，但臺灣民主的根本動力仍然來自社會。以社會成分而言，八十年代末期的國民黨已逐漸和臺灣中產階級的利益認同了。同一位蔣經國先生，在六十年代之初似乎並沒有對《自由中國》事件流露出任何惋惜之情。所以臺灣民主的發展最後仍必須寄望於社會力量的支持。

解嚴一年以來，特別是蔣經國先生逝世以來，臺灣的社會秩序大體上是相當安定的。這說明中產階級確已形成臺灣社會的主流；他們要求政治革新，但顯然不願意經歷天翻地覆的動亂。在這個從「轉型」到「定型」的歷史階段，臺灣的民主前途繫於反對黨派的成長者甚大。不用說，臺灣所需要的是合法的、理性的民主政黨，而不是暴力的革命政黨。近幾十年來世界各國革命的歷史告訴我們，暴力革命只能走向「以暴易暴」的惡性循環，並且恰恰是和民主背道而馳的，道理很簡單：以暴力取得的政權必須繼續依賴暴力以維持其存在。

今天的臺灣並沒有任何反對黨公開主張暴力革命。然而不可否認的，反對黨的政治活動中隱隱透露出一股暴戾之氣。此中關鍵似在於群眾運動。煽動群眾以要挾政府幾乎已變成臺灣民主運動的常軌了。民主是大多數人的政治，自然離不開群眾的基礎。但事實上，在任何社會中，直接參與街頭政治運動的群眾，永遠是極少數的活動分子，不過在每一次個別的政治集會中他們都是多數。他們之中有理想主義的青年、有各式各樣對於社會不公平心懷憤懣的人，當然也不免有少數別有政治目的的分子。至於他們究竟在何種程度上足以代表全社會的「沉默大眾」，則是一個極難斷定的問題。在正常的民主社會中，這個問題必須等待投票選舉時才能獲得解答。

在街頭集會的群眾並不必然都有暴力的傾向，但是稍知群眾心理的人都會同意：在大規模的群眾集會中，挑動暴力的情緒是很容易的事。這不是說臺灣的群眾暴力現在已成為一個嚴重的問題，但整個發展的趨勢卻頗足令人憂慮。據我們所聞，反對黨派之中並不乏明智的領袖，但他們受制於某些群眾，竟不敢坦誠地說出自己真正的政見。我們但願這是傳聞失實，否則臺灣的民主運動勢必流為潑皮政治或暴民政治而後已。臺灣的議會、法院、警察的實際運作縱多可議，但決不可因此而徹底摧毀其公信力。三權分立是現代民主的基石，否定立法、司法兩權有其超越性，則民主將失其寄托之所。立法容有不周，執法也難免或枉或縱，這些都是人病而非法病，在民主制度下自有合法的補救之道。而且這一類的弊病，在西方民主國家也屢見不鮮，其造因也極為複雜，豈能一一歸之於政黨政治？臺灣今天流行一種淺薄的意識型態，其遠源在於「階級專政」之說，即以一切立法和司法機構都已淪為國民黨一黨專政的私工具。如果事實果真如此，那麼以後在民主制度下每次執政黨易手，勢非更換全套立法、司法系統不可。這是一種變相的「永久革命論」，或「無產階級民主」論，也正是陳獨秀晚年所深惡痛絕的東西。這種風氣如果不能早加扭轉，則政治品質將日污日下，民主云乎哉！

前面已指出，民主不僅是政治形式，而且也必須具有理想的精神。堅持理想則是需要道德勇氣的。我們誠懇地盼望著臺灣的政治界和知識界都出現一批有道德勇氣的領袖人物，能以他們的人格風範號召群眾，共同建立一個理性的民主秩序。這種領袖人物的產生才是反對黨取代國民黨執政的最可靠的保證。最低限度，我們也希望獻身民主運動的人不走「譁眾取寵」的道路。孟子說：「自反而縮，雖千萬人，吾往矣！」這是一位中國古代大賢要我們面對群眾而不喪失道德的勇氣，在今天似乎還有現實的意義。

一九八八年六月三十日於普林斯頓

【編按】

本文發表於一九八八年七月二日《聯合報》第二版。

本文第一段「從量變到質變」，理論出處是恩格斯一八八三年《自然辯證法》一書。

第三段開頭最能代表余英時史觀。那兩句與馬克思一八五二年《霧月十八》中的名句有幾許類似：「人們創造自己的歷史，但是他們並不是隨心所欲地創造，並不是在他們選定的條件下創造，而是在直接碰到的、既定的、從過去承繼下來的條件下創造。」余英時相信歷史進程是人的主觀努力可以決定，這點他與馬克思是南轅北轍。馬克思是決定論者，余英時不是。

「罪言」最早是唐代杜牧一篇文章的標題，意思是國家大事輪不到小臣發言，言之實有罪，後來成了奏議類文章常用標題。

「周雖舊邦，其命維新」

——對國民黨十三全大會的期待

最近幾個月來，政治觀察家都十分注視七月七日揭幕的國民黨十三全大會，海內外的中國人更是對此一大事寄以深望。他們都想知道國民黨究竟將提出怎樣的新綱領來開創新局。這一期待無疑是很自然的，雖然其中也不免帶有不現實的成分。我們似乎不可能希望國民黨在一次全國代表大會上解決所有重大的問題。過高的期待也許反而會引生失望。但是換一個角度來看，這種期待也恰好說明，國民黨這次的大會確具有不尋常的意義。

從歷史上觀察，這次大會和民國十三年一月二十日在廣州召開的第一次全國代表大會最足以先後輝映，因為兩者都涉及國民黨的結構和性格方面的基本改變。孫中山先生在革命屢次受挫之後，原已覺悟到「在革命期內需要一黨專政」的道理。所以他在《革命方略》中有軍政、訓政、憲政三時期的劃分。民國十一年與蘇俄代表越飛接觸之後，孫先生對此一信念更為堅定了。這是民國十三年國民黨改組的背景。孫先生在第一次全國代表大會上開會致詞有云：

中國現在還不能像英、美，以黨治國……我們必要另做一番工夫把國家再造一次。……此次國民黨改組，有兩件事：第一件是改組國民黨，要把國民黨再來組織一個有力量有具體的政黨；第二件便是用政黨的力量，去改造國家。

改組的具體結果，用孫先生在當時會議席上的話說，便是「把黨放在國上」。六十四年來，國民黨基本上是憑藉著這種結構和性格在中國執政的。

以民國十二、三年的中國形勢而言，孫先生的改組方案及一全大會前所提出的「國民黨之政綱」無疑是適合革命需要的，後來北伐的成功便奠基於此。我們今天回顧這一段歷史，首先便應該指出：孫先生「一黨專政」和「把黨放在國上」的主張顯然是有階段性的，與列寧「一黨專政」的理論決不可相提並論。孫先生特別提到「中國現在還不能像英、美，以黨治國」，言外之意自然是說：國民黨最後仍將回到西方式的民主政黨的軌道。即使在十二年一月一日所發布的〈政綱〉之中，我們也讀到以下兩條：

實行普通選舉，廢除以資產為標準之階級選舉。（第四條）確定人民有集會、結社、言論、出版、暨信仰之完全自由權。（第六條）

這兩條又見於同時發表的〈中國國民黨宣言〉，更可以看出孫先生歸向民主的終極信仰。

這次十三全大會可以看作是國民黨在六十多年「革命過渡」階段之後，重新回到民主憲政的始點上。我們這樣說，當然並不是否認今天的國民黨處在一種嚴重的變局之下，嚴重的程度較之當年偈促於廣州一隅時只有遠過之，而無不及。中國今天不幸而分裂為兩個截然不同的社會實體：大陸中國在極權制度的籠罩之下已整整四十年了，海島中國卻在與大陸長期隔離的情況下發展成一個以中產階層為主體的現代社會了。更不幸的是這兩個部分至少在表面上仍處於敵峙的狀態。臺灣雖然早已不彈武力反攻的論調，大陸的中共政權則從來沒有放鬆過「以戰迫和」的威脅。在這種情勢下，國民黨當然有理由強調臺灣仍然存在著「明顯的眼前的危險」（Clear and present danger），因此不可能在政治上自由開放到全無戒備的程度。

但是另一方面，專就國民黨治權所及的臺灣地區而言，無論是社會經濟條件或一般人民的政治意識都已成熟到了必須走上憲政常軌的地步。尤其重要的是國民黨政權必須通過選舉，以全面加強它的合法基礎。「周雖舊邦，其命維新。」國民黨的「舊邦」今天正面臨著如何取得「新命」的嚴重課題。

客觀的情勢是很分明的：國民黨今天置身於兩個互相矛盾以至衝突的歷史潮流之

中。面對著海峽彼岸那個強大而顯然具有侵略意圖的極權政體，國民黨不能不時時刻刻居安思危。這種政治形勢也使國民黨不能完全成為常態社會中的普通民主政黨。因為它不但在消極方面必須把臺灣的安全問題放在第一位，而且積極方面它更承擔著扭轉大陸上極權逆流的歷史使命。我們的最終極目標是要使中國重新統一在中國文化和民主生活方式之下。這是海內外所有中國人的共同願望，不僅是國民黨一黨的理想。從這一角度著眼，國民黨的處境較之六十年前第一次全會時更為艱困；不少國民黨人仍堅持著「革命尚未成功」的心態是完全可以理解的。但是海峽此岸的社會則已進入一個相反的歷史潮流。臺灣的經濟和教育成就帶來了一個廣大而強有力的中間階層；這個階層要求自由開放，要求直接參與政治決策，因為他們已不是當年孫中山先生所說的「阿斗」了。所以國民黨在此岸必須順應潮流。為了順應以至帶動這股世界性的歷史正流，國民黨則不能不盡其最大的努力，將臺灣社會儘快地納入憲政運作的正軌。要做到這一點，國民黨儘管今天在事實上一黨獨大，卻決不應繼續以「革命特權」自居。它只能以普通的政黨來看待自己。換言之，它必須在公平的基礎上和其他政黨作選舉競賽，並且有萬一競選失敗即和平讓出政權的心理準備。

歷史的弔詭使國民黨深陷在兩股相反潮流激盪而成的漩渦之中。以整個中國的遠景而言，國民黨的歷史任務是要扭轉極權的逆流；以眼前安身託命的臺灣社會而言，國民黨的當務之急莫過於順應民主憲政的正流。然則在這一逆一順之間國民黨究將何去何從？這正是國民黨十三全大會所必須正視的問題。我們認為外界對於這次會議的期待與其放在無數具體政策的擬定上面，倒不如放在基本方向的決定上面。國民黨的結構是不是應該從以「革命」為重心轉變到以「民主」為重心，這才是真正關鍵之所在。

事有主從本末之分。在順逆二流之間，我們認為國民黨首先要鞏固它託身所在的「復興基地」，即順應臺灣民主的潮流。只有以民主為主、為本，國民黨才能進一步挽回大陸上的歷史逆流。國民黨十三全會與民國十三年第一次全會的最大不同之處，即在於當年改組的下一步行動是武力革命，而今天則是要更積極地推動民主改革。大陸的逆流問題決不是憑武力所能解決的，何況那股逆流的本身也已開始發生變動，而逆流最洶湧的時代則確已過去了。事實上，海峽此岸的正流增漲一分，彼岸的逆流便會消滅一分。揆諸事理，證之人心，這似乎可以說是今天順逆消長的一種自然趨勢。兩岸關係表面上雖然仍未脫緊張狀態，實質上則是日趨外張而內弛。這將是一種長期不戰不和的局面。朱熹評論南宋的政局說：

今，朝廷之議，不是戰，便是和；不和便戰。不知古人不戰不和之間，亦有箇且硬相守底道理。卻一面自作措施，亦如何便侵軼得我！（《朱子語類》卷一三三）

今天的兩岸關係當然與宋、金的對峙不同，臺灣的社會狀況也遠非當時南宋所能比擬，但是朱子所說的不戰不和之間有一個「且硬相守底道理」則對今天的臺灣而言還是適用的。今天「硬相守」之道便是把臺灣建立成一個民主法治的典型社會。只要國民黨能激動在臺灣的中國人的向心力，同時也能引起在大陸的中國人的嚮往，它便可能超越兩股相反的潮流以完成它所負的雙重歷史任務！

【編按】

發表於一九八八年七月七日《中國時報》第二版，十三全會的開會當天。這是蔣經國過世後，黨主席與黨中常委的第一次改選。

前瞻和期待

——為中國史開新局

新歲前瞻，民主改革已成中華民國的必然歸趨，但在改革過程中，也充滿了挑戰和考驗。

接續過去一年，政府表現於政治解嚴、開放黨禁、報禁及大陸探親等一連串重大變革，在在均是四十年來未見的大變化，足證臺灣已邁過了一個歷史發展的界面，轉入一個新的紀元。

和臺灣關係密切的美國，政府和輿論均對臺灣的政治改革給予正面肯定，有利於扭轉國際視聽對臺灣的印象，是重塑形象的開始。來自大陸的留美學生，對臺灣的民主改革更寄以希望，有人甚至提到國民黨回大陸主政的可能性。臺灣的改革顯已對大陸的知識青年發生重大影響。比較去年一年海峽兩岸發展現況，臺灣在民主改革方面已掌握主動地位。

在改革時機的選擇上，解嚴先於南韓的大選，這是一記先著，顯示執政黨的主動性和誠意。不過，期待臺灣成為一個自由而開放的民主社會，不能單憑政府一方面，必須整個社會共同努力，首先需要建立共同遵守的規則。而且要能放遠眼光，從文化發展及現狀反省，民主政治離不開一定程度的民主修養。西方民主是以文化為重要前提的。能如此則臺灣可以為中國未來承擔民主火車頭的使命。

改革必然會引發保守與開放的論爭，因開放帶來的政治衝突，更易引起疑懼，執政黨內部領導階層以至整個社會都會發生不同甚至相反的反應。民主的艱難可想而知。有人會疑懼開放將對安定與秩序帶來危害，這當然不是完全無根據的；然而民主社會並非一個完美無缺的社會，包括英國、美國都有其內部的問題。但只有開放的社會，才最具自我調整的潛力。臺灣累積了四十年的經濟力量，應具備成熟的條件，進入開放的政治，不必再多所疑懼，而應讓大眾通過合法的管道參與政治。

執政黨的民主改革不過是起步，往前還有漫漫長路，過去也許可將責任歸諸於執政黨，開放之後則應是朝野共同的責任，是每一個人的責任，要批評政治，就要參與政治、關懷社會。「天下興亡，匹夫有責」以之形容民主社會應更為恰當。

在民主改革的過程中，反對黨同具關鍵性的地位。要善盡反對者的角色，非惟要有高度的民主修養，而且要有高度的政治藝術，否則反而會成為民主改革的障礙。南韓在總統大選前，反對黨分裂為二，美國《紐約時報》曾形容是二金選出一盧，兩金失敗後的直接反應不是認輸，而是指控執政黨舞弊，這就缺乏運動員精神或君子風度了。西方選舉後，敗者必認輸並向勝者致賀，這是民主程序的第一步。

南韓大選應可給我們相當啓示：沒有民主的文化做根柢，政治民主是會被歪曲的，僅成為奪權的手段。民主的信念來自於民主的修養，講究競爭的風度，坦蕩蕩的接受失敗。競爭的勝負，則取決於民心的向背，爭取到民心支持，即有天命，得以維持政權。

政府一連串的民主改革可以說是爭取民心最佳途徑。可以說，整個改革的大趨勢，就是在尋求民心支持，取得新的合法基礎。這不是說今天的政治結構不合法，而是說合法性必須不斷更新。長期未經改選的國會仍繼續行使職權，出現了代表性不足的危機，不經合法程序改選，國會的權威是不能充分建立的。民主改革即在求新的合法性，用老話說，「周雖舊邦，其命維新」。

改革的同時，欲求維持民心與安定，必須步步為營，期望一夜變天而不致引起混亂，原是奢想；只有採取穩健的步伐從容從事。今天政治結構不夠合理，原非人為的政治錯誤，而是由歷史的曲折造成的。只要堅持民主信念，努力以赴，扭轉政治上不合理的現象當非難事。

改革需要團結，但民主必然有異見和衝突，決不能存「萬眾一心」、「全民一致」的幻覺。而是要能找到解決衝突的合法管道，以融合或妥協來取代分裂。民意對不同的問題往往各有不同主張，在不同時期，民意的升降，顯示了對政府支持的程度。執政者必須戰戰兢兢的掌握民心向背，謹慎從事，「無敵國外患者，國恆亡」，用在政黨競爭則更貼切。有此戒慎憂懼，政府自然不敢濫權，無視民意存在。

現階段臺灣的隱憂，厥為省籍意識。平情而論，省籍意識不是單方面所能造成的。地方意識在中國有長遠的傳統，這是因為中國太大了。例如東晉南北朝時代，政權是來自北方的人建立的，所以重用北人，地域意識即因此形成，南人輒呼北人為「傖荒」。這是最初幾十年中的情況，到了南朝末期，政權已本土化，南北意識消泯殆盡。今天除了讓時間沖淡省籍意識外，政府用人也應落實本土化，不宜再存有省籍差異心態，同時要徹底推動民主化，消除特權，讓每一個人都站在平等的基礎上競爭，省籍差異的情緒反應，方可趨於緩和。

不容諱言，民國卅六年的「二二八事件」，是接收工作盡失民心的敗筆，當時接收的弊病不獨在臺灣，從上海到東北也無不如此。政府在這件事上應有明確的表示。古代皇帝都可下詔罪己，今天民主時代的政府更沒有必要為了維護少數人的錯誤而不肯公開承認錯誤，長期以來的疑案，應該清結，受曲者必須得直。

民主，在初實行的階段，對於從無經驗的嚮往者而言，往往會變成盲目的信仰，以為民主可解決一切問題。然而，在這裡我要說一句很不中聽的話，民主的緊鄰就是暴民政治。理想國作者柏拉圖親見其師死於暴民政治，所以畢生反對民主，民主的最淺的涵義是平等、是一人一票，但民主又有其最高的境界，即理性、知識、文化的導引。不重理性則不能容忍異己，必落入以暴易暴之局。

民主並不是混亂，因此又必須有權威。這是基於理性、知識而來的真權威，不是以暴力建立起來的假權威。今天國民教育雖已普遍提高，但政治、經濟各方面的運作，仍不能不倚賴專家的決策和複雜的行政系統。這些決策並不都是一般人民可以立即理解的。古人說「民可以樂成，不可以謀始」，孫中山先生在〈民權主義第五講〉談權能區分時，也以阿斗有權，諸葛亮有能為譬。總之，一人一票的民主和專家治國是並行不悖、相輔相成的兩面。現代經濟、外交等事務，絕非僅靠常識所能完全掌握，不過專家治國及政府決策又必須超越黨派利益和意識。立法部門的重要即在此。國會議員必須有專家助理，才能盡其監督的功能。我希望今天臺灣朝野在重視一人一票的平等之餘，同時還必須尊重專家治國。

在政府之外，知識分子代表了社會的良心和批判精神，政治解嚴之後，言論隨之開放，大眾傳播媒體固有其責任，知識分子的責任更大，若是一味譁眾取寵，恐非民主之福。清末中日甲午戰爭，李鴻章戰敗主和，即遭清議圍剿，當時有識之人無不歎息這些清議派的虛矯之氣。今天知識分子更宜緊守超然立場，在威武不屈、貧賤不移、富貴不淫之外，還要加上胡適之先生所說的時髦不能動，不要在掌聲中迷失了自己。

王國維說：「今之學者於古人之制度文物學說無不疑，獨不肯自疑其立說之根據。」今天有些知識分子批判有餘，沉潛則不足，論據多直接間接販自西方，西方每一標新立異的學者在國內即稱為大師。摭拾新名詞而不深究自己社會的真問題何在，這恰好是和批判精神相反的。但另一方面，我們也大有樂觀的理由，因為多數知識分子確已日趨成熟，生搬硬套的現象已日漸減少了。

自中國的全局來看，臺灣的民主改革和經濟發展經驗，對於中共目前的求變求通，大可以發生火車頭的作用，以臺灣而言，在經濟成功之後，更重要的則是文化的開展，即如何達到「富而好禮」的境地。卌多年和大陸的隔絕，已經造成文化的鴻溝和隔閡，政府應考慮進一步開放兩岸文化學術溝通與交流。中國政治可以分裂；但是文化不能分裂，這是統一的重要基礎。臺灣和大陸暫時也許談不到「政治對話」，但「學術對話」、「文化對話」是迫切需要的。臺灣不能迴避這個問題。我們期待有新的發展。

一九八九年初《聯合報》記者越洋電話的訪談紀錄

【編按】

原刊於一九八九年一月二日《聯合報》第二版，文末註明由記者王震邦記述整理。這時，臺灣多數的立法委員、監察委員、國民大會代表都是一九四七年在中國大陸選出，不必重選，與社會完全脫節。此文發表時，立法院正在審議〈第一屆資深中央民意代表自願退職條例草案〉。後來〈草案〉是一月二十六日在議事混亂中表決通過。但許多老立委、老國代、老監委還是以「法統」之名，抗拒退職。後來是野百合學運之後的一九九〇年六月，透過大法官釋憲，讓他們只能行使職權到一九九一年十二月三十一日，「萬年國會」才終於走入歷史。

開放、民主與共識

——蔣經國先生逝世一週年的回顧與前瞻

一年以前蔣先生在大家心理上還沒有充分準備的情況下突然走了，對臺灣而言，當時確造成了一次最嚴重的危機；誰也不敢預測局勢的演變將走向何處。但是一年來的事實證明，臺灣的現代轉型已奠定了基礎。它跳出了「人亡政息」的傳統格局，具有現代社會的內在穩定性。無論是對外關係或內部轉化，臺灣都獲得了新的發展，並沒有因為「強人時代」的遽然結束而受到頓挫。

以對外關係而言，這一年來的最大變化自然是海峽兩岸的民間溝通。自探親政策實施以來，國人從臺灣回大陸探訪者或已不下數十萬人，這可以說是近四十年來中國史上一件最有意義的大事。最近國民黨的大陸政策正逐步放寬，不但大陸親人可以來臺探病或奔喪，臺籍人士（主要是以前的國軍官兵）可以回臺定居，而且首批大陸留美學生也已訪問了臺灣。總之，臺灣的大陸政策正從單向探親轉進為雙向交流，也許在不久的將來，兩岸中國人的來往可以發展出某種比較常態化的形式。

在外交方面，臺灣在這一年中雖沒有重要的突破，但仍有所進展。現在世界上一百七十多個國家之中只有二十幾個和在臺灣的中華民國有正式的外交關係。在中共的巨大壓力之下，臺灣要想和其他一百多個國家建立官方關係或重回某些國際組織在目前似乎都是一廂情願的想法。然而以實質關係而言，臺灣在國際社會中的地位卻是有增無減。美國與中華民國正式斷交迄今已整十年，但由於臺灣的經濟力量和近兩年來的政治革新，無論在美國政府或一般社會上，臺灣的地位事實上都遠比十年前為高。這種地位完全是在臺灣的中國人憑自己的努力爭取得來的，不是靠別人的「同情」或「道義的支持」。國際政治到現在為止仍是以實力為後盾，一個國家或社會如果自己不足以自存、自立，因而對他國毫無利害上的影響，便不可能得到國際的「道義」或「同情」。相反的如果它自身具有舉足輕重的力量，他國也無法忽視它的存在。今天臺灣的存在並非由於「趙孟之所貴」，因此「趙孟也不能賤之」。但是這裡還存在著如何運用力量的問題。

過去臺灣在國際社會中一直陷於退縮和被動的狀態，這主要是受了一種僵化意識的支配，即所謂「漢賊不兩立」。這種觀點在二十年前是可以理解的，在今天則顯已無法適用。最近幾個月中，臺灣的外交觀念已變得更有彈性。今天的國際情勢是中共恃其勢力而處處逼臺灣就範，外交彈性反遠比臺灣為小。臺灣不但在參加國際組織的問題上從退縮改為進取（如亞銀模式），並且在國際貿易方面開始向蘇聯和東歐國家進軍。臺灣的彈性外交顯然已發生了重要的作用，以致中共外交部不得不在去年十二月十九日發表一篇強硬的聲明。該聲明特別譴責臺灣的彈性外交在國際間造成了「兩個中國」或「一中一臺」的印象。

毫無疑問，臺灣所面臨的最重要的課題還是民主秩序的建立。如果對外關係可以看作是內政的延長，那麼臺灣在未來的歲月裡能否繼續衝破外交的困境，最後必須取決於內部新秩序的出現。這一年間，臺灣的政治過渡應該說是相當平穩的。李登輝先生依照憲法繼任總統，沒有遇到任何阻力。不但如此，他又沿襲國民黨的傳統成為黨的主席，並在十三全大會中正式當選。這次政權的過渡真正作到了雞犬不驚的地步，可以和任何民主國家相比而不遜色。我們不要認為這只是國民黨的內部繼承，所以才如此風平浪靜。其實從蔣經國過渡到李登輝是具有多重意義的歷史變遷：第一是從革命時代過渡到民主建國時代；第二是從「強人政治」過渡到「群龍無首」的政治；第三是從大陸本位的領導過渡到本土化的領導。關於第三點我要稍作解釋。這裡所說的「本土化」並不指狹隘的「省籍」觀念。這次國民黨的接班大體上已使黨和政的領導階層基本上都落在中年一代人的手上。今天國民黨的成員據說過半數以上是本省人，而且外省籍的中年一代也早已就地生根了。他們都是在臺灣成長起來的，有的甚至是在臺灣出生的。因此他們對臺灣的認同是無可懷疑的，這和有些老一代的國民黨人念念不忘回大陸已不可同日而語。然而這又不等於說，中青年一代的國民黨人也都是變相的「臺獨派」，我相信他們仍然具有深厚的中國意識，而這一中國意識主要是文化的而非政治的。因此他們在認同臺灣之外也在一個更高的層次上認同於中國。這正如任何一個中國省籍或美國州籍的人一樣，他是某省或某州人，但同時也是中國人或美國人。

尤其重要的是臺灣的民主改革的方向並未因經國先生逝世而改變。這一年來，隨著解嚴而來的是一連串的解禁，特別是黨禁和報禁。國民黨終於正式結束了「一黨專政」的局面，憲政民主從此將成為臺灣政治生活的常軌。

但是由於長期一黨專政在整個國家結構上所造成的深遠影響，民主政制當然不是在短短一年期間能夠奏效的。長期積壓下來的歷史問題更無法一一獲得妥善的解決。其中最急迫的自然是國會結構如何合理化的問題。此外如司法獨立、國民黨的重新定位、「統一」與「獨立」之爭等也都需要及早尋求化解之道。在個人層次上，過去的許多冤案也有待平反。所以在去年這一年中，國會打鬥、街頭暴力、報章喧擾等各種鬧劇在臺灣一一上演，幾令人目不暇給。從壞的方面說，這些都是足以摧毀社會安定的亂象。極其所至，未嘗不能使臺灣社會陷於萬劫不復之境。但是從好的方面看，這也許是民主初期所必經的混亂階段，反映出臺灣的民主活力。如果一個新秩序能超越初期的自由混亂而出現，則它將是民主和法治在臺灣生根和發展的最可靠的保證。

近來關心臺灣的民主前途的人，無論他的黨派或地理背景如何，都曾一再強調臺灣必須早日發展出一種政治、社會的共識。回顧這一年來的變化，我們不能不承認臺灣的民主政制是經國先生晚年所奠定的，臺灣向大陸開放的政策更是他親自擬定並付諸實行的。這兩點似乎正可以構成建立臺灣共識的基礎。

臺灣在事實上不可能與大陸和世界隔絕而孤立的存在，儘管許多人對於「統一」和「獨立」的問題爭辯得津津有味，煞有介事。稍稍瞭解世界形勢和中共政情的人應該不難看出：政治現實逼使臺灣處於不「獨」、不「統」、亦「獨」亦「統」的矛盾狀態。這一點如果分析起來是很費筆墨的，姑且不談。但這一矛盾狀態，也可以為臺灣共識的建立提供一道基線。

在今天的世界意識型態的分歧到處都開始退潮，其原因之一即是共產主義烏托邦的普遍幻滅。隨著此一幻滅而來的則是理想主義在實際政治運作中越來越不佔重要地位。以過去一年臺灣的政治現實而言，無論是執政黨或反對黨都似乎對民主理想的興趣較小，而對權力爭奪的興趣則較大。所不同者只是有些人表現得比較坦率，有些人比較隱蔽而已。總之，這是一個赤裸裸的政治現實主義的時代。我這樣說，並不涵蘊任何道德價值的判斷。因為這一現實主義傾向是一個普遍的世界現象，美國如此，蘇聯如此，大陸更是如此。在這樣的時代風氣下，我們顯然不能妄想從理想主義的觀點建立政治的共識，所以下面我將試圖從功利觀點，也就是個人現實利害的觀點，提出建立共識的可能性。

第一、我想在臺灣的兩千萬中國人，無論內部有多嚴重的分歧，總可以找到一些利害的共同點。臺灣之所以陷於不「統」、不「獨」、亦「統」亦「獨」的困境完全是海峽對面的中共政權逼成的。中共從來沒有放鬆「統一」臺灣的強烈意圖。為了達到這一目標，中共的領導人對臺灣有時動之以「情」，有時喻之以「理」，更有時脅之以「力」。中共所謂「統一」不是別的，只是大陸的「中央政府」統一臺灣的「地方政權」。所以他們只說國、共「兩黨」可以坐下來「平等的談判」，但從來不曾暗示過兩個「政府」可以以平等的地位進行對話。因此，所謂「一國兩制」也並不如許多人所幻覺的是「一個中國，兩種政治制度」；在中共的理解中，「一國」只能是「中華人民共和國」。我們必須承認，中國大陸也正在起著基本變化，未來如何誰也不敢預言。不過到目前為止，在臺灣的兩千萬中國人之間的共同利害應該遠大於其中任何一部分人與中共政權之間的共同利害。兩岸交流降低了彼此的敵意，大有助於和緩兩岸之間的緊張，這是可以肯定的。但是這種表面的交流決不可能成為臺灣安全的保證。面對著目前的中共政權，臺灣存亡所繫的共同利害應該可以構成內部共識的一個基礎。

第二、中國人一向信奉「己所不欲，勿施於人」的格言。這句格言可以有崇高的道德解釋，也可以有人所共喻的功利解釋。我們現在姑取後一種意義。今天執政黨和反對黨的競爭中一方面是要保持政權，另一方面是要奪取政權。在民主制度實行的初期，競爭的方式將有塑造新傳統的重要後果。如果這種競爭流為惡性的，即不擇一切手段，也無所不用其極，那麼雙方必須慎重考慮到這一惡性傳統將來對自己所必然產生的反射作用。在正常的民主制度下，兩黨或多黨競爭的結果是輪流執政或聯合執政，所以在朝在野的地位必有互易的一日，今天我所施之於人的正是他年人將施之於我的。一九八八年美國兩黨大選時雙方都採取了互相詆毀的「負面競選」的策略，美國有識之士，特別是傳播媒介，便深引以為憂。所以選舉結束後，兩黨都進行了自我檢討，並設法對競選所造成的裂痕加以彌縫。但與臺灣的政黨競爭的情形相較，美國的互相詆毀實在微不足道。純從利害的觀點出發，我希望臺灣在建立民主傳統時能發展出一種政治共識，包括所謂「遊戲規則」在內，這將是一種具有長遠影響的政治傳統，因為無論是好壞，它都會流傳下去的。中國人的自私往往會把子孫的利害計算在內。我們縱使不顧一己的得失，但總不能一點也不為後世著想吧！

第三、孟子講「仁政」，有所謂「殺一不辜，行一不義，雖得天下不為」，這個說法陳義太高，必為今天的「民主鬥士」所齒冷。我現在想改用西方最近的民主觀點來看待這個問題，這個觀點也和個人的利害有密切的關聯。勞爾斯（John Rawls）論及「公平」的觀念時，強調每一個個人都是一分別的單元，因此是目的而不是手段。即使有時我們明明可以犧牲一人而增加整個群體的福利，我們還是不能這樣做，因為這不合乎「公平」的原則。勞爾斯之說與孟子的持論表面上很相近，但其實不同，前者是取道德觀點，後者則著重在個人的人權。在政治競爭中，如果我們不擇一切手段，不惜犧牲任何個人，以實現自以為是偉大的理想，或更等而下之，以此為滿足一己權力欲的藉口，我們當然比較容易達到目的的。但我們也必須考慮到：如果這個犧牲者的角色不幸有一天輪到自己的時候，我們的感受又將如何？這種情況在二十世紀的「革命」經驗中早已是家常便飯。昨天以「革命」為藉口而「整」別人的人，說不定明天自己便是被「整」的對象。中共「文化大革命」已為這一真理提供了無數生動的例證。前些時候，我在報上讀到錢穆先生的女兒被迫提早離開臺北的消息，真使我對臺灣政治鬪爭的殘酷感到寒心。為了達到某種政治目的，有人竟不惜犧牲一位九十多歲老人和女兒本已十分短暫的聚會。民主據說是最合乎人性的政治方式。但是如果民主必須以人性為代價，我們究竟應該怎樣選擇呢？我想從個人長遠的利害著眼，無論是保持或爭取政權都不能完全不考慮到手段的正當性。這樣的考慮才能使我們知所節制。節制是建立共識的先決條件。

我們雖然承認今天是現實主義、功利主義宰制政治行動的時代，但民主畢竟需要一點理想主義的精神，特別是在民主傳統的創建階段。經國先生在晚年特別表現了這一精神，這是最值得我們懷念的。後死者想要繼承他晚年所全力推動的民主統一的事業，也必須對他的理想主義精神有深刻的體會。

一九八九年一月十一日

【編按】

發表於一九八九年一月十三日《中國時報》第二版。

倒數第二段「錢穆的女兒」指北京清華大學環境工程系教授錢易，她於一九八八年十一月十四日來臺探望錢穆，報紙標題「大陸同胞來臺探病第一人」，臺灣人返鄉權利促進會會長何文德馬上向高檢處告發錢穆「知匪不報」，立委陳水扁則告發錢易本人曾參加「叛亂組織」。他們這麼做的原因是臺灣此時還有「黑名單」，許多海外臺灣人被剝奪返回家鄉的權利。

民主乎？獨立乎？

最近在臺灣競選的活動中，反對黨方面有一部分人正式提出了「新國家」的觀念。林義雄先生的《臺灣共和國基本法草案》也發表了。這是幾十年來臺灣獨立運動第一次在臺灣公開出現，不能不說是一個重要的「突破」。這一「突破」之所以發生自然是近兩、三年來臺灣民主開放的結果。自從解嚴以後，臺灣的言論、結社、集會的自由都得到大幅度的發展，這是一個值得驕傲的成就。現在言論自由竟然擴大到可以公然否定現行國體的程度，這可以說是連西方民主國家也望塵莫及的。

「臺灣獨立」的暗潮已醞釀了好幾十年，現在隨著民主開放的機運而公開出來，也未嘗不是好事。無論以前政府嚴禁「臺獨」的言論和行動是否有充足的理由，今天臺灣顯然已開始了一個新的歷史階段，應該容許對於這個重大問題進行理性的討論，但這一討論必須經過相當長的時間才有可能獲得共識，決不是憑著一時的血氣之勇便能作出決定的。臺灣是不是要「獨立」，關係著兩千萬人和他們的子孫的命運，任何稍有責任感的政治家都不能以「孤注一擲」的心理來對待這樣重大的問題。

我現在想提出另一個問題供大家思考：目前臺灣究竟是需要民主呢？還是需要「獨立」呢？我這樣說，並不是把民主和獨立兩個價值放在互不相容的地位，世界上誠然有許多獨立而不民主的國家，但是卻沒有民主而不獨立的國家。民主和獨立並非不可兼得。我之所以這樣說，是因為目前「臺灣獨立」這個概念具有特殊的涵義。關於這一層，下文將略作說明。

今天全世界都知道臺灣在最近幾年中已走上了民主改革的道路，大陸和海外的中國人更是對這一政治試驗抱著無限的希望。大家都期待著這一塊未受共產黨徹底蹂躪的中國地區能打破百餘年以暴易暴的惡性循環，以理性和平的方式，結束國民黨一黨專政的局面。蔣經國先生臨死前開放黨禁、取消戒嚴等措施，證明國民黨的主流派是有誠意回到民主憲政的正軌。經國先生晚年的決策雖然蓄意已久，但是也和臺灣的經濟、社會、文化各方面的重要發展有關。經濟起飛帶來了一個日益壯大的中間階層，國民教育的普及帶來了政治參與的意識。這些都是臺灣民主改革的客觀條件。如果條件不成熟，僅有朝、野雙方的主觀願望還是不行的。

民主改革的開始至少說明臺灣的政治體制已具有初步開放的可能。在執政黨一方面說，只有認真實行民主憲政才能使它的政權獲得合法性。在反對黨一方面說，它固然要儘力爭取執政的機會，但更重要的是它也必須承認它和執政黨在現行體制下的政治競爭是合法的。這就涵蘊著對現行體制的合法性有某種程度的承認。如果一個反對黨完全否定現存政府和國家的合法性，那麼它便只能走革命路線，用暴力推翻執政黨，另建一個「新國家」。這是中國共產黨在一九四六—四七年所採取的辦法。所以中共拒絕參加當時的國民大會。過去歐洲共產黨因為根本否定「資產階級民主」的合法性，也堅決反對共產黨人參加議會政治。今天臺灣反對黨中一部分人似乎創造了一個「黑道、白道統吃」的新路線。他們參加選舉，表面上好像承認現行體制是合法的，但是在他們的內心中，根本不承認「國民政府」甚至「中華民國」有一絲一毫的合法性。以「新國家」為號召的「臺灣獨立運動」便是在這種心理下出現的。

但是「物必先腐，而後蟲生」，臺灣這種特殊的反對黨派的產生是由於現行體制的極端不健全。執政黨對此要負最大的責任。根據一般的理解，民主應該包括三個組成部分：第一、民主的政治權威也須建立在充足的民意基礎之上。第二、法律必須獨立，不是統治集團的工具。第三、基本人權和基本自由必須有制度化的保障。（按：以上三點略參照 Leszek Kolakowski 的說法。）國民黨在這三點上都做得不夠。除了第三點近來大見改進以外，第一、第二兩點仍然離題甚遠。民意代表至今不能全面改選尤其是關鍵所在。

依我個人的觀察，臺灣的當務之急莫過於朝、野一致，以最快的速度把民主制度充分建立起來。如果執政黨一味因循遷延，不能面對現實，而反對黨則但求「亂中奪權」，不惜使用任何手段，那麼臺灣將永遠無從達成起碼的政治共識，民主和法治是決不可能出現的。我個人是十分希望看到臺灣出現多黨輪流執政、政權和平轉移的局面，但是這必須預設執政黨和反對黨互相承認對方的合法身分，避免各走極端。民主政治本來便是一種妥協的政治，而且還必須承認彼此同在一個合法的體制（system）內競爭。說到「體制」，我們又必須在社會體制和政治體制之間加以區別。臺灣的社會體制比政治體制有更大的合法性，今天很少人主張徹底摧毀臺灣現存的社會結構，這個以中間階層為主體的社會，儘管存在著許多亟待改進的地方，但以馬克思主義或新馬克思主義為根據的激烈的「革命」要求大概只能吸引少數知識分子，而不會在絕大多數民眾那裡得到熱烈的反響。臺灣的政治體制，仍然沒有從合法性的危機中解脫出來。如果代議制度不能健全化，法律不能維持公正和獨立，合法的政治權威是建立不起來的。

在民主制度還沒有建立之前，馬上便提出「新國家」的問題未免過於突兀。我們都知道「臺灣獨立」的要求早始於三四十年以前。「二、二八」事件使臺灣人民把國民黨政權看作外來征服者的政權。這個要求在當時是可以理解的，國民黨一直到今天還沒有對「二、二八」作一次明白的交代，也是民情始終不能平靜的原因之一。但是四十年後的今天，國民黨和國民政府都已改變得很大了。蔣經國先生推動「本土化」的運動是大家有目共見的。我不清楚在國民黨和政府中，本省籍的人士究竟佔多大的比例。但是無論如何，今天國民黨政權似乎不能再被看成「外來征服者的政權」了。至於臺灣的經濟力量，更是掌握在本省人士的手上。「臺灣獨立運動」不免先天地帶有排斥「外省人」的情緒。在民主改革剛剛開始的時候首先加深「省籍」的鴻溝似乎是不智的。今天臺灣社會上已不存在普遍而嚴重的省籍界線。即使有殘存意識，也當全力予以消融，更何能再揚其波？臺灣四十年來的各種成就是本省、外省人共同創造出來的，而且從歷史上看移民往往能在新土有重要的貢獻。所以美國始終採取開放移民的政策，以吸收各國的人才。今天在臺灣的中國人，除了真正土著以外，其實都是中國大陸的移民，只有先來後到的區別而已。蔣經國先生晚年曾明白宣稱他也是臺灣人，康寧祥先生最近則說：「在臺灣的所有人不分省籍，真心愛這塊土地，必能為我國民主政治找到方向。」這種胸襟是最使人敬佩的。

「臺灣獨立」如果在今天還有積極的意義，那只能是獨立於中共的殘暴政權。在這一點上，臺灣實質上是獨立的。臺灣在國際上所遭到的困境也完全是中共一手造成的。更改國體不但不能使臺灣重返國際社會，而且還會陷入更孤立的危險。中共對於「中華民國」這一既成事實是無可奈何的，對於「臺灣共和國」則是絕對不能容忍的。我不願意特別強調中共的反應，我覺得建立「新國家」，廢除「中華民國」，在臺灣內部所將造成的分裂和衝突是更為可怕的。「中華民國」並不屬於國民黨一黨，它是屬於全體中國人的。據說毛澤東晚年便承認他所犯的最大錯誤之一是改變了國號。這個教訓是深刻的。

無論是「獨立」和「統一」，對於臺灣而言，今天都是有百弊而無一利的想法。但是未來是不可預知的，大陸的政治情況在以後幾年內更是一個變數。為臺灣計，怎樣通過民主制度重建政治體制的合法性是當前的最大課題，執政黨和反對黨都同有無可旁貸的責任。在共同承認的體制下，政黨輪流執政是民主的常態。如果政權交替一次便出現一個「新國家」，那便只有兩種可能：回到中國改朝換代的老路，或以暴易暴的不斷「革命」。

「獨立」和「統一」都是可以從容討論的問題，但是必須在民主制度的基礎已臻鞏固之後。到了那一天，真正有代表性的議員才能根據新的情況，在國會中對兩千萬人存亡禍福所繫的大問題進行反覆的論辯，最後由全體選民投票決定自己的命運。

民主乎？獨立乎？這是今天值得大家平心靜氣來深思的絕大問題。

【編按】

刊登於一九八九年十二月二日《中國時報》第四版。這天是解嚴後第一次選舉的投票日，要選出三項公職：第一屆立法委員第六次增額、縣市長、北高兩市市議員。

在一九九二年五月十六日《刑法》一百條修正之前，臺灣人並不享有主張臺獨的言論自由。在一九九一年五月二十二日《懲治叛亂條例》廢止之前，臺獨言論可以被判死刑。

因此，過往選舉臺派都只講住民自決，不講臺灣獨立。

但一九八九年這次不一樣。原因是力挺「能主張臺灣獨立的百分之百言論自由」的鄭南榕在四月七日自焚，使許多民進黨候選人在選戰中訴求「東方瑞士臺灣國」，造勢場合也特別激情，臺下不時有人喊出「臺灣獨立」。當然，訴求反臺獨的造勢場合也很激情。

臺灣的認同與定位

——一個歷史的觀察

今天對臺灣的中國人造成最大困擾的大概莫過於怎樣建立自我認同、怎樣確定自己在世界上的地位的問題了。認同與定位是同一問題的兩面，在實際上不可分，但在概念上則是有區別的。大體上說，認同是屬於過去取向（past-oriented）的問題，定位則是屬於未來取向（future-oriented）的問題。只有認清今天的「我」從何變而來、又是如何造成的，真正的認同才能建立得起來。只有確定了自己的時空位置，我們才能判斷究竟應該從何處去，以及事實上是否可能達到我們的目的地。

毫無疑問，認同和定位都是帶有高度爭論性的問題，每個人都可以根據自己對於現實的不同認識和判斷而得到不同的結論。我在這篇短論中所能提出的當然也只是我自己的看法。我沒有理由，也沒有意圖，勉強別人接受我的看法。如果說本文有什麼特別值得注意的立場，那便是它所採取的歷史的觀點。「不見廬山真面目，只緣身在此山中。」因此我不想過於貼近眼前的現實立論。歷史的觀點比較能使我們超越個人和團體的現實利害，不至於膠著在一時的得失上面。歌德（Goethe）寫過幾句很有智慧的詩，勉強用中國的雅言譯出來，大致是下面這個樣子：

如有人兮，不知三千禩；渾渾沌沌兮，日復一日！

意思是說：一個人如果不能對三千年的事有所交代，那麼他不過是一個沒有經驗的人，只好一天一天地混日子過。（「He who cannot account for 3000 years is basically inexperienced and therefore can only exist from day to day.」）我們討論臺灣的認同與定位雖然不必涉及三千年的中國史，但是幾百年的歷史眼光還是不可少的。否則我們將無法瞭解今天的臺灣為什麼會處在這樣一個難以估定的特殊地位。

從經濟和文化的角度看，中國的重心在地理上一直有從西北向東南移動的趨勢。中國自古是一個農業社會，歷代王朝大致也都採取「重農輕商」的政策，但是農業的發展到明代已達飽和點，商業的比重在中國經濟系統中則愈來愈高。海外貿易在南宋已相當可觀，廣州、泉州、杭州、明州等海口城市都設有市舶司；廣、泉兩地市舶司歲入合計在兩百萬貫以上，所以宋高宗說：「市舶之利最厚，所得動以百萬計，豈不勝取之于民？」這就表示政府已注意到海關稅收已不在田賦收入之下了。明代（和清代前期）雖採取閉關政策，而民間的海上貿易則仍在私下進行，十五、六世紀更有了海外移民運動的興起。據明代記載，福建沿海的人有的已是「半年生計在田，半年生計在海」。中國最初移民臺灣便是在這一大趨勢下發生的。

明末鄭芝龍、成功父子和臺灣的發展最有關係，但是他們也都是在海上經營商業的人，與日本人、荷蘭人都有密切的往來。崇禎時福建漳、泉兩地有好幾萬人民由政府遣送到臺灣來墾荒，那便是出於鄭芝龍的建議。其時臺灣尚在荷蘭人統治之下。後來鄭成功在臺灣建立明鄭政權，第一件大事便是大規模造商船，向日本、暹羅、安南、呂宋等地開拓商務。入清以後，臺灣的中國移民仍多從事海外貿易。十九世紀中葉西方海國東侵，中國東南沿海的對外貿易獲得空前的發展，臺灣在國際經濟上的地位也隨之而迅速擴張。據專家統計，在一八六八至一八九四年之間，臺灣對外貿易的成長速度，還在中國大陸之上。更值得注意的是臺灣華商在和外商競爭中往往能佔上風，因為他們不但勤儉、工計算，並且善於學習外商的經營、組織方式。

上述這一段早期的歷史背景是很重要的。我們可以說，至少從十六、七世紀以來，一個東南沿海的商業中國（或簡稱為「海洋中國」）逐漸在成長中，而臺灣愈到後來則愈成為這一新發展的最前哨。

但是中國的政治史則與經濟史越來越發生脫節的現象。自秦漢以來，中國一直是一個廣土眾民的統一國家，經濟基礎在農業而不在商業。今天大陸上的農民還佔全人口的百分之八十左右。如果農村不能安定，政治秩序便隨時有陷於混亂以至於崩潰的危險。

所以歷代王朝都不得不把主要的精力投射到怎樣穩定農村秩序上面。均田、均稅、均徭等是王朝的政策的中心所在，因為「不患貧而患不均，不患寡而患不安」是傳統政治的指導原則。這一原則在帝國時代的前期是無可非議的，但是其不利於商業財富的積累則顯而易見。而且越到後期便越不能和經濟發展的實況相配合。還有一個重要的因素影響著中國的政治型態，即秦漢以下的外患都來自西北或東北。匈奴、鮮卑、契丹、女真、蒙古以至滿洲等外族都先後征服了中國的一部或全部。這些外族在文化上都低於漢族，但武力則遠為優越。他們每征服一次，中國的經濟、文化中心便南移一次。這在中國史上稱之為「南渡」。「南渡」雖然為經濟發展提供了新機，但卻無補於政治傳統的突破。相反的，通體而論，所謂征服王朝往往還擴大了政治和經濟之間的距離。總之，以政治傳統而言，中國在過去兩千年中基本上是內陸農村取向的。所以，歷代統一王朝的首都全在西北或北方，只有明初一段短暫時期是例外。政治中心在北，經濟文化中心在南，這也可以看作內陸中國和海洋中國之間的緊張的一種象徵。

我在這裡雖然指出了內陸中國和海洋中國的分別，但是並不含蘊價值判斷，中國文化建立在內陸農村的基礎上面是一個無可爭辯的歷史事實，我的主要意思毋寧是要說明中國文化本身早已透顯出海洋商業發展的趨向，海洋中國並不是和近代西方接觸以後才開始的。兩百年前亞當斯密和揆斯內（Quesnay）都曾對中國的內陸商業有極高的估計，認為比整個歐洲的國際商業加起來還要多。亞當斯密一方面指出中國的農業經濟體系不利於海外貿易，但另一方面也承認只要政府給予充分的自由，中國的海外貿易還是大有可為的。亞當斯密自然不了解中國民間海外發展的情況，他所根據的是當時北京官員對一個俄國使節所發的經商言論，其實這正反映了十八世紀內陸中國的政治和海洋中國的經濟之間的矛盾。從歷史上看，海洋中國是內陸中國擴充至盡以後的自然發展，上引「半年生計在田，半年生計在海」的話可為明證，而且中國的內陸文化所提煉出來的一些精神成分如勤與儉、如家族的合力、如鄉黨親戚的互助，都曾在中國人海外殖民的歷程中發生過積極的作用，研究臺灣移民史的學者當然更容易證實這一點。

我承認亞當斯密的說法，即商業經濟體系是現代的，中國經濟的現代化也同樣離不開怎樣把廣大的農村人口轉移到工商業方面去，臺灣的經濟奇蹟便部分由於這一轉移的成功。但是我並不認為在內陸農業基礎上所發展出來的中國文化必須全部加以否定。阻礙著海洋中國發展的主要是內陸中國的僵化的政治體制。（亞當斯密所說的中國「法律與制度的本質」。）

現在我們要進一步談到最近四十年來的臺灣的發展。一九四九年前後，國民政府播遷至臺灣，大陸人民隨之而來的大約在一、二百萬之間。這是中國現代史上的一次「南渡」，在政治上說，這是國民黨在大陸上徹底失敗的結果。但是也像歷史上屢次的「南渡」一樣，它又再度為中國的經濟發展提供了機緣。這一發展的後面存在著許多複雜的歷史因素，這裡只能舉其較重要者略作說明。

第一、前面已指出，臺灣在近代已愈來愈成為海洋中國的前哨。一九四九年的大規模移民把中國東南沿海的無數經濟、文化人才都集中到臺灣一地。新移民和舊移民的匯流和合作使海洋中國得到了充分發展的機會。（香港的經濟奇蹟在很大的程度上也是由於這一因素造成的。）

第二、國民政府遷都臺灣是國民黨在政治上的大失敗，然而卻成為臺灣在經濟上的意外收穫。一九四九年以前，臺灣不過是中華民國東南沿海的一個省。海洋中國則包括江蘇、浙江、廣東、福建許多地區。在廣大的內陸中國宰制之下，整個東南沿海以及鄰近省份的經濟進展勢必是緩慢的，臺灣雖處於前哨，也不可能單獨突飛猛進。一九四九年以後中華民國和臺灣事實上已等同起來了。中華民國使臺灣一島獲得國際承認的主權國家的地位。這一合法的國家身分無疑為臺灣在國際上的發展提供了無數的便利。一九七八年以後中華民國的國際地位雖受到重大的挫折，但主要是名義上的。由於臺灣已具有強大的經濟實力，它的國際存在和實質獨立並未受到嚴重的影響。前幾天《紐約時報》的記者訪問了一個東德婦女，她是不主張追求經濟發展的。但是她的答辭則頗為有趣。她說：「我們東德並不想變成歐洲的臺灣。」這句脫口而出的話充分說明了臺灣的國際存在已是家喻戶曉的事。

第三、中華民國和臺灣的互相依存保證了海洋中國的成長和擴張。臺灣是中國的一部分是波茨坦宣言和開羅會議所公開承認的，到今天為止還是國際上共同接受的原則。

如果一九四九年國民黨接受了中共的「和談」條件，那麼中華民國已不存在了，臺灣當然也早就成為中共統治下的一省了。前面說過，海洋中國是從中國文化內部逐步發展出來的，因此它有一個自然演變的過程。而且，如歷史所昭示，這一發展在開始時必須憑藉原有的文化資源，包括倫理、宗教、教育，以及各種社會組織如宗族、學校、行會、同鄉會館之類。過去四十年中，臺灣是中國文化保存得最為完整的地區；臺灣之所以能夠基本上完成了從內陸中國向海洋中國的轉化，不能不歸功於這一文化基礎。儘管臺灣的中國文化也隨著海洋而發生了重大的改變，但是這種改變的過程是自然的，不是人為摧殘的結果。不可否認的，中華民國的繼續存在保全了臺灣的中國文化，使它免於中共暴力的毀滅。海洋中國因此才獲得了成長的生機。這一點則和國、共兩黨的本質不同有關。共產黨在形式上雖由蘇聯移植而來，但本質上是中國的內陸政治傳統的現代化身，而且體現了這個傳統的負面，即張獻忠、李自成之流的流寇系統。中共發跡於西北農村，奪得政權後則完全採取閉關政策，這都是內陸取向的明證。相反的，國民黨則發動於海外、立足於東南沿海的城市，其海洋取向，極為明顯。國民黨在大陸上的失敗，主要原因之一便是它無能力解決中國內陸的農村問題。但是國民黨到臺灣以後，其海洋取向恰好與海洋中國的前哨相呼應，反能掩其所短，用其所長，所以它的措施也以財政、經濟方面表現得最為出色。

以上三點在我看來是比較重要的，可以說明臺灣怎樣在最近四十年中，走完了三、四百年前即已開始的海洋中國的發展歷程。

如果我的歷史觀察不是完全沒有根據，我們大致已找到關於臺灣認同和定位問題的初步答案。臺灣決不能僅僅被理解為中國東南海上的一個孤島，它實在代表著海洋中國的最尖端。由於特殊的歷史原因，它暫時和內陸中國分開了。但是臺灣的文化根源仍在中國，在整個內陸中國沒有基本上轉化為海洋中國以前，臺灣的現代化便不可能真正完成。特別是今天大陸政權仍然控制在內陸取向的「光棍」集團的手中，臺灣的現代建設隨時都有被摧毀的危險。（關於「光棍」的涵義，可參看本書所收〈知識分子與「光棍」〉一文。）中國史上的一切內陸王朝都具有強烈的獨占性，宋太祖滅南唐便是一個最生動的例證。南唐本以繼承唐朝的正統自居，後來怕宋太祖用武，自動降格為「江南國」。其結果則反而加速了宋朝平江南的決心。江南的徐鉉一再向宋太祖說明「李煜無罪，陛下師出無名」。太祖惱羞成怒，拔劍向徐鉉發話：不須多言江南亦有何罪。但天下一家，臥榻之側，豈容他人鼾睡乎？

滿清征服臺灣更是一個切身的實例。鄭經雖願意降格為外藩仿朝鮮不削髮稱臣之例，最後終不能為清廷所接受。可見在內陸政權面前，降格以求只是示弱，只有招速禍，而不能保證安全。今天的情況當然與過去不同，近十年來，大陸也開始在經濟上走海洋化的路線，但去年六、四以後，我們知道它的內陸政治傳統終不能允許海洋中國在大陸走得太遠。怎樣一方面拒絕與中共的內陸政權發生任何關係，另一方面促進海洋中國的力量的發展，這是今天臺灣所面臨的迫切課題。

代表海洋中國的臺灣今天已成為海洋世界的一環。海洋世界的政治傳統是建立在自由與開放的基礎之上的，這是亞當斯密所謂商業經濟系統所需要的。由於其他種種歷史的原因，自由與開放的政治最後發展為現代西方的民主。西方民主在起源時確與資產階級的興起有關，但是民主本身後來又提昇為一種文化或生活方式，而文化則是有超越性的，不復為某一階級所獨有。民主也許不是最理想的政治制度，然而迄今為止，我們還未能設計出一套比民主更完善、更合理的政治原則。臺灣作為海洋世界的一環必須一心一意追求民主政治的實現，這是毋須贅說的。如果我們認識到民主是一種文化，那麼僅僅具備多黨制和選舉的形式仍然未必能符合民主的基本要求，民主還必須預設一種文化精神，如容忍異己、如尊重政敵的人格、如接受失敗的雅度。這都是需要通過長期的修養和實踐才能到手的東西。

臺灣的定位既是海洋世界的一環，這條民主政治的路是非走出來不可的。但是以目前的情形說，這條路恐怕還是相當遙遠的，因為臺灣在經濟上雖已進入海洋中國的階段，在政治上仍未脫盡內陸傳統的殘痕。我們常常聽人說，民主化便是臺灣本土化。反對黨幾乎是清一色的本土，固不必論，執政黨也不免以本土化而沾沾自喜，甚至在人事的安排上，政府首長也刻意在「本省人」和「外省人」的比例上費盡心機。作為暫時遷就現實的一種政治策略，我們對這種種作法是能夠理解的。但是我們必須了解，地方意識根本便是內陸政治傳統的殘餘，它和民主原則是不能長期共存的。代表海洋中國的臺灣，依照上面的論證，是新舊移民匯流而共同創造出來的，而且以後也不能保證沒有更新的移民來參加這一創造。在民主社會中，只有公民與非公民之別，權利之有無依此而判。而且「本土」與「非本土」只能適用於外來移民與土著在種族、語言、文化各方面都截然不同的情況。以臺灣而言，只有極少數的原始土著才有資格談「本土」與「非本土」的問題。

臺灣的認同與定位都無法容納「本土化」的觀念，我們希望這一觀念的流行，只是過渡時期的現象。如果「本土化」竟提昇為一項基本原則，而且可以和民主互相替代，那麼我敢斷言，民主在臺灣的遠景將是十分黯淡的。

一九九〇年二月十日

【編按】

發表於一九九〇年二月十一日《中國時報》第二版。

內陸中國與海洋中國是余英時自創的概念。臺灣已成為海洋中國的前哨，也是他的一家之言，出處即此文。此文雖不像〈中國近代思想史上的激進與保守〉（一九八八年九月講詞，收入《猶記風吹水上鱗》一書）那樣有直接提到央視紀錄片《河殤》，但顯然跟該篇講詞一樣，也是余英時對《河殤》的一種回應。《河殤》大大批判中國傳統，稱之為黃土文明，並表達了對西方海洋文明的嚮往。余英時此文則指出中國本身亦有面向海洋的一條文化支線，起始也早於中西接觸。

對李總統的兩點期待

中華民國第八屆的總統選舉，在幾經波折之後，現在終於塵埃落定。在本文見報之時，李登輝先生應已順利當選。今後六年中，新任總統怎樣開拓新局，完成臺灣民主化的過渡，已立即成為海內外中國人，甚至全世界注視的焦點了。

最近兩三年來，大家一直在說：臺灣正處在向民主化的過渡時期，但是真正的過渡時期則將與第八屆總統的任期同時開始。而且我們可以毫不誇張地說，未來幾年臺灣將面臨最嚴重的升沉關頭。是升進還是沉淪，關鍵全在於向民主過渡是不是渡得過去。用《易經》的語言說，渡得過去則「貞下起元」，其結果將是「天地變化草木蕃」；渡不過去則「終於未濟」，其結果將是「天地閉、賢人隱」。我們之所以對於第八屆總統任期寄望如此之殷和期待如此之切，正是因為民主過渡不僅將決定臺灣一地的命運，並且也將對整個中國的前途投下重大的影響。

李登輝先生繼任總統雖已兩年，但是在這段期間他首先是在為蔣經國時代作一結束，其次則是為自己的下一屆任期進行準備。因此民主改革的工作幾乎陷於停頓的狀態。我們深信李總統的改革決心十分堅定，戰略部署的暫時退卻是可以理解的，也是必要的。所以我們才說，民主過渡將和第八屆總統任期同時開始。

現在我們要討論的第一個問題是：李總統將以什麼樣的姿態進行民主改革？以前蔣經國先生是以所謂「強人」的姿態發動改革的，這當然是他的過人之處，然而也說明了他的權力的性質。蔣經國先生所掌握的是「一黨專政」或「家長」式的權力。這樣的權力在中外歷史上往往是被推翻、被取代，而不是自動地開放。蔣先生在中國近代史上開了一個先例，最近蘇聯戈巴契夫的改革則是俄國史上一件破天荒的大事。專政權力自動轉化為民主權力是近十年才發生的政治現象；這雖然和時代潮流有關，但是個別專政者的智慧和決心也是不容抹煞的。這一轉變必須由強有力的專政者發端，因為他是權力的最後來源。當年如果不是由於蔣經國先生的堅持，我們很難想像解嚴的決定可以在國民黨中常會上以無記名投票的民主方式順利通過。這裡存在著一個「詭論」（paradox），從專制轉變為民主仍有賴於專制權力的最後一次甚至多次的使用。

但是這一詭論只有在轉變的初期才是有效的，民主的歷程既經發動以後，專制的權力便必須逐步地退位，以至於完全消失。我們當然承認專制自動轉化為民主比較需要一段時間，然而這段時間是不可能太長的。原因很簡單：改革的歷程最初是由上而下的，但很快地便轉變為由下而上。社會上的民主力量一經發動之後，立刻會有風起雲湧之勢。

如果改革是被動的，而且步驟又緩慢，以致由上而下的變動軌道遠遠落在由下而上的那條軌道的速度之後，那麼原有的專制權力還來不及民主轉化便已陷於崩潰的危境。最近東德的發展便是顯例。克倫茲（Eqon Krenz）雖有開放柏林圍牆的壯舉，卻已挽救不了共產黨徹底垮臺的命運。

這就說明今天李總統已不能步蔣經國先生的後塵，再度以「強人」的姿態推動民主改革。事實上，所謂「強人」都是在種種歷史條件下自然形成的，決不可能由人為的力量在短期內塑造而成。過去一個多月來，國民黨內部之所以突然爆發爭端似乎與李總統左右的人希望把他推向「強人」的寶座有關。這種努力也許是出於推動改革的動機，但效果則適得其反。臺灣的民主力量已經發動了起來，不但在社會上如此，在國民黨內也是如此。「強人」和民主最後是不能並存的。現在臺灣已不需要使用專制的權力來推動民主了。不但民主制度無待於「強人」，即使是中國傳統政治中的理想君主也一向是偏重在「虛」、「弱」的一面。所以《淮南・主術訓》說：「夫人主之聽治也，清明而不闇，虛心而弱志。」「虛心」、「弱志」是《老子》論「聖人之治」的話，其本意是強調君主必須「少欲」（「虛心」）和「謙抑」（「弱志」）。這是似弱而實強。據我個人的認識，李總統在本質上正是「少欲」和「謙抑」的人，他也不可能變成世俗上所說的「政治強人」。也許正如巴斯喀（Blaise Pascal）在《思想錄》中所說的，「一個國王是被專門使國王開心，並防止他想到自己的那些人們包圍著」。若真如此，那便不免「愛之適足以害之」了。

我們要談的第二個問題是：李登輝先生將要做什麼樣的總統。像我們這樣並非出身臺灣的中國人希望李先生不僅自許為在臺灣的中華民國的總統，而且還要自勉為整個中國的總統。我這樣說並不是要重彈「反攻大陸」的高調。今天整個共產世界已在迅速地瓦解之中，大陸上的中共統治決不像有些人想像的那樣堅固。在去年六、四屠殺之前，我們決不敢如此推斷。但在六、四以後，特別是東歐共產主義全部崩潰以後，我們是有充足的理由作如是想的。不但我個人如此想，不少大陸留美的學人和學生也如此想。他們也同樣希望李先生不要排除做整個中國的總統的可能性。如果李先生在今後三五年內領導臺灣的民主改革獲得成功，如果大陸上也發生類似東歐的變動，那麼中國的民主統一並不是完全不切實際的空話。兩天前東德的選舉，獲勝的是保守的基督教民主黨。東、西德的統一已是箭在弦上。如果統一成功，那事實上將是東德統一於西德，而不是民主的西德屈服於東德的共產政權。這一發展難道是半年以前可以想像得到的嗎？今天捷克的總統在不久之前還是監獄中的囚犯。如果幾個月前有人推斷他將出任民主捷克的總統，難道不會被人譏笑為癡人說夢麼？

今天的臺灣瀰漫著一片低沉的現實主義和功利氣氛。對於隔海的中共政權，有人恐懼、有人諂媚、更多的人是漠不關心，但是卻很少有人敢存「彼可取而代之」的念頭。這和早期「反攻大陸」的高調形成了最尖銳的對照。其實這兩個極端正是所謂過猶不及。

前者失之過分不切實際，後者則失之完全丟掉了理想。我可以武斷地說，臺灣的命運是和大陸連在一起的；只要大陸的殘暴政權存在一天，臺灣的安全便一天沒有保障。今天一談到臺灣和大陸的關係，許多人首先便在尋找「模式」，是「一國兩制」呢？是「一個國家兩個政府」呢？是「邦聯」呢？還是「兩個國家」呢？這種種「模式」的後面顯然存在著兩個不可動搖的假定：第一是大陸的現政權是永遠不會動搖的；第二是大陸強大而臺灣弱小，因此主動權永遠操之在大陸一面。由於缺乏理想主義的精神，沒有人肯相信孟子所說的「湯七十里、文王百里」的話了。

李登輝先生是富於理想精神的人。我們盼望他能善用他的宗教情操和道德意識，重新為臺灣社會貫注一種可望而又可即的新理想主義。我們慶賀他在臺灣當選為中華民國第八屆的行憲總統，我們更預祝他將在大陸上競選第九屆總統。

由於時間匆促，我只能寫下這兩點期待。至於那些更迫切的有關民主改革的具體問題，自有別人會寫，而且會寫得遠比我精當，我就不多說了。

【編按】

刊登於一九九〇年三月二十一日《中國時報》第七版，標題「可望可及的新理想主義」，副題才是「對李總統的兩點期待」。

文章見報這天是野百合學運第六天，甫當選第八屆總統的李登輝下午在總統府接見五十三名學生代表，雙方達成共識，學運旋即落幕。

第二輯　中國大陸

「窮則變、變則通」

——二十一世紀將是中國人的世紀

一九八七年是中國變化最深刻的一年，海峽兩岸都是如此。在大陸方面，首先是中共發生了「反資產階級自由化」的大波動，胡耀邦因此下臺。不但代表知識分子的良知的方勵之遭到了開除黨籍的處分，甚至代表「第二種忠誠」的劉賓雁等人也不復能見容於中共的極端保守派。一時之間，大陸上確有「黑雲壓城城欲摧」之勢。但是隨後的一切跡象——特別是中共十三大的結局顯示：改革派畢竟在今天中共的內部取得了主流的地位。經濟開放是中共政權的生命之所繫，現階段的中共領導階層已不敢再悍然不顧地倒行逆施了。尤其可喜的則是大陸上知識分子已幾乎沒有人肯昧著良心附和中共保守派的調子了。這和從一九五七年反右到文革時代的情勢形成了最鮮明的對照。聽說在批判劉賓雁的作家大會上只有一個投機分子給保守派幫了腔，而這個人後來又當眾痛哭流涕表示了懺悔。所以一九八七年對於大陸而言是一個嚴重的測驗，其結果則是變革必須繼續下去，中共已無回頭路可走了。

在臺灣一方面，一九八七年的變動更是具有劃時代的意義。實施了近四十年的戒嚴法終於解除了，黨禁和報禁也都已成為歷史的名詞。大陸探親的開放尤其體現了中國文化的人道精神。臺灣在這些方面的革新現在不過在開始的階段，以後當然還要繼續發展下去。但民主憲政的突破在中國史上是具有劃時代的意義的。

概括地說，大陸的變化基本上是經濟改革，而臺灣則是政治創新。經濟改革可以使大陸脫離「一窮二白」的狀態；政治創新則可以導使富裕的社會步向「政通人和」的境界。所以，套一句成語說，一九八七年整個中國的變化是「窮則變、變則通」。成語的前半適用於大陸的格局，後一半是臺灣的寫照。

總的看來，中國的變化是頗能使人樂觀的。然而在樂觀之中，我們又未嘗沒有隱憂在。英國史學家湯因比早就有過「二十一世紀是亞洲人的世紀」的預言，更有人引申其意，宣稱「二十一世紀是中國人的世紀」。我當然希望這種期待可以成為現實。但是僅僅是經濟的富足，甚至政治形式的民主，並不足以保證二十一世紀將是「中國人的世紀」。至少在文化生活上，中國人還必須能表現出較高的人的品質，然後才可以堅定我們對中國未來的樂觀信念。在這一點上，海峽兩岸的中國都還沒有給我們提供強有力的證據。大陸的一般精神狀態似乎可以說是「窮而失志」，這可以從「一切向錢看」這句話流行的自嘲語中得其梗概。臺灣的普通社會心理則不妨稱之為「富而無禮」。這種「無禮」主要表現為暴發戶式的輕狂，無論在消費方式上或政治行為上我們都觸目可見這種現象。我決無意為一筆抹殺之詞，更不否認有少數重要的例外，但我所見的實情為此；這真是很使人洩氣的。當然，我希望有人能證明我的印象是完全錯誤的，如果「窮而失志」或「富而無禮」的人竟然將主宰二十一世紀，那便未免是對人類的最大的諷刺了。

我無法在這裡說明為什麼中國人會落到這個境地，我只願意強調一點：這一精神狀態並不是不能改變的，只要我們沒有完全失去人的自尊心。而且另一方面，我們也確已聽到了要求改變這一精神現狀的聲音，儘管這聲音是很微弱的。

在大家都興高采烈的時候，我竟說了這些掃興的話，我是必須向讀者告罪的，然而我卻真是盼望著二十一世紀會是中國人的世紀。

一九八七年十二月三十一日臺北旅次

【編按】

刊於一九八八年一月一日《中國時報・人間副刊》，臺灣開放報禁第一天。這天開始，不只開放登記新報紙，原本限制三大張的舊有報紙也鬆綁為六大張。一九九三年版《民主與兩岸動向》並沒收錄此文。

此文是余英時質疑「二十一世紀是中國人的世紀」的第一篇。六四之後，他對這句話又多次口誅筆伐，請見一九九〇年〈待從頭，收拾舊山河〉、一九九六年〈海峽危機今昔談〉、一九九八年安琪專訪〈大中國思想是很壞的思想〉，三篇文章《余英時評政治現實》一書都有收。

大陸民主運動的再出發

前幾天（一九八九年二月十八日）《紐約時報》刊出一則消息，中國大陸上有三十三位知識分子和作家聯名向中共政權呼籲人權，要求釋放政治犯，特別是已監禁十年的魏京生。今年是「五四」七十週年，也是中共政權建立的四十週年。大陸的知識分子認為這正是推動民主運動的最好時機。更值得注意的是這次三十三位簽名者之中，不但包括了文化界的知名人物，而且也有中共黨內的傑出之士，甚至連八九十歲高齡的冰心女士也參加了。這真是一個極不尋常的事件，毋怪引起了國際上的注視。

據我所知，大陸留美的知識分子正在準備對上述的公開簽名文件作出廣大的支持；同時海外的華裔學人也將另有響應。

幾乎與大陸的簽名文件同時，一份〈敦促中國大陸民主改革宣言〉也於二月十七日在紐約發表了。這份宣言的簽名者包括大陸、臺灣、香港和美國四個地區的中國知識分子，宣言的內容大致有五點：一、開放民辦報刊，二、人民結社自由，三、區縣首長民選，四、釋放政治犯，五、實行黨政分離。這五項要求的涵蓋面似較大陸的簽名文件略廣，但精神上則完全一致。我自己雖曾應邀作為宣言的發起人之一，並且參加過宣言初稿的討論，但是基本上我只是一個無足輕重的贊助者。因此我仍然可以對這一運動給予一種比較客觀的評估。

上述兩個文件是同時出現的，然而據我的瞭解，這純是不謀而合，並非事先有任何默契。如果一定要給這一巧合尋求一種解釋，我們也許可以說：中國大陸上過去一兩年來的改制潛伏著一種很深刻的危機，大有「山雨欲來風滿樓」之勢，而知識分子對這一危機則最為敏感，因此竟不期而然地發出共鳴。

從「五四」算起，中國知識分子自覺地追求民主已有七十年的歷史，但在過去四十年間，中國大陸反而恰恰和民主背道而馳。有些人不免要懷疑，中國的文化土壤究竟是不是適於民主的成長？中國知識分子爭取民主最後會不會流為鏡中之花、水中之月？這些疑難都不是能夠簡單回答的。不少歷史學家都曾指出：西方近代的民主是隨著中產階層的出現而出現的。臺灣今天形成了一個民主初期的局面也和中產階層的成長有密切的關係。那麼在大陸推動民主是不是也要等待中產階層出現之後呢？這當然也是一個不易解答的問題。

我在下文將提出兩個論點：一是關於知識分子在中國近百年的大變動中的實際功能；一是關於「民主」觀念本身在中國現代思想史上的消長。但限於篇幅，所論將極為粗略。

中國自十九世紀中葉以來開始的大變動是由內在外在種種客觀力量互相激盪而共同造成的。歷史家一向把這個變動的根源歸之於西方勢力的入侵。這一論斷基本上雖無大誤，但不免忽略了中國社會本身的動力。早在十九世紀初葉，即鴉片戰爭爆發以前，感覺敏銳的士大夫如龔自珍與魏源等人已深刻地體會到中國正面臨著一個新的變局。他們提倡公羊派的微言大義和經世致用之學都是相應於世變的思想設計。但這顯然不是對於西方挑戰的回應。到了十九世紀晚期中國的內部變動才和外來的力量匯流，造成所謂「三千年未有之變局」。

以上的話是要引出一個重要的事實，即中國近代的大變動誠然是起於客觀的力量，然而在每一歷史階段，變動的方向則是由知識分子決定的。無論是經世之學、洋務運動、戊戌變法、辛亥革命、五四運動、國民革命，以至共產主義的興起，都一一出自知識分子的思想設計。這當然不是說：知識分子可以任意用他們的主觀理想強加於整個中國。但另一方面，中國近代史各階段的發展顯然也並不能證明其中有什麼的必然性。主觀與客觀，必然和偶然在歷史上是交互作用的。大體上說，在上述每一階段，知識分子之間所達到的共識往往能操縱變動的力量。在這個意義上，我們可以說：知識分子作為一個社會群體在中國近代和現代史上一直在發揮著支配的、決定的力量。這種情況自不限於中國。例如列寧便曾坦白承認：馬克思、恩格斯是資產階級的知識分子，而俄國的社會主義革命也是「知識分子的思想發展的自然和必然的結果」。熟悉俄國革命史的人都知道：在一九〇五年之前，俄國歷次革命運動都是在知識分子和學生領導之下發展起來的。

過去幾十年中，中共一直宣傳他們的革命是中國歷史的必然發展。其實這是政治神話，我們找不到任何歷史根據，足以證明中國在一九四九年「必然」要變成一個「社會主義國家」。由於種種原因，中國知識分子為馬克思主義的意識型態所吸引。在這一「共識」之下，他們竟成為中共政權的奠基者。所以周恩來在一九七二年告訴一批訪華的美國青年說：「根據我們的經驗，革命總是由知識分子首倡的。」其實在我們這些經歷了國共內戰的人，記憶是很清楚的，中共能在短短四年之內取得政權，主要是靠知識分子的支持和同情。支持者最初尚限於一部分青年學生，但很快地便擴大到知識界的領導人物。等到多數知識分子的「人心」都變了，舊秩序便立刻土崩瓦解。這正是由於知識分子在中國社會上一向有更大的影響力的緣故。

舊秩序的崩潰並不足惜，但中共所建立的新秩序則完全出乎知識分子當初的想像之外。在斯大林式的極權統治之下，知識分子所遭受的壓迫和屈辱是史無前例的。這三、四十年來，大陸上的知識分子不敢怒、不敢怨、更不敢言，所以政治社會的抗議根本已不存在。自一九七九年以後，中共的思想控制因迫於新的政治經濟形勢而不得不開始放鬆，但是最先對極權體制公開表示反對的只是少數青年學生，而中年以上並具有社會地位的知識分子則仍然餘悸猶在。方勵之、劉賓雁等少數人是衝破極權羅網的第一批勇者，現在三十三位知名人士的簽名文件則更進一步象徵著中國知識分子的現代傳統的復活。這是現代史上值得大書特書的事件。

這件事之所以特別重要則和「民主」觀念的再現有不可分割的關係。這次的簽名文件的措詞雖然溫和，然而在精神上則代表了知識分子向政治權威的公開抗議。文件所要求的實質上即是人權、自由和民主。民主作為現代中國的政治理想是孫中山先生最早正式提出的（民權主義），但是在清末民初之際，中國一般知識分子對於民主的理解還是相當模糊的，直到「五四」運動以後，西方近代的民主觀念才逐漸清晰起來，三十年代和四十年代的中國知識分子，尤其是其中具有影響力的領導人物，大體上都傾向於接受西方式的民主理想。不幸這一、二十年間正是中國民族危機最深刻的時代，實際政治走上了左右兩極的分化，而同以「一黨專政」為最後的歸趨。嚮往民主的知識分子在夾縫之間幾乎沒有存身之地。所不同者，當權的國民黨是以「黨化教育」的公開政策迫使知識分子就範，其結果則是疏離了知識分子；另一方面在野的共產黨則以隱蔽的方式，假「新民主」之名，誘知識分子入彀。所以在抗戰勝利的前後，許多知識分子，特別是青年學生，都不免相信英、美式的民主是「資產階級的假民主」，只有中共所領導的革命才會創造出一個「無產階級的真民主」。中共自始即視具有民主傾向的知識分子為大敵。早在一九四九年八月間，即中共政權成立的前夕，毛澤東便已借批判美國《白皮書》為名，一連寫了好幾篇文字對「中國的民主個人主義者」大張撻伐。所以一九四九年以後，人權、自由、民主等在中國大陸上已成為見不得人的字眼。

這次大陸的簽名文件響應方勵之關於釋放政治犯的要求，其根本立足點便是「人權」觀念，這是西方民主的精華所在。

中國知識分子在經歷了四十年的極權桎梏之後，重新體認到民主的價值，其意義絕不在「五四」時代初倡民主觀念之下。因為這次的民主再發現不只是理論上的理解，而是植根於實踐中的艱苦磨練。此是程伊川所謂「真知」，或王龍溪所謂「徹悟」。通過「真知」或「徹悟」而來的東西是不會再失去的。「自從一見桃花後，直到如今更不疑。」這個境界以前只有陳獨秀曾經達到過。他在一九四〇年七月卅一日給連根的信中說得最透闢。

你們錯誤的根由，第一是不懂得資產階級民主政治之真實價值（列寧、托洛斯基以下均如此），把民主政治當作這是資產階級的統治方式，是偽善、欺騙，而不懂得民主政治的真實內容是：法院以外機關無捕捉權；無參政權不納稅；非議會通過，政府無徵稅權；政府之反對黨有組織、言論、出版之自由；工人有罷工權；農民有耕種土地權；思想、宗教自由等。這都是大眾所需要，也是十三世紀以來大眾以鮮血鬥爭七百餘年，才得到今天所謂「資產階級的民主政治」。這正是俄、義、德所要推翻的。所謂「無產階級的民主政治」，在資產階級的民主只是實施的範圍廣狹不同，並不是在內容上另有一套無產階級的民主。

他在同年十一月所寫〈我的根本意見〉一文中，更扼要地指出：

民主主義是自從人類發生政治組織，以至政治消滅之間，各時代（希臘、羅馬、近代以至將來）多數階級的人們反抗少數特權之旗幟。「無產階級民主」，不是一個空洞名詞，其具體內容也和資產階級民主同樣要求一切公民都有集會、結社、言論、出版、罷工之自由。特別重要的是反對黨派之自由。

這些話從理論上說真是卑之毋甚高論，然而從他的筆下流出來又何等的義正詞嚴，何等的擲地有聲！這些話幾乎句句都不啻是針對著中共政權而發的；我相信，大陸上三十三位簽名者如果有機會讀到這兩段文字一定有「先獲我心」的喜悅。為什麼呢？因為他們和陳獨秀有著同樣深刻的「真知」和「徹悟」。

今天大陸上知識分子開始恢復中斷了三、四十年的抗議精神，中國的民主化也再度露出了一線曙光。這當然是令人鼓舞的。然而近景仍然不容樂觀。至少我們目前還無法判斷中共當局對這一新的發展究竟能容忍到什麼程度。中國大陸的客觀條件也許還不足以支持民主運動的全面展開。但是「風雨如晦，雞鳴不已」是中國知識分子的最大特色之一。稽之往史，他們是有潛力創造一個新時代的。

今天海外的中國知識分子都有一項無可推卸的歷史任務：他們必須盡一切的力量，讓大陸的民主火炬燃燒下去，直到它照明中國大地的每一個角落！

一九八九年二月廿三日於普林斯頓

【編按】

原刊於一九八九年二月二十五日《中國時報》第三版。文前方塊文字如下：「編者按：普林斯頓大學講座教授余英時，為中國思想史泰斗，對全球各中國社區的民主發展一向關切。此次美國地區組成『敦促中國大陸民主改革宣言』，聲援大陸的民主運動，余教授是發起人之一。特為本報撰寫專文，呼籲全球中國人共同致力民主發展。」

這一年是先有方勵之一月六日致鄧小平的公開信，接續才是本文提到的三十三人那封。三十三人完整名單如下：冰心、北島、邵燕祥、吳祖光、蕭乾、馮亦代、李澤厚、田壯壯、陳平原、牛漢、老木、李陀、張潔、宗璞、吳組緗、湯一介、樂黛雲、黃子平、劉東、張岱年、嚴文井、蘇曉康、金觀濤、龐樸、朱偉、王焱、包遵信、劉青峰、芒克、高皋、蘇紹智、王若水、陳軍。

余英時參與聯署的宣言，連署者眾多，無法一一列舉，統派學者有六四前已在北京大學任教的陳鼓應，還有日後常赴中國講學的許倬雲，以及乾脆在北京定居的杜維明。獨派學者則有張旭成、張富美，日後都回台，在民進黨當政時為官。

本文刊出同一天，美國總統布希抵達北京訪問，全世界都在關注中國民主運動。

「五四」重回知識分子的懷抱

——記《中國時報》「五四」運動七十週年研討會

今年是「五四」運動七十週年。《中國時報》於四月十五、十六兩天在紐約召開了一個小型的研討會。議題分成三個部分：一、「五四」運動的理想——民主與科學；二、「五四」的反傳統思想；三、知識分子的自我意識。會議的內容將另行整理出版[1]，本文不擬詳及，我現在只想寫一點參加這次會議的感想。我的感想主要是關於「五四」精神四十年來在中國大陸上的消長。

參加這次會議的一共有十個人，其地區分布大致如下：來自臺灣的兩人，來自大陸的五人，來自美國的三人。為什麼我的感想偏重在大陸方面呢？這有兩重理由：第一是臺灣和海外中國知識界的思想狀況是大家都很清楚的。自一九四九以來「五四」遺產在

1 編註：請見〈啟蒙與救亡〉一文，收錄於周陽山主編《從五四到新五四》一書。

臺灣和海外的知識分子之間既有繼承，也有批判；大體而言，其發展是比較正常的。但「五四」對於大陸知識分子來說，究竟具有什麼意義，我們則不甚了了。現在我們親自聽到大陸知識分子現身說法，這是很能引發深思的。第二、來自大陸的五位與會者頗有代表性：其中兩位以前是中共黨內的中堅人物，（一位主持過《人民日報》的筆政，一位曾在中共中央黨校擔任過重要的領導職務。）一位曾被打成「右派」至二十年之久，而今天是以暴露中共黑暗而最具影響力的作家。以上三位都是在四十年代加入了共產黨的，現在則或已被除名或已自動退黨。第四位是「四人幫」時代所謂「梁效」（「北大、清華兩校大批判組」的代號）的寫作組組長，經過三年隔離審查之後，現在北大歷史系任教。最後一位是年輕一代的作家，也是最激烈的反共知識分子。以年齡而言，前三位是六十多歲，第四位是五十歲出頭，第五位則是三十歲左右。在這次會議中他們也可以說是分別代表了老、中、青三代。（在大陸上，前三位當然仍屬於「中年」一代。）

在這篇感想中，為了儘量保持客觀氣氛，我不想指名道姓，而且座談紀錄還沒有整理出來，我也無法將其中個別的觀點分繫於各人名下而保證不發生錯誤。我們最感興趣的是「五四」對於這三代知識分子有什麼不同的啟示？他們的心路歷程有什麼異同？總之，我們所要尋找的是典型意義，而不是個人的特殊經驗。

「五四」是一個很複雜的運動，有政治的成分，也有文化的成分。現在大陸上一般把政治的「五四」稱作是「救亡」運動，而稱文化或思想的「五四」為「啟蒙」運動。

最近李澤厚提出了「救亡與啟蒙的雙重奏」的說法。其大意是說：「啟蒙」的宗旨在個性解放，而「救亡」則是以整個中國為本位。最後「救亡」的洪流淹沒了「啟蒙」，以致思想或文化的運動未能獲得適當的發展。這一說法是建築在大家都看得見的歷史事實上。胡適早就一再指出過，民國八年五月四日的學生運動是純政治性的，它干擾了新思潮、新文學的正常發展，也就是說「五四」把新文化運動帶上了歧途。

由於大陸知識分子比較熟悉「救亡」與「啟蒙」的說法，我們的討論便是從這裡開始的。「啟蒙」這個觀念當然是從西方十八世紀的啟蒙運動轉借過來的。「五四」是不是和西方的「啟蒙」之間可以劃等號，這還是大有討論餘地的問題。但大陸學人對「啟蒙」的涵義似乎並沒有十分清楚的界說。他們大致認為「五四」以後的思想啟蒙工作做得太不夠了，因此民主和科學才無法在中國生根。討論中出現了一個有趣的意見，有一位老一代的大陸學人反對李澤厚的說法。他堅持自「五四」開始，知識分子的「救亡」運動和「啟蒙」運動一直是同起同落的；兩者之間無論在邏輯上或歷史發展上都不是必然互相排斥的。他的根據是「五四」既要求救國（「外抗強權」）也要求民主和自由，甚至到了抗戰後期，知識分子仍然是反對帝國主義和要求民主雙管齊下。

在這個問題上，大陸以外的與會者則頗持異見。這仍然要從澄清所謂「救亡」與「啟蒙」的具體意義著手。新文化、新思想的運動早在「五四」前兩三年已經開始，包括文學革命在內。從早期《新青年》的文字看，這是知識分子要求通過文學、道德、藝術、宗教各方面的思想解放以改造整個中國。所以舊禮教、舊文學、舊倫理等首先成為攻擊的對象。這是陳獨秀在〈新青年罪案之答辯書〉中講得很清楚的。胡適又把新思潮的意義歸結到一種「評判的態度」，提出尼采的「重新估定一切價值」之說。在這些重要言論中，我們可以看出「五四」作為文化、思想運動，首先是要求知識分子從傳統的桎梏中解放出來，然後再進一步重建中國的新文明。在這一階段，中國知識分子的「自我意識」的覺醒是極其顯著的。個性解放、思想自由、批判精神等是運動的中心所在。他們所嚮往的西方文化也是以西歐和美國一系為主體，「民主」與「科學」兩個口號便是在這一背景下提出的。胡適固不必說，陳獨秀論「民治」（即民主）也明說是「拿英、美做榜樣」。總之，當時的思想傾向是偏於個體主義人生觀的一邊，所以易卜生的《娜拉》出走成為一種最有力的時代象徵。政治問題在這一運動中最初並不佔重要地位。陳獨秀要加以破壞的「舊政治」不過是所謂「特權人治」而已。這時的知識分子並沒有表現一種救亡的迫切感，為了國家、民族的存在不惜犧牲一切個人的那種強烈情感尚未爆發；群眾運動更沒有變成主流。

民國八年五月四日的學生示威運動則改變了這種情勢。「五四」是學生的愛國行動，基本性質是政治的，然而仍是知識分子的自發運動，背後沒有任何政治團體在主持或操縱。但「五四」示威畢竟是以整個中國為關懷的對象，而且示威本身即是一種群眾運動，從知識分子擴大到商人和工人。這標誌著歷史重心的轉移的開端：從個體的獨立與自由轉向集體（中國）的獨立與自由。文化「五四」和政治「五四」的主要分別在此；「啟蒙」和「救亡」，分析到最後，即可以歸結為個體本位與集體本位兩種不同的取向。

以「五四」運動的初期而言，「啟蒙」和「救亡」不但不是互相排斥的，而且毋寧是相輔相成的。「五四」學生的政治意識的高漲正是由於他們受了新文學和新思潮的洗禮。但是幾年之後，中國的政治情況變了，中國共產黨的成立和國民黨的改組都直接由「五四」的學生運動而引起，從此在「大革命論」的思潮激盪之下，打倒帝國主義以爭取國家的獨立和富強成為多數知識分子的中心信仰。集體本位取代了個體本位，「五四」前期那種對於個性解放與自由的關懷以及「人的文學」的追求，都變得黯然失色了。在「救亡」的迫切任務下，「民主」和「科學」也不再是最高的價值，所以三十年代，一方面有「民主」與「獨裁」的爭論，有「無產階級專政」的觀念的提出，另一方面，又有「讀書不忘救國」的口號的流行。前者顯示出對「民主」的懷疑，後者則是以功利觀點消解了「科學」的真精神——為知識而知識或為真理而真理的精神。「啟蒙」和「救亡」之間顯然開始發展了一種緊張的關係。這種緊張可以從胡適在一九三〇年所說的一段話得到最明確的印證。他說：

> 現在有人對你們說：「犧牲你們個人的自由，去求國家的自由！」我對你們說：「爭你們個人的自由，便是為國家爭自由！爭你們自己的人格，便是為國家爭人格。自

由平等的國家不是一群奴才建造得起來的！」

這位堅持初期「啟蒙」理想的「五四」領袖這時已深切地感覺到他的思想上的敵人不再是中國的舊傳統，而是另一來自西方的觀點——集體先於個體，國家先於個人。代表這一觀點的正是共產黨的馬列主義和國民黨的「一黨專政」說；兩者的共同的力量來源則是當時高漲的民族主義情緒。從此以後，學生運動的主調都是「救亡」而非「啟蒙」；在文學和思想的領域中，集體意識也淹沒了自我意識。尤其重要的是，自國共分裂以後，無論是學生運動、文學運動或一般思潮，都不再簡單地出於知識分子的自動自發。現在我們已清楚地知道，運動的原動力往往來自共產黨的組織。著名的「一二・九學生運動」[2]便是最好的例證。

我們必須弄清楚這一歷史背景，然後才能瞭解大陸知識分子在過去四十年間的心理轉折和思想變化。為什麼這會中大陸老一代知識分子必須堅持從「五四」到四十年代之末，「啟蒙」和「救亡」都是同起同落的？從歷史上看，這種堅持是恰恰與事實相反的；但是從心理上說，我們卻不能不考慮它也有真實的成分。在三十至四十年代投身共產主義運動的知識青年，有的深信國家獨立與個人解放是並行不悖的，有的則深信在國家獨立之後，個人解放將是順理成章的事。這種想法一方面當然是當時國際和國內的政治情勢逼出來的，但另一方面卻正暴露了「五四」在思想上的準備不足。在西方思想史上，

「公領域」和「私領域」之間的緊張，也就是個體的自我實現和集體公平的追求之間的矛盾，遠起於古希臘，而且一直到今天還是大家爭論不已的大問題。（最近的討論可看：Richard Rorty, *Contingency, Irony, and Solidarity*，劍橋大學出版社，一九八九。）即使在中國思想史上，魏晉的「自然」與「名教」之辨也早已深入地討論了二者之間的緊張關係。但「五四」時代的思想領袖如陳獨秀竟能先主張個性解放，嚮往英美式的民主和自由，幾年之後卻一變而為激烈的集體主義者，並且毫不遲疑地指斥西方民主是資產階級專政的偽裝。這一突變並不足異，可異的是我們看不到其間思想的和認識的轉變過程。

「五四」初期的思想造詣如此，後期「救亡」淹沒了「啟蒙」，思想建設的工作自然更不能深入了。理想主義的知識青年正是在這種情況下為馬克思主義所吸引。三位老一代與會者都承認他們當初參加共產黨是出於對於民族主義和個人自由可以相結合的信念，而共產黨則不斷以民主，甚至「新民主」相號召。「五四」時代中國知識分子對於西方民主、自由、人權等等觀念所知本已有限，在現實生活上更缺少聯繫，他們終於為馬克思潮流席捲而去，幾乎可以說是無法避免的。

---

2 編註：發生於一九三五年十二月九日的北平，當時中共武裝部隊剛逃竄到陝北，希望國民黨停止「勦匪」，就發動學生上街，要求「停止攘外必先安內，一致對外抗日」，學運迅速擴散到各大城市，也為中共吸收大量年輕黨員。

「五四」的變質——從個體本位轉變為集體本位——是中國現代史上一大悲劇。七十年來，我們並不是不知道這一段悲劇的歷史，但是現在我們才有機會在過來人的心路歷程中得到印證。我們通常都把這一轉變歸罪於中共宣傳的欺騙和青年人的盲目衝動。然而問題決不如此簡單。現代社會是一個充滿著矛盾的社會，包括個體與集體、自由與秩序、自我實現與社會公平、公領域和私領域之間的重重矛盾。馬克思主義便是在這重重矛盾中發展和流行起來的，因為它以克服矛盾而獲得更高層次的統一為號召。（可參看 Rorty 前引書，頁一二〇。）西方許多學人都曾尋找過馬克思主義的魅力何在的問題，我們無法在此詳細討論。但是無論如何，矛盾的統一是其魅力的一個主要泉源，例如馬克思在《德意志意識形態》中極力鄙棄一切現存道德，認為是革命的障礙；在他的一切署名的文件中，馬克思對於當時民主運動中所最看重的一些道德理想如道德進步、永恆公平、人的平等、個人或國家的權利、良心的自由等等，都不屑一顧。在他看來，這些理想都只能在思想上造成混亂，而在行動上更是毫無效力。（可看 Stephen Lukes, *Marxism and Morality*，牛津，一九八五，第一章及 Isaiah Berlin, *Karl Marx*，牛津，第四版，一九七八，頁七—八。）然而馬克思自己則一生都表現著強烈的道德憤怒，儘管他個人的私德遠在一般人之下。（見 Paul Johnson, *Intellectuals*，紐約，一九八八，第三章。）所以馬克思是近代第一個用道德激情來摧毀道德規範的人。後來馬克思主義的宣傳之所以如此吸引人便由於它是一個「不道德的道德力量」（「the moral force of immorality」）。（見 Michael Polanyi, *Personal Knowledge*，芝加哥，一九六二，頁二二七。）

這個「不道德的道德力量」在「五四」時代傳入中國之後，發揮了更巨大的威力。這大概有兩層理由：第一、中國社會一向是喜歡「講道德」的，因此道德語言對於中國人，特別是有理想、有熱情的知識青年，具有更大的吸引力。第二、「五四」新文化運動已摧破了傳統的道德規範，但是還沒有來得及建立起一個新的規範。這個道德價值的混亂狀態為「不道德的道德力量」提供了最理想的發展的機緣。這一點也有助於說明：為什麼馬克思主義運動可以通過知識分子而征服中國，但在西方卻始終只能激動知識分子而不足以動搖其社會結構。撇開社會、經濟的因素不談，像上面提到的西方民主社會中的基本價值如自由、人權等，都多數在個人實際生活中生了根的。知識分子可以為了馬克思主義的烏托邦而鄙棄這些價值，但「沉默的大多數」是不肯的。「五四」以後的中國則大不相同：一方面，傳統道德在知識青年的心中已經破產，遠不足與「不道德的道德力量」抗衡；另一方面，個人本位的價值和實際生活是脫了節的，尚不能形成一種道德的力量。共產黨自二十年代起便開始巧妙地運用這一股剛從傳統規範中游離了出來的道德能源，把它納入自己特製的道德語言系統之中。其結果是造成一種形象，好像天下之惡都集中在敵人的身上，而共產黨則是道德正義的化身。六十歲以上的中國馬克思主義者，在談論中往往不知不覺地便流露出這種特有的道德語言，儘管他們也承認共產黨今天在道德上已完全破產。這一現象頗能說明他們最初參加共產黨主要還不是出於理性的認識，而毋寧是為一股無所歸屬的道德情緒所驅使。「五四」後期的思想轉向在這裡似乎獲得更深一層的解釋。

與會的大陸學人今天已一致向個體本位的思路移動，雖然移動的幅度因人而異。即使是老一代的也不得不承認真正的集體自由是每個人都有獨立的自由。這種看法顯然已接近胡適當年的立場。回顧起來，這一思想變化是可驚的，特別是我們知道，持這一看法的人包括了五十年代初期批判胡適思想的猛將。為什麼中國馬克思主義者會在思想上發生這樣深刻的變化？首先當然是起於生活的體驗。知識分子只要尚有一絲殘餘的自我意識在，便不可能永遠忍受愈來愈緊的極權統治。即使已成為極權統治者一分子，並且已心甘情願地做「黨」的「螺絲釘」，但當極權暴力有一天反彈到自己身上時，長期壓伏在潛意識中的「自我」也仍然會復甦起來。今天大陸上五、六十歲，而嚮往民主、自由的知識分子，很大一部分是來自中共黨內的。他們是「五四」的第二、第三代，出生在一九一九年以後，或多或少接觸過個體本位的思潮，但很早便被「不道德的道德力量」吸引了過去。這些人的自我意識的抬頭恐怕不能不溯源到「五四」新文化運動的影響。個性解放、民主、自由等觀念儘管在當時紮根不深，但畢竟進入了中國人的意識之中。他們在殘酷的政治鬪爭中挫敗下來之後，自然不免要改從個體的觀點進行反思。陳獨秀晚年沉思了六、七年，最後回歸於「五四」初期所提倡的西方式的民主和自由。陳獨秀的轉變是屬於積極型的，因為他仍然關心社會組織的形式。他堅持即使在所謂「無產階級民主」之下，一切公民的自由也都必須獲得保障。另外還有一種消極型的轉向，瞿秋白的〈多餘的話〉可為代表。他回歸到「五四」時代一種浪漫式的個人主義。在〈多餘的話〉中，我們不僅看到新思潮的初期色彩，甚至還能察覺中國傳統的自我意識的遺痕，如老莊、如宋儒語錄、和佛經。今天「五四」第二、第三代知識分子的心路歷程則多與陳獨秀一型為近。我們也可以說，在七十年後，「五四」開始了它的第二個循環圈。

青年一代知識分子在個體自由的問題上則持著非常激烈的態度。青年一代都是在極權體制下出生和成長的，經過所謂「文革」的災難，他們對極權體制下的集體，無論是民族、國家、政府、或黨，都只感到是一種窒息、壓迫的力量。從他們有記憶的時代起，「不道德的道德力量」早已因權力的腐蝕而變成了單純的「不道德的力量」。「共產黨」三個字在他們心中已引不起絲毫「道德」的聯想，而恰恰是其反面。最近《紐約時報》報導，在北京公共汽車上，一位青年因撞倒了乘客而挨罵。這個青年反問道：「我不是小偷，我不是殺人犯，我也不是共產黨，你為什麼罵我？」全車的乘客都笑了。這個故事十足說明大陸上極權整體的精神已潰散了。潰散的結果是個體意識空前的高漲，尤以青年一代為然。無論是在這次會議中或其他場合，大陸上青年知識分子推崇「五四」初期個體本位思想的熱烈程度都是驚人的。

青年一代的思想是從哪裡來的？是「五四」的殘餘影響嗎？還是近十年來從西方傳

入的？這個問題當然不能有簡單的答案。但是最重要的，和中年以上知識分子一樣，他們的自我意識也是首先植根於生活體驗之中的。不過由於生活體驗與中、老年人不同，他們的心路歷程也截然有異。他們自出生之日起便已沒有機會在國家自由和個人自由之間作選擇了。他們也從來不曾心甘情願地放棄個人的自由以完成國家的自由，因此沒有中、老年人的心理負擔，即必須證明自己當初的選擇是正確的，參加共產黨可以同時完成「啟蒙」和「救亡」的雙重任務。青年人的覺醒則直接起於衝破極權羅網的強烈感受。最初在思想資源極其貧乏的狀態下，他們雖有此真實感受，卻無法清楚地表達出來。近十幾年來，西方各式各樣個體本位的觀念傳入大陸，他們才獲得了表現這種感受所需要的語言。他們也因此而重新發現了「五四」初期那種個體本位的思想傳統。在回向個體本位的立場時，他們所走的路也和中、老年不同。中、老年的知識分子一時還擺脫不了馬克思主義的框架；他們第一步只能回到所謂早年馬克思，即《一八四四年經濟與哲學手稿》中所討論的「人道主義」和「異化」的問題。在我個人看來，這至少是一條彎路，未必能把人帶上一種比較健康的個體本位的立場。大陸青年的一代則似乎不肯再在馬克思主義的迷宮中繞圈子了。不過從青年人今天的思想傾向來看，他們也很可能會走上一條極端個人主義的險途。個體和集體、創新和傳統、自由和秩序之間如何取得動態的平衡？這些根本的問題還有待於不斷的展開討論。

如果這次研討會上有什麼共識的話，我想唯一的共識便是對思想多元化的肯定。這也是「五四」新文化運動的原始論點之一，無論是海內或海外、老年、中年、或青年，中國知識分子對這一點都無異辭。「五四」新思潮的要求首先便是打破任何一家思想「定於一尊」的局面。「五四」打破了儒家「定於一尊」的狀態，但那時的儒家（所謂「孔家店」）事實上早已失去統一思想界的力量了。過去四十年，中國大陸竟進入一個史無前例的「定於一尊」的階段，而且在這種思想的後面則是赤裸裸的暴力。中共在過去四十年間，當然每年也都照例慶祝「五四」。但「五四」的意義僅在於為馬列主義「定於一尊」作思想上和幹部上的準備。這真是歷史的絕大諷刺。我們這次會議顯示了一個新的動向：「五四」在大陸又回到了知識分子的手中，多元思想、多元價值的觀點再度獲得了肯定。從最近十幾天大陸學生運動的規模和性質來看，我們更有理由相信知識分子已奪回了文化、思想上的領導權。

我們雖然在上面提到今天大陸上開始了第二個「五四」循環圈，但是第二次的循環是站在一個新的高度上重新出發，而不是回到了原地。「五四」也有它本身的缺陷和限制，必須加以克服與超越。這是新一代知識分子的緊迫課題。這次《中國時報》召開的「五四」七十週年研討會的最大意義便在於鮮明地提出了這一課題。

一九八九年五月二日

【編按】

原刊於一九八九年五月五日《中國時報・人間副刊》。

本文記錄的研討會，來自臺灣的兩人是陳其南、張忠棟。來自美國的三人除了余英時，還有杜維明與張灝。來自大陸的五人，曾主持《人民日報》筆政的是王若水，曾在中共中央黨校擔任要職的是阮銘，曾被打為右派二十年之久的是劉賓雁，「梁效」是范達人，年輕激烈反共作家是劉曉波。

「天地變化草木蕃！」

——大陸「新五四」運動偉大成就

大陸學生的「新五四」運動在最近幾天之內急轉直下，風起雲湧，令人目不暇接。現在事情正在變化之中，幾乎，每一小時都有新的發展。何時塵埃才能落定，尚難預卜，所以本文不準備多涉最近報導的事實。以下我將從一個較廣闊的歷史視野來估計這一運動的可能歸趨及其較長遠的意義。

讓我們從一個古代神話說起。上古有一個傳說，共工曾頭觸不周山，天折西北，地陷東南。這個天折地陷的神話大概有深刻的涵義，藉摧毀宇宙秩序以表示對現存政治社會秩序的憤怒。中國古人通過怨天、恨天的情緒以表達對於改變現狀的強烈願望，是有長遠的傳統的。漢末黃巾有「蒼天已死，黃天當立」的口號，明末老百姓在《豆棚閒話》裡也說：「老天爺你不會做天，你塌了吧！」這些怨天恨地的神話在中共奪取政權的前後都曾受到左派文人的特別重視。而共工頭觸不周山，使「天柱折，地維絕」的神話尤其是毛澤東所最為欣賞的。這當然是因為「共工」兩字對於共產黨有特別的象徵意義。

打碎了舊宇宙之後，毛澤東更是雄心勃勃，居然寫出「敢教日月換新天」的狂妄詩句。

一九四九年是中國天翻地覆的一年。中共所摧毀的並不只是一個腐敗的政權，而是整個中國的價值系統和傳統民間社會。一九四九年也使民主在中國的發展遽然中斷。民主政治本是對治傳統的專制政體的一劑良藥。但隨著中共而來的則是逆現代潮流而興的極權體系。毛澤東美其名曰「人民民主專政」，而一究其實則是不折不扣的斯大林式的個人恐怖專政。這是中國傳統的帝王所望塵莫及的。從一九四九到一九七六年，在中國大陸我們只看到一個獨夫在那揮灑自如、從心所欲地殘民以逞。

四十年來中國大陸是一片「天地閉、賢人隱」的死寂景象。這正是「共工頭觸不周山」的結果。中國要從這一片死天寂地中復甦過來，重新踏上現代化的征程是極其困難的，這要比單純地從傳統向現代轉化不知道要困難多少倍。自從中共在一九七九年開始對西方開放以來，大陸上確呈現了一種新的局面。這是因為極權體制早已使經濟陷於絕境，中共政權為了掙扎圖存，不得不打開經濟的領域。另一方面中共幹部四十年來因絕對權力而帶來的絕對腐蝕也表面化了。幹部的人欲橫決使他們失去了以往那種控制人民的絕對能力。但是鄧小平從來沒有絲毫放棄一黨專政、一人專政的意思。他其實是毛澤東的忠實承繼人。這是早在一九八二年便已露出端倪的了。監禁魏京生封閉民主牆即是明證。不過鄧小平過高地估計了他自己的威望，過低地估計了人民，特別是知識分子的政治覺悟的程度。他誤以為在三十年密不通風的極權統治下的知識分子，現在享受到前所未有的一點自由呼吸的空間，一定會感激涕零，從此死心塌地擁護他的領導。他這一次的錯誤估計和毛澤東一九五七年「鳴放」的錯誤估計是先後如出一轍的。我們也須記住，他的基本政策，自始便是「經濟放寬，政治加緊」，而且「經濟放寬」根本是為了「政治加緊」製造條件的。

在「經濟放寬」的指導思想之下，以前控制在一個獨夫及其親信手上的權力的確已部分下移。但是這種下移的權力並沒有回到人民，而是分散在千百萬早已腐蝕的各層幹部和他們的家人親友的手上。這就造成了近十年來大陸上貪污腐化的普遍現象。以前隱蔽的不公平現在則完全赤裸裸地暴露在光天化日之下。大陸的知識分子都說：經濟改革對他們而言是生活更困苦了。因為一方面物價在不斷上漲，去年更高漲到百分之三十以上，而另一方面，知識分子的薪金反而下降了。以前一級教授的月薪是三百多元人民幣，今天卻已減至二百元了。大學教授如此，中、小學教師更不問可知。一般沒有其他額外收入的公務員、工人階級、窮鄉僻壤的農民，甚至軍人，生計的艱窘也是不必說的。所謂企業界人員，則大部分是高幹子弟和有「關係」的人士。在混水摸魚的過程中，自然也有些普通人民成了幸運兒，但畢竟是少數。千載一時的機會是可遇而不可求的。這種極端不合理的財富分配狀態正說明了一般人民憤懣之深而大。為什麼這次各行各業的人民，甚至包括警察都奮不顧身地起而保護遊行和絕食的學生？我想最確切的答案便是以前的「義勇軍進行曲」而後來變成了中共國歌的歌詞：「起來，不願做奴隸的人們，把我們的血肉，築成我們的萬里長城！」正如海耶克所早已指出的，所謂社會主義本來就是一條走向奴役的道路。這次的大抗暴運動向世界正式宣告：極權制度下的奴隸們真正起來了。

為什麼這一偉大的抗暴運動是由青年學生揭幕呢？其中原因很多，無法一一列舉。不過我們也要特別指出三點最重要的背景。第一是知識分子的傳統。知識分子是對於社會不公平最敏感的一群，因為他們有超越個人利害的理想和熱情。我們知道，在抗議的學生中不乏中共高幹的子弟。這正如三、四十年代左傾思想的青年中很多是出身於國民黨高官的家庭，六、七十年代美國反越戰的激烈青年也多來自中產階級的背景。第二是「五四」的遺產。「民主」的理想雖經中共四十年來的歪曲，但仍活在知識分子的集體記憶之中。許多從前誤認馬列主義為「科學」和「民主」的中年知識分子也早有不少獲得了深刻的新理解，因而從中共的體制中「異化」了出來。他們是一批對於「五四」的集體記憶的傳遞人。今天二十歲左右的青年知識分子似乎最先是從中年一代那裡承受了「五四」的遺產，然後又因西方思想的重新輸入而大大地加強了對於「民主」、「科學」的信念。第三是年代的隔閡。七、八十歲的老年知識分子，一般而言多已志氣消沉，包括早年的「民主人士」在內。而且他們對於共產黨仍懷有莫名其妙的又敬又怕的心理。五、六十歲的中年一代則較難從馬克思主義的思維模式中徹底的解脫出來。他們不免有一種較嚴重的認同危機，因為完全否定馬克思主義（注意：不是馬列主義）便等於否定了自己的全部生命。這個痛苦是難堪的，並且老、中年兩代還有一個共同的心理障礙：他們不難承認今天的中共已墮落到必須唾棄的地步，然而他們無法接受最初追隨共產黨便是錯誤的這個事實。他們已不能認同於今天的中共，但卻又不能完全不認同於歷史上的中共。經過上面的初步分析，我們便會明白：為什麼這次運動的主體只能是青年一代了。他們的生命力是旺盛的，思想是全新的；更重要的是他們完全沒有歷史的包袱。

從這次運動的整個表現來看，我們實在不能不對大陸上的青年知識分子低頭致最深的敬意。在長達一個多月的時間，人數在幾十萬到一百多萬的群眾運動中，他們在態度上是無比的堅決，在組織上是井井有條，但在行動上卻絲毫沒有暴力的傾向。集剛毅、勇敢、理性、溫和、秩序等各種美德於如此大規模的運動之中，這是世界史上所僅見的。與甘地和馬丁·路德·金恩的非暴力抗議行動相比較，他們也只有過之，而絕無遜色。也只有品質如此高尚的知識青年才有資格推行民主運動，才有可能真正建立民主、自由、法治的新秩序。尤其動人的是他們所體現的愛國精神和道德熱情。我們最近幾年來，往往不免對理想主義已從中國大陸上消逝的現象，感到沮喪。但這次運動卻告訴我們：中國的人心未死，中國的前途還是大有希望的。

無論這一運動的具體結局如何，它已經成功了，而且成功得遠遠超出我們最大可能的預期和想像。我們不要認為這一運動完全出於西方思想的啟發。在無數的標語之中，我們也讀到了「水能載舟，亦能覆舟」、「不以天下奉一人」等等名言，那是十足的中國文化的結晶。傳統和現代、東方和西方在這裡已經獲得了最理想的融合。從廣度和深度來看，它都超過了以往任何一次的民主運動，包括「五四」運動在內。從自動自發這一點來說，它是「五四」的延續，然而規模遠為浩大，思想遠為成熟，覺悟也達到新的高度。一九七六年天安門的「四五」運動[1]也不能與之相提並論，因為那依然是在中共格局籠罩之下進行的，民主、自由、人權的觀念還未能透顯出來。「四五」運動在很大的程度上還有「第二種忠誠」的意味，那是傳統「清君側」和「勤王」的現代變形，即使「君」、「王」不指毛澤東個人，也還不免是指中國共產黨的。這次運動不但已完全擺脫了中共的陰影，而且更從馬克思主義的魔咒中徹底解放了出來。在「夢斷香銷四十年」之後，「新五四」終於重回到「五四」的主流。但是浩浩蕩蕩，波瀾壯闊，運動的流量已擴大到無可遏止的地步了。

在本文執筆之時，軍隊雖已佔據了北京市內的各個重要據點，學生和市民並無絲毫畏懼的表現。最後通牒的時限已過去十二小時了，軍隊仍然沒有採取任何行動。大陸傳來的消息，鄧小平曾發出豪語說：「不惜殺死二十萬群眾，也要換取二十年的安定。」這是希特勒、斯大林，甚至毛澤東都不曾到過的精神境界，何其壯也！我們無法證實這句話的真實性，但據此間瞭解他的性格的大陸訪客說，這句話是很合乎他平時口吻的。獨夫「日暮途窮，倒行逆施」，原不足異，但是誰肯替他屠殺二十萬人呢？讓我們拭目以待。

這次運動在大陸上已如野火燎原，擴散到每一個大城市。在海外，我們也在電視上看到，巴黎、東京、華盛頓、紐約各地大陸留學生的慷慨激昂，成千上萬的集體抗議。最使人驚異的是連一向政治冷感的香港，也竟出現了百萬人大遊行的感人場面。是非的分明已到了令人無半分懷疑的餘地。如果這樣的抗暴運動還能憑武力鎮壓到底，那麼歷史上便沒有覆亡的暴君了。

「天柱折，地維絕」的宇宙終將有一天完整地復原，共工的威力究竟只能存在於神話之中。「天地變化草木蕃！」我們這一次真正看到了中華民族的新生機。

一九八九年五月廿二日晨於紐約旅次

【編按】

原刊於一九八九年五月二十三日《聯合報》第五版。

學運開始是四月十五日胡耀邦過世，天安門廣場開始出現悼念的小型集會。很快出現民

1 編註：周恩來於一九七六年一月八日過世，四人幫對民間哀悼活動極盡打壓之能事，終於在清明節爆發群眾集會的高潮，天安門廣場人數多達兩百萬人，在悼念周恩來的同時，也發出反對四人幫的聲音。

主訴求，聲勢最浩大是五月十六日到十八日之間的數百萬人群眾示威遊行。五月二十日國務院正式發佈戒嚴令，並開始往北京集結軍隊。

雷神的鐵錘舉起了

——寫在大陸民主運動序幕降落的前夕

中國大陸的民主運動，從四月下旬悼念胡耀邦開始，中間經過紀念「五四」七十週年，到今天已轟轟烈烈地進行了一個多月了。到本文撰寫時為止，局勢已逐漸明朗化，鄧小平最後將以軍隊為後盾來加強共產黨的統治，重建極權的秩序。那麼，這次民主運動是不是歸於失敗了呢？我們應該怎樣來評價這次運動呢？

這次運動完全是由學生自己發動起來的，但是運動的發展最後竟得到全國人民如此熱烈的響應和支援則是始料所不及的。早在今年三月間，旅美的劉賓雁先生便告訴我，他覺得「五四」七十週年紀念將是中共很難過得去的一大關口。劉先生瞭解大陸青年知識分子的思想狀態，知道他們可能會在「五四」這一天舉行集會、遊行，向中共提出有關民主、開放、制止貪污等等強烈的要求。但是即使是劉先生，也不過判斷這將是一次規模較大的學生運動，在「五四」那一天或前後兩三天之內示威遊行以後，即告一段落。事態發展到今天這種狀況是任何人都想像不到的。

歷史有必然的因素，也有偶然的因素。以這次大陸的民主運動而言，其必然因素是共產黨四十年的極權統治。林肯有一句名言：你可以在短期內欺騙天下所有的人，你也可以長期欺騙世界上一部分的人，但是你決不可能永遠騙盡天下所有的人。自俄國革命以來，共產黨的極權統治已欺騙天下大部分的人達七十年之久。以東歐與中國大陸而言，同樣的騙局也維持了四十年以上。但是人性的尊嚴、人權的要求、以及自由的追求等都是現代多元文化的創造生機之所繫，因而是不可能永遠被壓制的。今天從東歐、蘇聯、到中國大陸都不約而同地爆發了民主要求，這是極權國家的歷史必然性。

但是歷史上偶然的因素也同樣不可忽視。首先，胡耀邦恰好在四月中旬逝世是一個偶發事件，他是因為受到一九八六年底學潮的波及而下臺的。學生對於他自有一股歉疚之情。四月下旬的悼胡活動於是竟為新「五四」運動培養了情緒。五月上半個月的亞銀會議和戈巴契夫的訪問也是舊小說中所謂「合當有事」。全世界的新聞採訪的焦點在這一段時間內都集中在北京。這無疑也助長了學生運動的聲勢。

我們回顧這一個多月來大陸民主運動的發展，一切跡象都顯示：學生們最初只是本於愛國熱情和社會良知而行動；他們似乎並沒有想到事情會鬧得這麼大，更不可能事先計畫和部署。運動為什麼會突然升級呢？是學生們的預謀嗎？是中共黨內改革派的陰謀利用嗎？我們在海外的人對運動的內情自然無法知道，也不能不負責任地妄加揣測。

但是從可見的證據來判斷，運動突然升級的最大關鍵是《人民日報》四月二十六日的一篇社論。這篇社論把學生運動定性為「動亂」，並要「旗幟鮮明地」加以鎮壓。後來學生集體絕食抗議，並要求與政府對話，其中一個重要的爭執之點便是堅持中共當局必須肯定學生運動是愛國的、合法的行動。只有在李鵬一再悍然拒絕學生的任何要求之後，運動才變得一發不可收拾。這時北京市民和各界人士包括有良知的共產黨員在內，對於學生的同情和支持也開始表面化了。現在一切報導都說：四月二十六日那篇社論是根據鄧小平的內部講話寫成的。發布戒嚴令和調軍隊入城也完全出於鄧小平的指示。

我們從電視上看得很清楚，在這次民主運動中學生和群眾都是和平而理性的，學生們不但沒有破壞秩序，而且還負起了維持秩序的責任。無論如何，「動亂」兩個字是和學生完全沾不上邊的。運動的升級是鄧小平一手造成的，如果真有什麼「動亂」，那也是鄧小平一人要負主要的責任。這次運動最後竟演變為獨夫的一意孤行和全國人民的共同願望之間的全面對抗。當然，獨夫手中有三百多萬現代裝備的軍隊，還有整套鎮壓人民的黨、政機器，而學生和群眾則是赤手空拳的，除了正義的聲音以外別無所恃。所以眼前的勝負不待智者而後決。但是從比較長遠的觀點看，獨夫是不是真的已取得最後的勝利了呢？這次民主運動是不是完全徒勞無功呢？

我們在本文開端便已指出，學生運動之逐步擴大，終於成為全民的民主運動，是客觀形勢逼出來的。運動連續到一個多月之久而秩序井然，更是歷史上前所未有的奇蹟。中國人民和西方人民一樣重視人權、自由、民主、公平種種價值，今天已由北京的學生們向全世界鄭重宣布了。最近兩天剛剛在天安門廣場上豎起的民主神像尤其具有劃時代的象徵意義。僅僅這幾項重大的正面成就便足以證明這次的民主運動不但成功了，而且成功得遠遠超出了學生們最初的預期。北京的學生自始便沒有推翻中共政權的意思；他們最大的奢望也不過是推動戈巴契夫式的開放和改革。我們在海外的人也從來未存任何幻覺，天真地以為僅僅靠學生和群眾的和平抗議便能在一夜之間結束極權政體在中國的統治。大陸上的政治權力完全集中在中共黨內。因此任何權力結構的改變也必須從黨的內部開始。十年來的歷史證明：中共內部確有一批傾向於開放和改革的人，其眼光至少不在戈巴契夫之下。如果這批改革派人士可以和學生以及群眾之間取得某種程度的互相瞭解，則假以時日，中共也未嘗不能逐步蛻變成一個現代的民主政黨。這是國民黨最近幾年來在臺灣所嘗試的一條路。結果如何雖未可知，但無疑是值得一試的。現在中共黨內的改革派至少暫時已遭受嚴重的挫折，學生們事實上已沒有「對話」的對象了。在這種情形下，此次的民主運動確已到了功成身退的階段了。

所謂「功成」必須從中國民主運動的遠景來看，不是指一時的表面得失而言。表面上看，獨夫及其黨徒可以說是大獲全勝，因為他們畢竟有效地用槍桿子同時清除了黨內的異己和壓制了黨外的人民。但是深一層從實質上分析，中共作為一個執政黨在這次運動中所受到的損失是無可估計的。第一是獨夫完全現了原形，使他原來在中國人民心中所殘留的一點「改革者」的形象一掃而空。歷史不能抹殺獨夫十年來推動改革的客觀事實，但歷史最後也證實了獨夫當初推動改革只是為自己奪權製造政治資本，因此在大權在握之後便立刻轉化為改革的對立面。據最近楊尚崑的報告，趙紫陽的最大罪狀之一是在獨夫面前居然還敢堅持自己的看法。對於黨的總書記尚且如此，其他人更可想而知。這就毋怪學生們在天安門前高舉著「不以天下奉一人」的大幅標語了。

第二是中共黨內分裂的表面化，自打倒「四人幫」以來，中共內部從來沒有這樣嚴重的分裂過。八六年底的「反自由化」不過犧牲了胡耀邦等少數幾個人，而這一次的黨內權力鬥爭勢將牽涉到全部改革派的人馬。十年以來，改革派一直是中共的主力，不但遍布於中央和地方，而且深入黨、政、軍的許多單位。正因如此，中共在這次處理學運時才會顯得那麼舉棋不定。甚至軍方的態度也是曖昧的，以致戒嚴令竟無法認真執行。特別在五月二十至二十二那幾天，矛盾的報導紛至沓來，幾令人無所適從。其實這些都是黨內分裂的信號。後來大概是獨夫在各大軍區拉攏說服的結果，強硬派才穩定了陣腳，改革派終於抵擋不住。但中共的分裂已無法掩飾。獨夫究將如何結束這一場黨內鬥爭？我們不妨等著看吧，趙紫陽的罪狀遲遲不能宣布，即可見內部分歧之深而廣，有非外人所能測其萬一的。這一次的分裂無疑將大大削弱中共極權統治的力量。

第三是建設人才的一掃而空。十年的經改都是在趙紫陽系統指揮之下進行的，稍稍懂得經濟現代化的人才也都和趙紫陽有直接或間接的關係。獨夫如果想徹底清除黨內「反革命分子」，則十年來所培養的有建設能力的幹部勢將一掃而空。如果避免株連太廣，則餘毒仍在，危機隨時可以再爆發。而且經此打擊以後，稍有志氣和抱負的人才，誰還肯為獨夫賣命呢？他們即使為了生存下去而不得不變節，其結果不是消沉怠工便是同流合污。此外絕無第三條路。

第四是軍隊介入政治，遺患無窮。獨夫這次四方遊說，調大兵入京，自不能不付出高昂的政治代價。這是師法毛澤東當年起用林彪的故智。其實這不但是險著而且也是絕路。但是除此一途之外，獨夫再也不能在大陸上找到真正的支持者了。學生標語中有「川驢技窮」一條正是指此而言。

第五是人民和共產黨之間的「異化」已達到了完全的境地。在絕食抗議時期，學生還對共產黨寄予很高的期望。所以有的人還表示，他們只希望共產黨改好，因為沒有其他的政黨可以治理中國。他們這樣想的時候，中共內部還存在著改革派，還有一線生機。現在改革派完了，他們的最後一線幻想也消失了。在一片「打倒鄧小平」、「打倒李鵬」的聲中，偏偏是這兩個人一在幕後，一在臺前。學生的聲音代表著絕大多數人民的願望。這一點現在已絕無可疑。古語說：「千夫所指，無疾而死」，現在何止「千夫」？簡直是「億夫所指」了，獨夫還能長久嗎？幾十年來，中共一直宣揚魯迅「橫眉冷對千夫指」的精神。其實這種「雖千萬人吾往矣」的精神，只能用之於個人堅持真理、堅持原則上面，方才可貴。但政治是眾人之事，眾人怎樣選擇他們的生活方式，除了上帝以外，是沒有任何更高的人世權威可以橫加干涉的。即使他們選擇錯了，也只有等他們覺悟以後自動修正。這是民主的真諦。但予智自雄的獨夫又何足與語此？我們也只好靜待「異化」的結果了。

以上五點是擇要而言，並不週全，但已是說明這次民主運動的貢獻有多麼重要了。對於中共而言，這五點都是最不幸的發展。即使是對於中國大陸的政治現代化而言，我們也不願意看見中共逆轉至此。然而這不是學生和群眾的錯。這是獨夫悍然把一己和一黨的權勢置於整個中國和人民的利益之上的必然結果。希臘詩人說：神要人死亡，必先讓他瘋狂。現在獨夫是在民主運動前面瘋狂了；他拋開了平時一切慣用的偽裝，赤裸裸地以暴力與人民相見。希臘神話又告訴我們：雷神和一個農夫爭辯，雷神在理虧辭窮之餘便舉起了那雷霆萬鈞的鐵錘。農夫急忙說：「你輸了，你舉起鐵錘的時刻，我便確實知道是你輸了。」現在獨夫也向民主運動舉起了他的鐵錘。但是究竟是誰輸了呢？是學生和群眾呢？還是獨夫呢？

一九八九年六月二日

【編按】

原刊於一九八九年六月四日《中國時報》，前半在第三版，下半在第六版，標題「槍彈只能殺人，不能扼殺民主怒潮」。

中共為人民的死亡服務

中國大陸這一次的學生運動，從四月中旬開始，到六月四日的大屠殺為止，先後如火如荼地進行了七個星期。天安門廣場，一個多月以來，成為全世界注目的焦點。這是中國現代史上最壯烈、最動人心弦的一幕史劇。

民國八年五月四日，天安門前也發生過一次學生愛國運動，但是人數不過數千。在火燒趙家樓之後，北洋軍閥政府的軍、警逮捕了幾十個學生，不久便釋放了。遊行示威的結果是軍閥政府向學生抗議屈服、向社會輿論低頭。這一次天安門的學生運動，人數常在幾萬至十幾萬人以上。等到北京的市民、各界人士，甚至中共黨、政、軍的內部同情者也加入支援之後，遊行示威的人群多次都在百萬以上。學生和群眾自動自發的集體抗議，居然發展到這樣偉大的規模，可見大陸人民的怨憤是多麼深刻，又多麼普遍。這次學生運動所表現的和平、理性、秩序也是驚人的。除了遊行喊口號之外，他們一般是以靜坐、跪求、和絕食來表示抗議的。在五月二十日戒嚴之前，學生和群眾沒有一絲一毫犯法違紀的跡象，連火燒趙家樓、毆打賣國賊那樣的粗暴行動也沒有發生。但是其結果卻招來了最現代化的武器的大屠殺：步槍、機關槍向人群盲目掃射；重坦克車在人身上緩緩輾過。老的、小的、男的、女的就這樣一個個地倒了下去。傷亡人數現在根本無法估計，最保守的報導，死者也以千計，傷者自然更多。

在我執筆的時候，美國目擊者正一個個從北京飛回道生機場接受記者的訪問。其中一位激動地說：他曾經過越戰，也親歷過拉丁美洲國家的多次革命，但從沒有見過這樣殘忍的屠殺，八十歲的老太太和幾歲的兒童都倒在血泊之中。我們必須記住，這是一個號稱「人民」的政府，屠殺者則號稱是「人民解放軍」。和「五四」的軍閥相形之下，這是多麼尖銳的諷刺！經過四十年的殘酷統治，我們現在終於懂得了中共「為人民服務」的真諦，原來他們是一心一意地「為人民的死亡服務」。從最早土改和鎮壓反革命所處死的、「大躍進」所餓死的、「文革」所整死的，到今天天安門廣場上所屠殺的，這些便是四十年來中共為中國人民所提供的「服務」。

以前中共是關起門來「為人民服務」，外面的世界是看不見的。西方的中國通因為堅持學術的嚴格性，一向只接受中共的官方報導為分析的基礎，而視一切來自大陸民間的傳說為「無法證實的謠傳」或「反革命分子的誣辭」。這一次關於天安門的屠殺，據中共發言人的報導，民眾受傷的有兩千人，而軍隊受傷的反而有五千人之多；死亡人數一共三百，包括軍隊、歹徒、和群眾，而學生僅死了二十三人。這樣離奇的謊言竟能出於「政府」發言人之口，則這個政權的性質已不問可知了。

這一次屠殺是在整個世界的新聞傳播系統之前公然施行的，中共政權再也不能以一手而掩盡天下人的耳目了。西方記者和目擊者的第一手報導也使中國通不能再以中共的官方消息為主要依據了。但是在中國大陸上新聞的封鎖仍然是十分嚴密而且成功的。在北京以外的地區，尤其是窮鄉僻壤，根本連北京在這一個多月中發生了什麼事情也不一定知道，更不必說六月三日以來的瘋狂屠殺了。《聯合報》根據現場採訪編成一部內容翔實、圖文兼收的《天安門紀實》不但為這一次驚天動地的歷史大事件作見證，而且還開拓了大陸上中國人的「知」的權利。我希望在這部書印成以後，《聯合報》更能進一步通過各種渠道，把它廣泛地傳布到大陸各個角落，使一切被蒙蔽的同胞都能瞭解天安門大屠殺的真相。這是海峽此岸的新聞工作者對於彼岸同胞所能作出的最大奉獻；天安門民主烈士的英魂也將由此而永垂不朽。

一九八九年六月七日於美國普林斯頓

【編按】

收入聯合報編輯部《天安門一九八九》一書，聯經出版，一九八九年八月。

知識分子與「光棍」

——中共政權四十年

《百姓》這一期以「惑與不惑」為主題的專輯當然是取自《論語》「四十而不惑」一語。承編者雅意，要我參加一份，談談中共四十年來在學術文化政策方面的變動，限於時間，我只能極其簡單地說明個人的看法，詳細論證在此是不可能的。希望讀者原諒。

中共政權的建立是由許多複雜的歷史因素共同造成的，但無論歷史因素為何，其中卻並沒有「必然性」存在。我們找不到任何經驗性的證據，足以說明中國在一九四九年必然要出現一個共產黨的政權。不過從近百餘年的中國史的發展來看，我們也不能不承認，有一些長期性的歷史力量曾大有助於中共的興起。這裡特別應該強調其中兩股力量：第一是民族主義，第二是知識分子。自十九世紀中葉以來，中國受盡了各種帝國主義的欺凌，中國人的屈辱感與日俱深，民族主義的情緒自然也不斷在增高之中。這股民族主義的力量支配著中國近代政治史各階段的發展。民族情緒雖然是人人所共有的，但仍以知識分子對此感受最為深刻，因為他們代表了社會良知。其次則是大城市及其附近地區的一般人民。由於和外國人直接或間接的接觸，他們的民族自尊心也受到嚴重的損害，至於多數內地農村的人民，反而對於帝國主義的壓迫沒有觀切的體驗。不過整體而論，隨著時間的推移，民族主義最後確匯成一股最浩大的力量。

知識分子在傳統中國社會結構中一直處於領導的地位。在民族屈辱的深沉痛苦中，中國知識分子，從鴉片戰爭到五四運動，都一直在尋求著救國的方案。林則徐、魏源、嚴復、康有為、梁啟超、章炳麟、孫中山、陳獨秀、胡適等是各階段的代表人物；他們都曾在各自的時代中獲得了絕大多數的知識分子的支持。所以知識分子是推動中國近代、現代史發展的一股主要力量。我現在已完全不能接受所謂「階級」之說。例如大陸史學家一向把辛亥革命說成是「資產階級民主革命」。但是我們只要對辛亥革命人物的階級背景略加分析，便可發現他們絕大多數都是所謂「地主階級知識分子」。而且清末革命和立憲兩派也根本不能從「階級分析」去獲得理解。中國早期提倡共產主義的人也還是同一社會背景的知識分子。其他社會階層的人士，無論是商人、勞工、或農民，在政治上都是處在不同程度的被動地位。其中尤以農民最為被動，一般而言，他們的生活方式和世界觀都使他們傾向於靜態，因而不能真正成為開創新局的原動力。

以上簡略地說明：中共政權的出現主要是憑藉著民族主義和知識分子兩大力量。中共政權代表「無產階級專政」之說固然是荒唐的神話，把中共的暴起看作中國的「農民革命」也是絲毫經不起分析的謊言。中共發展史上的最大轉折點是西安事變和七七抗戰，這正是借助民族主義而起死回生的。從三十年代到四十年代，中共之所以能在中國以至國外逐漸受到世人的注視，則主要是靠知識分子替它宣傳。究其實際，這還是中共善於利用知識分子的強烈民族意識有以致之。抗戰勝利之後，由於國民黨的腐敗無能，徹底失去了民心，終使中共有了奪權的機會。從抗戰末期到一九四九年，中共有計畫地滲透到知識界，利用知識分子對民主與和平的強烈要求，在各大城市發動學潮，包圍國民黨，國民黨政權的土崩瓦解，與其說是中共暴力革命的成功，毋寧說是知識分子普遍離心離德之所致。所以毛澤東也不得不承認一九四七—四八年學生群眾的「反飢餓、反內戰」運動是中共武力以外對國民黨所形成的第二個「包圍圈」。

但是談到這裡，我們立刻便會發生一個重大的疑問：共產主義的運動最初是知識分子在中國提倡起來的，中共的奪權成功也在很大的程度上是靠知識分子的支持的，為什麼四十年來的中共竟成為中國史上反知識、反知識分子最為徹底而堅決的一個政權呢？這裡我們必須把知識分子改造社會的主觀理想和奪取政權的客觀現實加以嚴格的區別。從中國史來看，知識分子只能對他們的理想負責，在權力的實際運作中卻往往束手無策，在政權交替之際尤其如此。所以他們只能幫別人打天下，或別人打下了天下以後再來找他們幫忙或幫閒，實際權力卻永遠落不到他們的手上。清雍正時代曾靜《知新錄》[1]上有一段有趣的話：

> 皇帝合該是吾學中儒者做，不該把世路上英雄做。周末局變，在位多不知學，盡是世路中英雄，甚者老奸巨猾，即諺所謂光棍也。

曾氏所謂「英雄」、「光棍」是根據呂留良的說法而來的。呂氏在《四書講義》卷三十八說：

> ……一輩苟且無忌憚之徒，妄作妄取，輒以英雄自命，曰成大業者不顧小節，外間靡所不為，只不管自己身心如何。雖其中亦有雅俗高卑之不同，然下梢總歸於小人，即諺所稱光棍耳。

事實上，中國史上幾個有名的「開國之主」如劉邦、劉秀、李世民、趙匡胤兄弟，以及朱元璋都完全合乎「世路上英雄」或「光棍」的條件。辛亥革命以後，傳統的王朝體制在表面上消失了，實質上則仍然變相沿續著。孫中山本質上是一個知識分子，因此他抓不住政權，只好讓位於「光棍」袁世凱。下逮國民黨北伐成功，表面上統一了中國，也還是因為蔣介石是一個「世路上英雄」或「光棍」。國民黨元老中的知識分子如胡漢民、汪精衛也只有靠邊站。

中共政權的性質基本上是在毛澤東個人手上確定下來的，而他正是集中國史上「英雄」與「光棍」之大成的人物。早在一九七三、七四年，我已指出毛澤東一直在自覺地師法朱元璋。他認同於「世路上英雄」或「光棍」是證據確鑿的。但是毛澤東殘民以逞的成力尚不僅來自「光棍」的傳統，他還擁有一個列寧式的極權的黨組織，這是歷史上的「光棍」所夢想不到的。在意識型態方面，中共則以「歷史規律」的「科學論斷」代替了傳統「光棍」的「天命論」。這兩樣外來的新東西——黨組織和「科學社會主義」——對於「光棍」來說恰恰是如虎添翼。我們實可以說，在中國一切都沒有「現代化」之前，「光棍」卻已「現代化」了。

中國史上的「光棍」帶有先天性的反知識、反知識分子的性格，劉邦和朱元璋尤為顯例。但是在傳統格局下，所謂「馬上得天下，不能馬上治之」，因此「光棍」心裡儘管鄙視知識分子，最後仍不能不敷衍他們。現代化的「光棍」則不然，他有黨組織可恃，對於知識分子完全表現一種極其露骨的輕鄙和敵視。這裡也有心理因素，現代「光棍」如毛澤東本身是邊緣知識分子，早年曾受到高級知識分子的白眼，小人得志之後，自然

1 編註：曾靜案是清代最知名文字獄，《知新錄》已失傳，但因為雍正下令把該書節選、官方駁斥、作者認罪自白合編成《大義覺迷錄》一書，因此把《知新錄》許多內容保留下來。

非報復不可。張中府、梁漱溟[2]等人的遭遇便是最好的例子。毛澤東一反「士可殺不可辱」之道，他對於知識分子只是極盡辱弄之能事。因為「殺」反而有成全他們的「名節」的反效果。

毛澤東在一九四九年所建立的政權，徹頭徹尾是一現代化的「光棍」政權，在此政權下真正掌權的各層人物也以「光棍」為主體。我們決不能誤認「光棍」代表農民的思想，因為傳統的農民反而是尊重「讀書人」的。中國舊社會中對知識分子最仇視的是「光棍」、痞子、不及第秀才之類人物，中共政權的「社會基礎」主要即在這一群人的身上。毛澤東曾說過，舊社會知識分子附在「五張皮」上面[3]，現在他剷除了這五張皮，所以知識分子便只有依附在工人和農民身上了。所謂「五張皮」完全是胡謅，真正的關鍵是中共消滅了每一個人的獨立生活資料，把全國財產集中在「光棍」集團手中。知識分子也無工農可附，只有附在「光棍」集團的身上。所以老知識分子必須不斷地表示「感謝黨、感謝毛主席」給他們一碗飯吃。這是滿清「光棍」集團「食毛踐土」[4]的現代翻版。全國的物質資源都在「光棍」集團的掌握之中，其分配的多寡則完全依照權力的大小。所以一九四九以後，中國大陸上只有兩大階級：即有權階級（即「光棍」集團）和無權階級（全國人民）。林彪說：「在中國，有了權就有了一切，沒有權就沒有一切。」這真是一針見血的名言。

這樣一個政權是沒有真正的學術、思想、文化的政策可言的，知識的價值僅在於它是否有助於維持「光棍」的統治。知識分子如果甘願作「光棍」的「馴服工具」或「黨的螺絲釘」，他們當然可以在這個政權中取得一個幫凶或幫閒的位置。但即使如此，他們的命運仍然是不可測的。因為「光棍」集團的內部權力鬥爭是永無止息的；如果跟錯了人，昨天的座上客難保不是今天的階下囚。現代化的「光棍」集團有一套語言魔術，舉凡有號召力的名詞如「民主」、「進步」、「解放」、「革命」、「人民」、「愛國」之類，它都照單全收，然後改變其內涵，以為加強其統治的妙用。六、七十年來，世人受這一套語言魔術欺騙者已多至不知其數。一直到今天，還有不少人相信中共「解放」了全中國，還在推重毛澤東「領導新民主主義革命」獲得了「成功」。不用說，為「光棍」集團製造語言魔術的正是知識分子。

歸結到「惑」或「不惑」的問題，我覺得現代「光棍」及其核心分子從來便沒有「惑」過。他們所追求的是絕對的權力及由此而衍生的種種特權。「民主」、「自由」、

2 編註：毛澤東任北大圖書館員時，張申府、梁漱溟兩人都在北大當講師。張申府教邏輯與數學，梁漱溟教印度哲學。張是中國共產黨創黨人士之一，是周恩來、朱德入黨介紹人。梁則是最早訪延安的民主人士。兩人在反右、文革期間皆被批鬥很慘。

3 編註：出自毛澤東一九五七年〈打退資產階級右派的進攻〉一文。「五張皮」分別是帝國主義所有制、封建主義所有制、官僚資本主義所有制、民族資本主義所有制、小生產所有制。

4 編註：語出《左傳．昭公七年》：「封略之內，何非君土？食土之毛，誰非君臣？」但「食毛踐土」四字只有在清代特別流行，尤其是公文。「食毛踐土，各具天良」意思是漢人臣民既然都吃滿族皇帝賞的五穀，當然要對滿族皇帝感恩。

「人權」、「科學」等現代的價值固然不在他們的考慮之內，即使是所謂馬列主義對於他們也只是維持權力的工具，而沒有學術思想上的實義。換句話說，「光棍」集團的各級領導人至少在最初三十年中是頭腦清醒的，他們知道自己要的是什麼，也知道自己不要的是什麼。甚至今天在鄧小平的「四項堅持」中，我們也仍然可以看到「光棍」集團的本質未變。這四項之中，「共產黨領導」一條才是畫龍點睛，其餘三項語義含混，可作各種不同的解釋，不過是陪襯而已。「光棍」集團的最主要特色便是緊守這一集團的權力，絲毫不肯放鬆，而置國家人民的整體利益於不顧。所以清末變法時代，文悌便當面警告康有為，不得「保中國不保大清」。這正是要堅持滿人的領導。今天許多人往往把中共內部的「改革派」和戊戌變法時代的立憲派相提並論，實在很耐人尋味。這兩個政權同是以特殊權力集團的地位宰制整個中國；在衰亡前夕，兩者也都曾試圖以改革來挽救危機，而最後又同因集團中核心分子害怕大權旁落而摧毀了內部的改革派。更有趣的是，在自絕改革之路以後，兩者卻同以改革的口號欺騙世人，並藉此和緩危機。所以清末仍高唱立憲、開國會的調子，天安門屠殺之後，中共也一再保證「開放」政策繼續不變。說這兩個政權有許多驚人的相似之點，當然並不能否認中共在另一意義上也同時是二十世紀的新產物，而且是世界共產主義運動中的一個組成部分。我們只是要指出：七十年來中共的權力核心是牢牢地掌握在一群打天下的「世路上英雄」或「光棍」的手中。從這一方面觀察，中共的政權不過是王朝體系的現代變形而已。大陸上知識分子所常用的「封建」兩字其實也就是指這一點而言。

但是就中共之為世界共產主義運動的一部分而言，它在中國的興起則完全是由知識分子的「大惑」造成的。中國知識分子由於救國心切，最後竟把共產主義或社會主義當作唯一的出路。這真是聚九州之鐵所鑄成的大錯。為這一烏托邦所惑，他們把西方已見諸實踐的民主、自由、人權、個人尊嚴等等現代價值一概看作是「資產階級的騙術」。從清末到「五四」，中國人所辛勤追求而尚未到手的一些新東西便這樣在一夕之間被拋棄了。陳獨秀從「五四」領袖一變而為共產黨的創建人即足以說明此中消息。他們完全沒有想到，所謂共產主義或社會主義，其實是一條「走向奴役的路」（海耶克語）。知識分子只要良知未盡泯滅，便不可能長期在斯大林式的「黨組織」中生存下去，更不可能在那種殘酷的權力鬥爭中獲得一次又一次的勝利。所以陳獨秀最後只有脫黨，而瞿秋白也不得不在臨死前自傷是「歷史的錯誤」。只有「世路上英雄」和「光棍」才能在這樣的世界裡感到「人與人鬥，其樂融融」。

陳獨秀一直要到臨死前才從「大惑」中覺醒過來；這時他才承認思想、結社、反對黨、罷工、選舉等自由是民主的真實內容。民主只有一種，無所謂「資產階級」與「無產階級」之別。蘇聯所宣傳的「無產階級民主」才真是騙人的東西。陳獨秀的「不惑」雖無助於後來無數知識分子的繼續受「惑」，但是他從「惑」到「不惑」的心路歷程卻在近十年來的中國大陸上普遍化了。無數中年一輩的知識分子，早年「惑」於馬克思主義，今天都同樣走上了陳獨秀晚年的道路。他們也許還沒有完全擺脫烏托邦陰影的籠罩，但是他們卻再也不會把「光棍」之流的人物當作「偉大的馬克思主義者」來崇拜了。最令人欣慰的還是青年一代的知識分子。他們生長在馬克思主義破產的時代，根本便不發生「惑」的問題。也許中國從此能從四十年的「大惑」中徹底解放出來，我們在絕望之餘，終不免還對中國的遠景抱有一點新的希望。

天安門的屠殺，自然是中國民主運動史上一個最大的悲劇。但是再壞的事情也有好的一面。天安門的血至少劃清了「光棍」和知識分子之間的界線。百日以來，在海外也出現了一條極其清楚的界線，誰站在「光棍」一邊，誰站在知識分子和廣大人民的一邊，今天都已本相畢露，再也隱藏不住了。這已不是誰「惑」誰「不惑」的問題，而是人生的最後抉擇。在我寫這篇文字的時刻，報紙上已有過好幾起有關著名海外華人在北京和大小「光棍」兼「屠夫」歡聚的報導。[5]估計這樣的鏡頭一定會越來越多。但是我的反應主要還不是憤怒、輕鄙、或悲哀，而是一種無名的恐懼。「光棍」的朋友竟如此之多，中國的「光棍」統治還能有結束的一天麼？誰又能保證今天轟轟烈烈的民主運動不會為新一代的「光棍」攫之以去呢？寫到這裡，我自己卻又陷入舊「惑」方去，新「惑」已生的境地了。

一九八九年九月廿一日

【編按】

原刊於一九八九年十月一日香港《百姓》半月刊二〇一期。

中共政權本質是「光棍」，這是余英時一大洞見，出處即這篇。這「光棍」不是單身漢的意思，而是小說戲曲中常見，地痞流氓的意思。

5 編註：知名學者李政道、顧毓秀都是在一九八九年九月訪北京，成為中共座上賓。

「破山中賊易，破心中賊難」

唐代晚期外有河北藩鎮之亂，內有朝中朋黨之禍。當時有人說：「破河北賊易，破朝中朋黨難。」後來宋人改此語為「破山中賊易，破心中賊難」，意思更深了一層。由於王陽明的引用，這句話便從此流傳天下，成為一句名言了。我們用這句話來刻劃中共自去年「六四」屠殺以後的處境，似乎也十分恰當。

一年前的天安門民主運動和中國幾十個大城市群起響應的群眾抗議，都已被中共政權定性為「動亂」，也都已在坦克與機關槍的鎮壓之下煙消雲散了。在中共的眼中，這些以最溫和、最理性的態度要求最起碼的人權的中國人——其中包括學生、知識分子、市民、工人、還有無數良知未泯的共產黨員——都是「山中賊」。中國的傳統王朝一向把「山中賊」看作最大的威脅，這是很容易理解的，因為王朝建立者都是「山中賊」出身。「成王敗寇」的鐵則使得「王」最怕「賊」。中共正是傳統王朝的現代變相，當年也是靠煽動學生和群眾為它打下天下的。今天忽然看到學生和群眾竟衝著自己而來，其緊張自可想而知。中共用最新式的現代武裝力量在一夜之間便消滅了各地的「動亂」似乎再次證明了「滅山中賊易」的道理。但問題在於「心中賊」卻反而因此更大為滋長了。

這一年來，中國大陸上無論政治、經濟、文化、或社會，狀況都是一片蕭索，真正到了《易經》上所謂「天地閉、賢人隱」的境地。根據最近訪問大陸歸來的中外人士的陳述，他們在各大城市所接觸到的各階層的人無不對「六四」屠殺深惡痛絕。北京計程車的司機自告奮勇領著美國乘客去看各處屠殺的遺痕。有一位朋友告訴我，現在大陸各地的人異口同聲表示一個意思：全國上下都在等待著一個人的死去。所以去年「六四」之後，中共已失盡了中國的人心。

其實我們不需要這些私下的報導也可以完全看清大陸的情勢。柴玲等學生領袖在大陸亡命了八、九個月之久，柴玲本人還經過了整容的手術，最後仍然逃出了大陸。這豈不是東漢黨錮之禍以後，張儉「望門投止」的舊事重演嗎？張儉到處亡命，人人重其名行，不惜破家相容，縣令也不肯逮捕他，最後包庇他的人「送儉出塞，以故得免」。柴玲等人的經歷只有比張儉更為令人驚心動魄，所牽涉的人包括民間的和官方的也只有比張儉更多更廣。稍稍熟悉中國歷史的人應該不難觀微知著吧。今天「心中賊」已佈滿了中國，要想撲滅這樣多的「心中賊」，豈止是「難」而已，事實上已是絕無可能的了。

中國歷代王朝自來都靠兩大法寶維持它的合法性。第一是「天命所歸」，第二是「人心所向」。中共極權王朝的興起最初也是靠這兩樣東西。不過「天命」已經過了現代的化粧，即所謂馬克思主義的「歷史規律」。「無產階級專政」是歷史的「必然」，共產黨則是「無產階級的先鋒隊」。中共的「四個堅持」便建立在這個「新天命論」的基礎之上。「人心所向」則是四十年代的歷史事實，包括著兩個主要方面：一方面是中共巧妙地運用了中國人的民族主義的情緒，另一方面是國民黨的無能和腐敗失掉了全國的人心。

今天中共的「新天命論」已完全破產，而所失的人心較之國民黨當年則只有過之而無不及。這樣的政權如果還能靠武力長期存在下去，那麼歷史上便不會有滅亡的暴政了。中國人所謂的「人心」是最微妙的東西，它看不見、摸不著，但確實可得可失。一九四八年年底殷海光為《中央日報》寫了一篇社論，題目是〈趕快收拾人心〉。殷海光看得很準，國民黨當時的最大問題不是軍事失敗、通貨膨脹，而是失去了人心。但是當一個政權中有人自覺到必須「趕快收拾人心」時，往往已經太遲了。這正是今天中共政權的寫照。

我早就說過，中共十年改革最高指導原則是「經濟放鬆、政治加緊」。所以，「改革」、「開放」和封閉「民主牆」、逮捕魏京生幾乎是同時開始的。中共的唯一目的是維持它的極權王朝的存在，因為它當時的經濟已支撐不下去了。但是客觀地說，十年「改革」、「開放」確也使中國發生了實質的變化，其具體的結果之一便是去年的民主運動。民主、人權、自由、法治等自然是知識分子喊出來的口號，但是在深一層的意義上則如實地反映了中國人思變的大趨向。所謂「現代人」的最大特色不過是人人能在生活上自作主宰。過去幾十年，中共剝奪了每一個人自作主宰的權利。所謂「改革」和「開放」不過是把這個最基本的權利暫時還給了人民。這十年來中國大陸在經濟上的真正成就其實都是中國老百姓自己辛勤努力的結果。至於中共政權在這一方面的「貢獻」則是貪污和官倒。八九民運之所以得到如此廣泛的支持，關鍵便在這裡。一般老百姓也許不懂得什麼民主、人權、自由，但是他們不可能不懂得什麼是生活上的「自作主宰」。此「自作主宰」之一念便是今天中國人的「心中賊」。

現在似乎流行著一個觀念，認為八九民運主要是學生和知識分子的事，工人，特別是農民，對民主、自由的追求是很淡漠的。這是毫無根據的妄說。八九民運期間，北京和上海的工人何嘗沒有積極地參與？而且波蘭的工會和民主運動的關係更足以粉碎這一不實之談。農民散在鄉村，組織不易，自是事實，但是他們又何嘗不要求在生活上自作主宰。過去十年大陸農村經濟的空前發展正是農民自作主宰的具體表現。「日出而作，日入而息。鑿井而飲，耕田而食。帝力於我何有哉！」這篇著名的〈擊壤歌〉恰恰是中國傳統農民要求自作主宰的寫照。美國的獨立革命最初正起於農民堅持其自作主宰的權利。據一位參加第一次革命戰役的農民事後回想：「我們一向是自己管理自己的，我們是要堅持這樣做的，但是他們（指英國政府）卻以為我們不應該如此。」這個西方的例子恰好可以為中國「帝力於我何有哉」的觀念作歷史的註釋。農民生活中同樣孕育著自由、民主的種籽，這是毫無可疑的。

十年的「改革」和「開放」產生了一兩千萬「個體戶」，農村人口也大量在全國各地流動。據《紐約時報》最近的報導，中國大陸上今天至少有五千萬農民在大城市中尋求工作的機會，他們根本不遵守中共種種有關旅行的規定。從一九四九到一九七九年，民族生機整整被扼殺了三十年之久。七九以後，中共極權統治因腐化而逐漸失效，民族生機才開始一點一點的復甦，現在已快要達到沛然莫之能禦的境地了。中共眼中的「心中賊」正隨著這種生機的重現而潛滋暗長。「心中賊」必然逼出「山中賊」的前仆後繼。如果不是加以疏導而僅僅是橫加阻塞，這股激流的泛濫將帶來十分可怕的後果。中共也許還能一次、兩次、甚至多次撲滅「山中賊」，但是它有什麼辦法可以阻止「心中賊」的不斷滋長呢？

【編按】

刊於二四五期《九十年代》，一九九〇年六月號。

全面「異化」的一年

六月四日轉眼便到了，一年前此時的中國大陸正洋溢著一片生機，大有「天地變化草木蕃」的氣象。無論大陸上的還是海外的中國人都不免有一種直覺：在人民的整體意向表現得如此清楚、如此強烈的情況之下，中共政權不可能完全漠然置之。許多人都相信中共當局一定會對天安門前百萬群眾的合理要求作出適當的積極反應。當時以學生為核心的民主運動雖然充滿了理想的熱情，然而在行動層面卻是和平的、有秩序的、有節制的。通過電視的傳播，全世界的觀眾都成了在場的見證人。經歷過一九六八年世界性的學潮的人大概都還記得當時法國、日本、和美國的學生抗議是多麼的激烈和暴戾。相形之下，天安門前的行動顯得太溫和了。因此即使在宣布戒嚴以後，大家也以為中共所將採取的不過是一般文明社會的普通鎮暴方法而已。但是我們的直覺很快便被殘酷的事實徹底否定了。中共政權竟以屠殺手無寸鐵的學生和市民結束了這一場波瀾壯闊的運動。

我們的直覺為什麼竟會錯得這樣遠呢？我想除了主觀願望的報導影響到我們的判斷

之外，最大的關鍵還是我們根本錯估了中共現政權的本質。十年的「改革開放」造成了一種錯覺，使許多人相信中共政權已脫胎換骨，走上了現代化的道路。這裡所說的「現代化」並不涉及社會體制，而是指一種態度，即治理現代的國家必須在一切重要的事務上，尊重現代的專業知識。這種態度可以逐漸導向政權的理性化，對於重大爭執的解決不是訴諸暴力，而是採取研究、討論、協調等理性的方式。十八世紀歐洲許多「開明專制」的國君如奧國的約瑟夫二世、普魯士的佛烈德里克二世，還有其他小國如烏登堡（Wirtemberg）、巴登（Baden）、薩伏伊（Savoy）、薩克松尼（Saxony）的王族都是通過這種理性的方式進行大幅度的政治、社會的改革。他們解放了被壓迫的農民、限制以至取消了貴族的特權，終於避免了暴力革命，走上了現代化的道路。即使是法王路易十六世最初也有意改制，他所用的財相如屠各（Turgot）、如涅克（Necker）都是當時的財經專家。後來因為法國情形複雜，路易十六世的改革決心又不堅定，所以才招致革命。當時「開明君主」幾無不重視啟蒙運動所帶來的新思想和新學術。他們改革的動機也許主要是為了保存自己的政權，但在客觀上的確促進了歐洲的現代化。以歐洲史為例，和平改革是主流，革命反成例外。

去年六四屠殺顯示出中共現政權基本上已控制在反改革的強硬分子的手中。這一逆轉不僅是中國的悲劇，而且也是中共本身的大不幸。大陸知識分子討論改革的困境時早就引清末變法的情勢為比喻：一方面是改革派要求變法以救中國，另一方面則是滿人權貴惟恐變法使他們失去了舊有的種種特權。他們指斥變法派是「保中國不保大清」，而他們則是寧可「亡中國」也必須「保大清」的。

從清末到今天，時間已過了一個世紀，中國國內和國際的情勢也都發生了根本的改變。我們當然不能把中共政權衰落的現狀簡單地看作是清朝覆亡的歷史重複。但是僅就中共十年改革的過程中所碰到的困難而言，這一比喻還是有其適切的一面。

今天中國的情勢非常明朗：絕大多數的中國人，包括中共黨內略具現代意識的人都深知中國非徹底改變其僵化的極權體制不可。但是這個體制，在所謂「社會主義」的招牌之下，已成為中共黨內一小部分特權分子的托庇之所。這批人的數目不大，最多不過幾百萬到一千萬人，但是他們獨占了中國的一切權力和資源。從中央到地方，從城市到鄉村，從武裝設備到傳播機構——無不在這批人的直接控制之下。四十年來，中共以「革命」為藉口，消滅了中國一切可以抗拒政治勢力的社會組織與結構。其結果是使每一個人都直接暴露在「黨」的暴力統治之下，絲毫沒有反抗的餘地。我們今天常看到兩三個暴徒便能劫持一架載著幾百位乘客的飛機或輪船。這是絲毫不必詫異的事。中國今天便像一架載有十億乘客的飛機，但卻被幾百萬暴徒劫持了。

在「改革開放」的初期，中共黨內的特權分子也未嘗沒有一些心理上的顧忌。但是他們畢竟經不起因經濟放鬆而帶來的物質誘惑，因此很快地便隨波逐流了。由於他們都身居大大小小的要津，他們自然成為改革開放的最先而且也是最大的受惠者。他們最初還打著一種最如意的算盤：經濟放鬆和政治加緊正可以雙管齊下、相輔相成。中國老百姓是最能逆來順受的，大躍進時期餓死了幾千萬人，毛澤東還不依然是「太平天子當中坐」？現在讓老百姓吃得飽些、穿得暖些，他們除了感激「皇恩浩蕩」之外還敢稍生異心嗎？

可惜世界已經變了，「改革開放」很快便觸及中共的極權體制的問題，特權分子的切身利益受到了直接的威脅，天安門前的悲劇終於發生了。從這些特權分子的觀點看，去年天安門前的民主運動是在向共產黨的領導挑戰。學生們居然要求取消四．二六《人民日報》的社論，要求李鵬下臺，這是多麼的狂妄和大膽！據他們的估計，只要再退讓一步，他們的政權便不保了。和清末的滿人權貴一樣，他們是寧可「亡中國」也不能「亡黨」的。但是他們自恃比滿清有更大的本錢，所以當時才敢說「殺二十萬人換取二十年太平」那種喪心病狂的話。（最近一位參加了當時黨中央會議的人告訴我，這句話不是鄧小平說的，而是出於王震之口。[1]）

一切的跡象顯示：中共黨內意見的分裂從來沒有像今天這樣深刻而普遍。我們有充足的理由相信：大多數中共黨員是傾向於改革的。他們之中有些是知識分子，最初是抱著民主的幻想而入黨的。這些人本來便有相當高的現代意識，今天則對馬列主義發生了程度不同的懷疑，另一部分人則可能是由於十年「改革開放」的經驗，逐漸認識了世界的潮流。他們也許認為徹底改弦易轍是挽救共產黨於滅亡的唯一途徑。但是這一黨內的多數派儘管暗中同情民主運動，一年以來表面上是不敢不跟著當權派走的。

柴玲和其他民運領袖能夠在大陸藏身十個月之久，最後還逃了出來，如果沒有黨內各層幹部的掩護，簡直是不可想像的。最近中共七大軍區的人事調動和許家屯的出走更使中共黨內的分裂表面化了。

今天中共政權無疑是掌握在少數強硬分子的手中。他們之中有出身於「打天下」的流寇，有的是意識型態僵化的黨棍子，有的是投機的風派。無論是屬於哪一類，總之他們是完全沒有任何現代觀念的人。他們所共同嚮往的最高境界是把歷史拉回到中共統治的最初十七年。但這是可能的嗎？從一九四九到一九六六這十七年，中共的物質資源雖很貧乏，但精神資源則是極其豐富的。國家民族的意識、社會主義的招牌、知識分子的罪惡感、一般人民望治的心理、還有共產黨的「道德」假象及其軍事勝利餘威等都是足以維繫「人心」的因素。這些資本在十七年中已糟蹋了一大半，「文革」十年又去其小半，如果還剩下一點殘餘，也隨著去年六四屠殺一掃而盡了。四十年來，馬列主義一直是中共套在中國人頭上的緊箍咒，最初三十年遇到任何危機，只要一唸此咒便可制伏絕大多數的人。最近十年咒語已完全失靈了。「四項堅持」簡直已成為大家的笑柄。我剛

1 編註：是否真有「殺二十萬人換二十年太平」這句話，是鄧小平還是王震說的，至二〇二三年仍是懸案。

剛聽到一位從北大來的人說的趣聞。東歐巨變之後，北大學生貼了一副對聯和一條橫批。對聯是「唯有社會主義才能救中國；唯有中國才能救社會主義。」橫批是：「誰也救不了誰」。在這種心理狀態之下，中共現政權還能妄想恢復「最初十七年」的「盛世」嗎？中共今天能夠宰制人民的只剩下了赤裸裸的暴力。即使是這個最後的武器，由於黨內的腐化和離心離德，其效用也不免要大打折扣了。據說，大陸人民現在有兩個相反的想法，一部分人在等待一個人的死，另一部分人則惟恐這個人比其他的老人先死。這兩個想法雖然相反，用意其實是一樣的。無論如何，一個十一億人口的大國，其命運竟寄託在一個人的自然生命上，豈不哀哉！

這一年來，中國大陸在表面上似乎是靜的——是死寂一般的靜止而不是心曠神怡的寧靜。這是暴風雨將至前一剎那的寂靜。在暴力強制之下，整個社會和無數個人都陷入了病態，我們可以借用社會學的名辭，稱之為「失序症」（anomie）。這不但是社會的失序，更是心理的失序。所謂「失序」即整個文化社會的結構崩潰了。一個社會要有秩序必須具備某些共同遵守的規範，並提供某些可以獲致的人生目的，這個社會中的個人只要依規範而行，便多少可以達到他們的目的。相反的，如果社會規範與人生目的之間發生了極大的差距，換言之，即個人照著社會規範去努力而所得到不是相應的酬報而是吃虧受損，那麼規範便崩潰了。漢末黨錮之禍，范滂臨死前對他的兒子說：「吾欲使汝為惡，則惡不可為；使汝為善，則我不為惡。」[2]這便是「失序症」的典型。「善」是社會規範，但是為「善」卻得「惡」報，誰還能遵守這個「規範」呢？中共今天又乞靈於「雷鋒」，正可見它在「失序症」極端嚴重的情況下早已黔驢技窮。試問在中共的體制下，「學雷鋒」的社會酬報是什麼？今天的青年人在目睹天安門屠殺之後，誰還肯去做共產黨的「忠臣」呢？

嚴重的「失序症」往往引起兩種最常見的心理反應。第一是積極性的反應，即反叛。小規模的反叛常常表現為少年結黨犯罪，大規模的反叛最後則逼成暴力革命。這兩種反叛今天在中國大陸已見端倪。第一種較普遍，第二種也在發展中，學生的地下組織據說也一天比一天活躍。中共這一兩月特別在天安門前加強戒備便反映了反叛的一般情況。

第二是消極的反應，主要表現為心灰意懶，工作敷衍了事，完全提不起勁。這是今天大陸上各行業的人最普遍的心態。更嚴重的則是所謂「哀莫大於心死」，或莊子所謂「形如槁木，心如死灰」。

這兩種反應的任何一個都足以導致社會的解體，現在中國大陸已兼而有之。「反叛」當然可以用暴力禁止，但歷史告訴我們，如果「失序」的病根不除，則只有越禁越多，越禁越大。即使暫時禁止有效，也不過把「反叛」轉化為「心死」，而「心死」則是無

2 語譯：我想教你做壞事，但壞事是不應該做的；想要教你做好事，但我明明沒做壞事卻落得這種下場。

藥可醫的。

嚴重的失序是一種社會絕症，唯一的對症之道是重新建立有效的社會規範和人生目的，使多數人的努力可以獲得預期的——至少也是接近預期的效果。對中國大陸而言，除了徹底改變其社會體制之外，別無他途。但這條唯一途徑顯然已被中共黨內的強硬分子堵死了。照目前的情勢發展下去，恐怕還有更多更大的悲劇等待著在中國大地上演出。這是我們不願看見、也不忍看見的。

中國大陸上的馬克思主義也許會說我在散布「資產階級自由化」的思想毒素，中國根本便沒聽見過有什麼「失序症」；「失序」是資產階級社會學的一種虛構。但是名詞無關緊要。只要我們在前面所描寫的社會現象是存在的，我們也可以不叫它作「失序」而改稱之為「異化」。馬克思主義者應該都熟悉「異化」這個名詞。而且「異化」不但可以概括今天大陸中國被統治的人民的生活狀況，同時還可以生動地說明中共現政權的本質。一個以屠殺手無寸鐵的學生和市民來維持其存在的政權，對於馬克思主義而言，應該可以說是達到了「異化」的最大限度。

六四整整一年了。這是中國全面「異化」的一年！

一九九〇年六月三日

【編按】

原刊於一九九〇年六月三日《聯合報》第七版，所以作者文末註明的完稿日不可能正確。「失序」（anomie）又譯「失範」，是出自涂爾幹一八九三年《社會分工論》的概念。「異化」英文是alienation，德文Entfremdung，出自馬克思過世後多年（一九三二）出版的《一八四四年經濟學哲學手稿》一書，原指勞動者在資本主義社會對自身勞動成果感到疏離的無力感。

《嚴家其中國政治論文集》序

這部《嚴家其中國政治論文集》收集了作者近十年來的政治言論，包括論文和訪談記錄。其最早的一篇發表於一九七九年，最遲的包括今年六月四日天安門屠殺以後流亡時期的文字和報導。我和嚴先生迄無一面之雅，政治學也不是我的專業，為甚麼貿然給這本書寫序呢？

我是一個史學工作者，而且研究的範圍主要是近代以前的中國歷史。但是中國史學自司馬遷以來便發展了一種「通古今之變」的傳統。《史記》一書雖始於黃帝，其實仍然以現代史為重點。所以司馬談父子常常記錄了他們對於同時代人的印象；他們所最為關心的也是現實人生的問題。不但如此，他們的關心並且是出於一種嚴厲的批判的態度，對於當時權勢薰天的帝王將相絲毫不加寬貸。〈太史公自序〉明說《史記》上承孔子修《春秋》的精神，其主旨是「貶天子，退諸侯，討大夫」。《春秋》是不是孔子所修，其中又是不是具有這種批判的精神，我們至今還不敢斷言。但是《史記》一書充滿著對現實的關懷和批判意識，則是有目共睹的。兩千年來，這種關懷和批判不但直接影響了不少中國史學家，而且也間接對一般知識分子發生了重要的啟示作用。我個人早年受了中國史學傳統的薰陶，積習難除，對於中國的現實也不免有一種批判的關懷。正因如此，我才密切注意近十年來中國大陸思想界、知識界的動態。嚴家其先生的思想變遷早已在我的心中留下了印象。最近讀到他的《思想自傳》，這個印象變得更為明晰，也更為深刻了。今年六月四日發生了震動全世界的天安門屠殺，嚴先生也在一夕之間成為舉世注目的人物。他從一個議政的書生一變而為政治史的創造者。他的思想言論因此也具有原始史料的價值。

我雖然沒有和嚴先生見過面，但是從我的一些大陸友人的口中，以及從他的言行表現上，我似乎對嚴先生已有很親切的認識。在我的眼中，嚴先生始終是一位有良知、有風骨的書生，而不是擅肆應、能權變的政治人物。我曾說過，在中國史上，「社會良心」一向都是由「士」來承擔的。這樣的「士」雖然在任何時期都不是多數，但即使在最黑暗的階段也未嘗完全絕跡。正是由於有這種「士」的人物的前仆後繼，中國今天才依然存在著一個「知識分子」的傳統。二十世紀的中國知識分子當然已不是傳統的「士」了，但是二者精神上有其一脈相承之處則是無可否認的。顧炎武論漢末黨錮之禍說：「至其末造，朝政昏濁，國事日非，而黨錮之流，獨行之輩，依仁蹈義，舍命不渝。」這是兩千年前的情形，然而和今天的中國大陸又何其酷似！我們只要把「依仁蹈義」改為「依自由蹈民主」，這段話也完全可以適用於六、四天安門前追求民主自由的知識分子的身上。我一向敬重中國史上的「黨錮之流，獨行之輩」，因此對於今天「舍命不渝」，從事民主運動的「黨錮之流，獨行之輩」，我也同樣的敬重。嚴家其先生正是其中一位領袖人物。

由於我對嚴先生其人其文的重視，所以在他表示希望我為他這本論集寫一篇序文時，我便毫不猶豫地接受了這項任務。我覺得我有責任說明此書的歷史意義。

前面已提出，從一九七九到一九八九這十年間，本書作者的思想一直在變動中，表現了一個清楚的認識過程。這個認識過程有兩個主要方面：一是對於中國政治現實的觀察的逐步深化，一是對於整個現代文化的理解日趨明確。更具體地說，從前一方面，我們可以看到作者對中共政權的本質越來越有深刻的掌握。從後一方面說，作者則不斷地從馬列主義的封閉系統中解脫出來。這一認識過程是非常艱苦的。從《思想自傳》中，我們知道作者怎樣在思想資料極為貧乏的情況下，僅憑著自己的理性，由科學王國經過哲學王國，最後歸宿於政治學的王國。這是一條由「通」到「專」的途徑。所以作者後來雖以政治專家的面貌出現於中國學術思想界，卻始終能保持一種文化整體的觀點，與現代西方式的專家截然異趣。一九七九年以後，作者開始對西方現代的思潮有廣泛的接觸，並且十分認真地加以吸收和消化。這自然大有助於他的思想的解放。但是作者的最重要的憑藉並不是書本知識，而是生活體驗——極權政體下日常生活所逼出的反思。前面曾提到作者的思想資料最初是十分貧乏的。這是指有形的書刊而言。然而中國大陸在過去四十年的整體社會經驗則是一部無形的大書，好學深思的人可以在其中獲得無限的啟示。從這一點說，作者的思想資料又是極其豐富的。作者近十年來的思想變遷過程也就是對這本無形大書的研讀過程。我們必須瞭解，作者的一切論點基本上都可以在這部大書中找到堅強的根據。這是在日常生活中長期磨鍊而得的悟解，所以特別值得珍惜。從前中國學人說「悟」有三種：從知解而得者，謂之解悟，未離言詮。從靜中而得者，謂之證悟，猶有待於境。從人事練習而得者，忘言忘境，觸處逢源，始為徹悟。作者對這部大書的研讀心得正是屬於「徹悟」一類，雖然他所採用的是「解悟」的表現方式，這恰好可以看出作者「深入淺出」的本領。

但是這本大書一時是研讀不完的，「徹悟」本身也沒有止境。這和作者所說的「科學無頂峰」是完全一致的。細心的讀者一定可以發現作者前後論點也偶有微妙不同之處。而且我敢斷言，作者今天的「徹悟」較之本書所已言者，又已大有進境。這自然也是由於中國這本大書是活的，它本身便在日新月異的流變之中。嚴先生這部論集不但深刻地反映了十年來中國大陸的流變，而且更揭示出變的方向。

嚴家其先生在氣質上似乎是屬於所謂「思想世界」中的人物，然而中國的政治現實卻逼使他走進了「行動世界」。據說嚴先生曾參加了中共近十年來「改革」活動，但這一點我不很清楚，不敢妄說。無論如何，在這次天安門的民主運動中，他確以行動來實踐了他的理想。這則是大家有目共睹的。從嚴先生和天安門前百萬以上的中國人的實際行動中，我們清楚地看到，大陸中國已確實分裂成兩個，不再是一個統一的整體了。一個是以坦克車、機關槍為後盾以維持少數「特殊材料」的特權的中國，另一個則是以理性為根據，採取非暴力的方式，以爭取多數人的自由和人權的中國。其實這兩個中國自中共政權成立之日起便已同時存在著，不過由於此消彼長的力量對比的關係，到今天才公開暴露在全世界之前而已。而且不僅大陸中國分裂成兩個，整個共產世界也都在循著同一方式，迅速地「一分為二」了。波蘭、匈牙利，還有蘇聯不都在走向「開放」和「自由化」嗎？對於中國大陸民主運動抱悲觀的人都說：儘管知識分子和多數群眾對中共政府早已完全絕望，但是中國大陸上尚未出現另一個可以取代共產黨的政治力量。所以這個在中國人心中已失去了合法性的政權仍然會長期維持其表面的合法存在，尤其是在國際社會中。這個看法在形式上是成立的，但在實質上則是經不起分析的。這次天安門的民主運動清楚地告訴我們：自由和人權的要求不僅來自青年學生和廣大群眾，而且也同樣來自共產黨內部。我們不必過分注重動機，這自然是因人而異的。我們更不能把天安門的民主運動看成中共黨內權力鬬爭的社會表現，因為運動的原動力確是來自民間。但是無可否認的，在這場壯烈的運動中，有許多複雜的力量交織在一起，有待於將來的歷史家去進行分析。我們要強調的是共產黨本身也日益成為一個變數。無論出於什麼動機，今天已有不少中共黨員染上了「自由化」的傾向，因而失去了以往那種堅強的「黨性」。

這也是共產世界的普遍現象，不僅中國大陸為然。以歷史經驗而言，法國大革命恰好可以借鑑。我最近讀到沙瑪（Simon Schama）一部關於法國革命史的詳細研究，才知道法國革命其實是由「貴族」、「僧侶」兩個上層階級開端的。有些「貴族」和「僧侶」分子，由於長期受到「資產階級自由化」的感染，發動了一系列的「改革」和「現代化」的措施，提高了一般人民的求自由、民主、人權的「期待」。這些「改革」本身都是失敗的，但是卻為後來「第三階級」（Third Estate）革命鋪平了道路。（詳見 *Citizens: A Chronicle of the French Revolution*, New York, 1989）這一段歷史對於中國的現狀是大有照明作用的。「第三階級今天還什麼都不是，但明天卻是一切。」這句豪語是兩百年前兩個法國新陳代謝的真實寫照。今天的兩個中國也在新陳代謝的過程中。嚴家其先生在今年七月十二日〈致各國首腦書〉中說：「我們堅信，一場新的、更大的，最終埋葬專制統治的風暴即將來臨，這個當今世界上最古老、最頑固的專制堡壘，必將被人民的力量攻破，以『自由、民主、法治、人權』為基礎的共和國的旗幟，必將在中國大地上高高飄揚。」嚴先生的豪語也將成為歷史的證詞。

在我寫這篇序文的時候，天安門屠殺的記憶已開始在國際上淡化了。有些外國的政客、商人已迫不及待地要和「中國」恢復正常的關係了。這並不是不可思議的。比較使人難以釋懷的倒是有些海外華裔知識分子在政治上的出色表演。天安門的屠殺似乎在他們的心中並沒有留下任何影響，因為他們正在公開或隱蔽地為大陸現政權的穩定而從事種種的努力。有人說：他沒有看見天安門廣場上有學生受傷；有人說：經濟制裁有損於中美友誼。[1]這一切努力據說都是為了「中國」以及「世界」的整體利益，只有「安定」，「中國」才能富強；只有「中美友好」，世界和平才有保證。我們不敢妄疑這些人士的「愛國主義」精神。但是我們不能不追問：他們的語言中的「中國」究竟是指坦克車和機關槍控制下的中國呢？還是指爭取自由和人權的中國呢？不過我們堅信：他們的「愛國主義」始終是不變的。以前如此，將來也是如此。當嚴先生所說的「以自由、民主、法治、人權為基礎的共和國旗幟在中國大地上高高飄揚」的時候，我們又將會在天安門前看見這些人士的精彩表演。想到這裡，我們終於釋然了。

那麼，讓我們等著這一天的到來吧！

【編按】

本文除了收入一九九〇年二月出版的《走向民主政治：嚴家其政治論文集》（時報出版），也刊登於同一年七月號《當代》雜誌，標題變成「海峽彼岸的兩個中國」。文前加一篇〈作者按語〉如下：

這篇序文是一九八九年十月中旬寫成的。普林斯頓大學楊大利同學為嚴家其先生的《政治論文集》進行編輯工作，他轉達了嚴先生的意思，希望我為這個集子寫一篇序言。我雖然和嚴先生尚無一面之緣，但是我很敬重他的知識分子的凜凜風骨，因此便毫不猶豫地接受了寫序的任務。

但是在序文寫成一兩個月之後，東歐局勢急轉直下，柏林圍牆象徵性地被拆除了。緊接著便是整個東歐共產主義體系的崩潰。毫無疑問地，東歐的巨變是和去年六四天安門的屠殺有著內在關聯的。東德克倫茲政權不敢對人民大量逃往西德和街頭抗議採取武力鎮壓，以及戈巴契夫公開宣佈蘇聯駐軍決不介入東德的民主運動，正是因為他們深刻地接受了天安門的教訓。天安門的血並沒有白流，一年前北京的民主運動正式為共產極權體制敲響了喪鐘。後來在捷克人民革命的高潮中，我們也看到了無數捷克學生頭戴中文白布條，舉起中文的白布旗幟，表示對天安門悲劇的同情和支援。這更證實了六四的重大的歷史意義和現實意義。

這半年多以來，中國已分裂為兩個，而不再是中共暴力統治下的一個鐵桶也似的整體，已表現得十分清楚了。這一點在海外和香港都已有共識，但臺灣似乎是唯一的例外。在許多政客和商人的心中和口中，中國大陸似乎還完全屬於中共政權的，他們都對中共當局的「絕對權威」感到莫大的興趣。政客想在海峽對岸爭取政治資本，

1 編註：說天安門廣場沒有流血的是台灣歌手侯德健。反對經濟制裁中國的外國政客有尼克森、季辛吉。

商人則對大陸投資無限嚮往。總之，他們都趨之若鶩，一心以為有鴻鵠將至。這實在是一個十分令人迷惑的現象。在「民主女神號」的事件上，國民黨政府發言人竟公然引國際法為護符，對女神號輪船的廣播工作百般阻撓，終使它「乘興而來，敗興而去」。臺灣朝野上下這一番精彩的表演必將在歷史上永垂不朽，是可以斷言的。我這篇序言最後強調了中國大陸已出現了兩個對立的實體，一方面是「屠夫的中國」，另一方面則是正在成長中的「民主和自由的中國」。我不敢預言中國大陸何時將發生基本性的大變化，但是我敢斷言這一變化是必將到來的。我也不敢說如果一旦有變化，中國大陸是否會立即「天朗氣清，惠風和暢」。也許黎明前的黑暗是更可怕的。但是一個「民主和自由的中國」終將曲曲折折地出現於神州大地，這是我個人堅信不移的。因此我希望提醒臺灣那些「識時務的豪傑之士」一聲，在你們和「屠夫的中國」打得火熱之際，你們似乎也應該讓另一個念頭偶然飄入腦際：萬一另一個中國出現了，你們又將何以自處和自解？世事變幻莫測，今天捷克的總統幾個月前不還是「階下囚」嗎？

我相信多數在臺灣的中國人還是和其他國家和地域的人一樣，仍然是具有深厚的同情心的，仍然把人的價值放在一切現實利益之上。這是「沉默的多數」，但似乎也到了不能再「沉默」下去的時候了。

一九九〇年六月二十八日記於臺北旅次

按語中的「民主女神號」是民運人士向歐、亞、美眾多新聞單位募資的一艘廣播船，一九九〇年三月十七日從法國拉荷謝起航，預計抵達臺灣後，取得廣播發射器材，再駛向臺灣海峽公海對中國大陸廣播。該船於五月十三日進入基隆港，在臺灣是大新聞。臺灣官方立場是政府不宜出面，但不反對民間聲援。後來改稱只要它對中國大陸廣播，就不允許它再進入臺灣港口進行補給。因為無法取得廣播器材，後來是整艘船賣給臺灣商人吳孟武，六月四日當天駛入安平港。新聞熱鬧一陣之後，不復有人聞問，在二〇〇三年進行拆船。

文中「國民黨政府發言人」是邵玉銘。當年引用國際法拒絕協助「民主女神號」的並不只臺灣，還有日本。

第三輯　兩岸關係

兩岸文化交流此其時矣！

海峽兩岸的學術文化交流是許多人心中的一個問題，但是這個問題過去從來沒有人正式討論過，現在執政黨內部有人建議考慮公開邀請大陸留學生來臺列席國民黨十三全大會，又擬定了黨工幹部大陸探親的原則，這表示臺灣的大陸政策又將向開放之途邁進一大步。我願意趁這個機會把兩岸學術文化交流的問題，鄭重的提出來，希望朝野各方面都能嚴肅的加以思考。必須事先說明：我在這篇短文中，主要只能提出問題，並不能給予或提供確定的答案。

讓我從一件往事說起，民國六十九年，中央研究院召開第一屆漢學會議，那時恰好費孝通先生在美國威斯康辛大學訪問，他聽到了這個消息很想前來參加，我曾為這件事在暗中努力過，但最後據說這件案子在國民黨決策高層不能通過，此事也就不了了之。

八年前海峽兩岸的政治情勢當然都和今天不能相提並論，國民黨害怕中共的統戰陰謀是可以理解的，但是我為什麼當時對這件事很熱心呢？這是因為我始終相信，學術文化不但應該，而且事實上可以超越政治。我自然不會天真到認為，中共沒有統戰陰謀；中共的統戰是明目張膽的，也是無孔不入的。但是中共要藉學術文化來統戰，首先必須通過知識分子，除非我們認定，大陸上的知識分子人人都已成為中共的馴服工具，毫無自由意志可言，否則少數學人到臺灣作短期的訪問，是沒有什麼可怕的。事實上自民國六十八年以來，我在美國見到了無數的大陸學人和學生，他們對中共極權統治的憎恨，只有比在外面的中國人更深刻、更堅定，讓這些人到臺灣來看看，即使從純政治觀點說，也是利多害少的。

但我的觀點則不是政治的而是文化的，我認為臺灣在這十年的發展已為中國文化的現代化提供了一個全新的模式。這一模式自然不是十全十美的，其中也夾雜了若干弊病。然而通體而論，臺灣卻表現了一股自由蓬勃的精神，是大陸以往數十年間所看不到的，至少臺灣今天看不到「黨書記」可以隨便整知識分子的情況。更重要的，臺灣的社會自由、學術文化自由基本上都是人民一步一步爭取得來的，所以最低限度臺灣的社會力量已遠大於政治勢力。這種自由的生活方式，只有長期在政治壓力下過日子的知識分子才能體會到它的價值和意義。大陸知識分子到了美國之後，幾乎無人不心醉於西方的自由生活，今天大陸思想空氣之所以劇變，美國的衝擊是個十分重要的因素。

中共保守派大聲疾呼「精神污染」、「資產階級自由化」也不是全無根據的，但是大陸學人和留學生對美國式的自由的感受，畢竟隔了一層。他們會認為這是西方的傳統，也只有西方人才能發展出這種自由的文化，臺灣的自由社會則將對他們有完全不同的啟示，因為這是中國人在自己的土地上推陳出新的文化創造。一般而言，大陸知識分子對臺灣的瞭解還是朦朧的，他們都知道臺灣很富足，可是並不清楚造成這種富足的社會文化活力是什麼。元遺山有一首論詩絕句說：「眼處心生句自神，暗中摸索總非真，畫圖臨出秦川景，親到長安有幾人？」大陸知識分子對臺灣仍在「暗中摸索」的階段，因為他們還不能「親到長安」，我希望能看到大陸學人親到臺灣，這對於將來大陸文化的新發展，是會發生意想不到的重大影響的。

根據我這幾年來和大陸學人接觸的經驗，我們已沒有任何理由懷疑他們的獨立人格和獨立精神，他們不但不是中共的政治工具，而且正是轉變大陸政治文化的一股最重要的動力。他們生於憂患長於憂患，其中頗多好學深思的人，他們體驗和思考之所得，對於臺灣的知識分子也大有足資啟發之處。所以他們能到臺灣訪問，對於臺灣學術文化的發展，也是有積極意義的，這將是名副其實的文化交流。

我們今天決不能把大陸看成籠統的一片，更不能誤認中共仍然主宰著大陸的知識界；恰恰相反，由於知識分子的奮鬥，大陸在政治中國以外，已出現了另一個文化中國，這是在事實上已相對的獨立於政治以外而為知識分子所支配的精神世界。這一新的發展是任何稍稍了解近年來大陸出版狀況的人，都能看得見的。大陸在開放初期選刊臺灣的文學作品，還可以說是出於統戰的需要，但最近兩三年來，大陸出版社如雨後春筍，不但大量譯介西方各式各樣的新思想，而且更漫無界限的翻印臺灣近幾十年來出版的文史著作。讓我舉一個最近的例子，我的老師錢穆先生的學術著作早已在大陸正式重印，這是意料之中的事。但是他的回憶錄《師友雜憶》現在也有一家鳳凰出版社正式排印出來，這件事則不能不使我感到相當的驚訝，因為錢先生這部回憶錄，無論在精神層次，或思想語言層次都是和中共政權不能並存的。出版者在前言中還特別指出，這部書對於「精神文明的建設不無裨益」，我曾將此書和原版互校了一遍，其中只刪除了少數太明顯的反共字眼如「赤禍」之類，而且編者在卷前也正式聲明「有所刪改」以示誠實。像《師友雜憶》之類書籍的翻印，絕不可能出自中共當局的示意，如果用這種辦法來進行統戰，其所付出的代價也未免太大了，中共再愚蠢也決不致出此下策。這種現象也只有一種可能的解釋，即主持出版社的知識分子另有自己的權衡，他們並不處處秉承黨的意旨辦事。

這件事也引起了我的深切感慨，臺灣雖以民主自由為號召，但專以出版自由一項來說，現在已不能說領先大陸了。臺灣仍然對大陸學術著作進口處處設限，坊間盜印大陸書籍也是改頭換面，見不得天日的。能在臺灣正式出版而非翻印的大陸作品，大概只有像方勵之選集之類的，因為它是反共的。這種純從政治觀點來看待學術文化是很不足取的。

據我的觀察，一切問題的癥結恐怕在於國民黨對於大陸政策沒有一個通盤的新構想。海峽兩岸的局勢都變化得太快太大，國民黨眼前的因應之道，似乎只是走一步看一步，這絕不是長遠的辦法，而且會帶來難以自解的矛盾。開放大陸探親自然是值得稱道的，事實上也受到海內外的一致喝采，但接著下去，有些人便不免會發生新的疑問：為什麼大陸能接待來自臺灣的親友毫無難色，而大陸的子女，竟連到臺灣奔喪都遭到拒絕呢？

必須鄭重聲明，我個人決不主張臺灣無限制的向大陸開放，無論是探親或學術文化交流。因為別的不說，這兩個地區的容量便無法相提並論，但是有限度、有計畫、有控制的開放，則是合情合理的。以學術文化的交流而言，臺灣尤其有必要把目前的單行道改成雙行道。在出版自由方面，不能領先大陸更是無論如何說不過去的。我希望政府能早日成立一專案小組，並邀請學術文化界的人士參加，就此一問題進行全面而詳盡的檢討。在不涉及政治和不影響安全的大前提下，政府最後應該制定一套審慎的辦法，使學術文化領域內的雙向交流成為可能。無論對臺灣一地或整個中國文化的前途來說，這種交流都有重大的意義。

一九八八年三月十一日

【編按】

原刊一九八八年三月三十一日《聯合報》第二版。

三民主義與中國統一

「三民主義統一中國」是近年來國民黨所提出的響亮口號。在政治上，口號、標語有其作用，也有其限度。

二十世紀的中國幾乎已成為標語、口號的世界，這是中國現代政治還沒有成熟的明證。西方國家也偶有運用口號、標語的現象，但大概限於大變動（如革命或社會危機）時期，並且一般是作為行動的綱領而提出的。提出之後即依之而行，及至目標達到，口號、標語便功成身退了。在常態情形之下，口號、標語是沒有用武之地的。中國古代政治也是如此，所以漢代已有「為政不在多言，顧力行如何耳」的名言，後世多奉為圭臬。

「三民主義統一中國」是一個很好的觀念，我不希望它僅僅成為一個普通的政治口號，因而失去其深遠的涵義。

三民主義雖然也是一種政治意識型態，但是我們決不能把它和共產主義看作同類的東西，因為，前者是開放性的現代立國原則，後者則是封閉性的政治教條。我常常感到，由於後來中國人對「主義」這個語尾的濫用，使三民主義遭受到普遍的誤解。這是十分不幸的事。又由於國民黨一直持三民主義與中共的共產主義相對抗，更使人誤會三民主義只是國民黨一黨的「黨義」，這更是不幸中的不幸。

孫中山先生最初提出三民主義時，是斟酌了當時的西方思潮和中國的文化傳統而獲得的一種綜合判斷。他自始便沒有把三民主義看作是個人的創見而強加於國人。所以他在「五權憲法」中說三民主義和林肯的「民有、民治、民享」的主張是一致的。又在〈民權主義第二講〉中說三民主義和法國革命的「自由、平等、博愛」三大觀念是相通的。他不肯盲從西方三權分立之說，而堅持加上「考試」和「監察」兩權，成為五權分立，則是為了尊重中國固有的政治傳統。

無論他的見解是否十全十美，我們都不能不承認他確是以政治家的負責精神來為中國奠定國家的基礎的。他是以開放的胸襟融匯中西之長，而不是為了在政治思想上發明新的理論。

我們可以毫不遲疑地說：三民主義只為中國指出了現代化的基本方向，但是並不是限制中國人向前發展的一套僵硬教條。中山先生本人對於三民主義的先後不同理解，便最足以說明三民主義與時俱新的開放性格。他最初在一九〇五年正式提出三民主義時，其涵義是比較狹隘的：民族主義是為了排滿，民權主義是針對著傳統的君主政體而發，民生主義則限於「平均地權」。這是相對於當時的歷史狀況而提出的主張。但是到了民國十三年，他的民族主義已擴大為向帝國主義爭取民族的獨立。民權主義的具體對象也已不是君主政體而是軍閥割據，其目的在造成一個政權在民的統一政府。民生主義則在「平均地權」之外，特別加上了「節制資本」一項，以消解當時中共所倡導的共產主義。

從中山先生自己對於三民主義的不斷發展，我們可以清楚地看到這三大原則在本質上具有自我調整的機能。相反地，馬列主義在遭到實際困難以後，則立即陷入無法「修正」的窘境，這是封閉思想系統內部所產生的絕症，和中山先生的三民主義恰好形成強烈的對比。

中山先生關於三民主義的演講距今已有六十多年。這幾十年中，無論是中國的實際狀況、國際形勢、或世界的思潮都已發生了重大的變化，毫無可疑地我們今天已有必要對三民主義提出新的詮釋。忠實的國民黨員更必須這樣做才能表現出他們對中山先生的精神的尊重。在這篇短文中，我想冒昧地說一點個人的基本看法，但只能略示宗旨，詳細的討論，俟諸異日。

民族、民權、民生仍然是中國現代化的基本原則，這是不必懷疑的，然而以具體的內容而論，這三者都已與民國十三年的三民主義有所不同了。今天講民族主義，已不需特別強調向帝國主義爭取獨立與解放的方面了，因為自第二次世界大戰以來，世界上一切弱小民族大體上已獲得了國家的獨立，至少就中國而言，我們今天已完全脫離了二十年代和三十年代那種國家危在旦夕的威脅。民族主義如果繼續有其重要意義，那將是在民族文化方面，中山先生曾強調「忠孝、仁愛、信義、和平」等中國的傳統價值。（〈民族主義第六講〉）在這些基本價值方面，中國仍面臨著如何建立民族認同的嚴重問題。

中國在形式上已獨立了，精神上則依然沒有獨立，大陸以馬列主義為正統，這將使中國的文化價值無可避免地處於被抑制、被歧視的地位。臺灣是中國文化價值保存得最多的地域，但一般人，特別是知識分子的文化取向也不免偏向西方。怎樣使中國的文化價值提昇到自覺的層次，並與現代化取得協調，這正是民族主義的新課題。

中山先生的民權觀念，在今天正可以理解為「人權」問題。人權的保障——包括個人的權利和各種社會團體的權利——只有在民主憲政的架構之下才能充分實現。這一點，臺灣在最近一兩年來的突破，已受到全世界輿論的讚揚。中華民國已找到了實現民權的正確途徑。接著是怎樣進一步完成這一歷程的問題。但大陸上的人權記錄仍然是相當低的。以整個中國而論，民權的建立還是中國人的艱巨任務。

最後說到民生主義的問題，我們在觀念上更需要做較大的調整。中山先生相信民主體制下的社會主義，這是二十世紀上半葉知識分子的「宗教」。不但中山先生如此，甚至許多中國自由主義者如胡適之先生在民國十五年時也認定「社會主義」是天經地義。但是第二次大戰以後，社會主義經濟基本上破產了。自由經濟制度的優越性是今天世界上絕大多數人所共同承認的，海耶克的《到奴役之路》代表著四十年代以來的新經濟思潮。

國家所有制的社會主義，無論在共產世界或西歐地區，都已為大量的事實所否定，至少是弊遠大於利。但是所得分配的公平仍然是人人所關懷的問題。解決之道似乎是在如何擴大中間階級的成員。今天的西方已不是資本家和無產階級尖銳對立的形勢了，技術工人的收入往往超過中下層的白領階級。國有化不但不能保證公平，而且還會帶來官僚階級的特權，這是中山先生在民國十三、四年時所不及見的現象，今天看來民生主義的內容已非復「平均地權，節制資本」所能盡的了。中山先生所最關心的事實上也是財富分配公平的問題，「平均地權」和「節制資本」不過是當時一般社會思想家所能見到的具體手段而已。在今天來說，民生理想的實現必離不開民權的運作，也和中國的民族文化息息相關，這是因為分配公平一方面是人權的一個組成部分，另一方面又深深地植根於中國傳統的價值系統之中，「不患貧而患不均」即是其最具體的說明。

中國要想成為一個現代的國家，民族、民權、民生三大原則是缺一不可的鼎之三足，只有在這三大原則指導之下，從個人到團體才能同時具有民族的認同和權利的保證。從這個意義說，中山先生的三民主義的確充分地代表了全中國人的共同願望，決不是國民黨一黨所得而私的。中國和中國人都只有在這個最大的共識之下，才能徹底地融合成一體。此外別無統一中國之路。

一九八八年四月九日

【編按】

原刊一九八八年四月九日《中央日報》第三版，是「十三全會」建言系列專文中的一篇。

這是蔣經國過世後第一次國民黨代表大會。

「三民主義統一中國」則是蔣經國生前最後一次，也就是一九八一年「十二全會」推出的口號，取代之前的「反攻大陸」。

文化對話，而不是政治談判

——臺灣的大陸政策必須重新檢討

四十年來，臺灣為中國的現代化開創了一套相當成功的經驗。經濟建設方面的經驗早已為世所熟知，毋待贅言。最近兩年來民主憲政的逐步落實更可以說是一種史無前例的創舉。雖然民主秩序的建立目前在臺灣仍處於探索的階段，但是朝野上下的決心都是無可懷疑的。根據我六月初在臺北一週的直接觀察，臺灣的言論以至行動的自由較之任何自由社會都毫不遜色。在轉型期的政治亂象之下，臺灣正瀰漫著一股蓬勃的生機。無論如何，黨禁和報禁的解除已使人民確然獲得了言論與集會的基本權利，這在中國現代史上不能不說是一件石破天驚的大事。臺灣的民主化運動顯然已給大陸的知識分子帶來了無限的希望，使他們相信民主和中國這塊大地並不是無緣的。所以這件大事的進展將比以往的經濟成就對於中國前途具有更重大的意義。

現在的問題是：臺灣的經驗究竟怎樣才能最有效地傳播到海峽對岸，以期有助於大陸共產體制的根本轉化？這便直接碰到了臺灣和大陸之間的關係的問題。我覺得兩岸關係是目前使國民黨最感困擾的問題之一，而國民黨的大陸政策似乎始終陷入「舉棋不定」的僵局。李登輝總統最近曾說過一句很有意義的話，他說：「兩岸的『接觸』，不是熱情『浪漫』的憧憬，而是十分『嚴肅』的課題。」本文的主旨即在簡略地討論這一「嚴肅課題」。

自從開放「大陸探親」政策以來，國民黨在「兩岸接觸」的問題上已邁出了歷史性的第一步。最近探親政策由三等親擴大到四等親，更說明了臺灣對大陸的政策確有「漸進」的決心。這些措施是值得稱道的，而且到今天為止，這一「接觸」的後果幾乎都是正面的，探親歸來的人直接聽到了家人親友訴說這四十年間的悲慘經歷，他們將不可能對共產主義體制發生任何浪漫的幻想。六月初我在臺北，收到一位退伍的本家最近在安徽故鄉所攜的多幅照片，真不禁使人有「劫後山河」的感慨。後來我們在電話中長談（我的本家住在高雄），知道我們的故鄉今天是普遍的貧窮，因為以前那些少數的「小康」之家都早已掃地以盡了。中共當權四十年，最大的成就是消滅了民間財富，卻並不曾使窮人變成富人。一直到最近農村經濟改革才使人民生活重獲一線生機。這雖是我的故鄉一隅的歷史，但也反映了整個中國大陸的一般狀況。但是如果不是臺灣開放了探親政策，這一真相是永遠無法生動地、如實地傳過海峽的。報章雜誌上有關大陸的報導，無論怎樣忠實，一般人民終不免懷疑是官方的政治宣傳。

國民黨的大陸政策今天仍然堅持以「三不」為基調。具體地說，國民黨認為現階段和大陸的接觸必須遵守四項原則，即一、非正式，二、漸進，三、間接，四、單方面。這當然是出於對自由基地的安全的考慮。我們必須承認，「安全第一」的考慮是首要的。鼓吹自由開放的人，特別是身在海外的知識分子，尤其要把臺灣的安全問題時時刻刻地放在心上，否則便必然會流為不負言責的「浪漫」情懷了。中共當局對臺灣的侵犯野心並沒有改變，統戰的手法更是層出不窮。「防人之心不可無」，這是真正關心臺灣和整個中國的前途的人所不能不特別慎重的。臺灣已為中國的現代化提供了一條明確的出路，這一點連大陸的留美學人和學生也都有共識。他們都希望臺灣能儘快地通過民主改革而創造出一種既自由又安定的社會文化秩序。這一新秩序的出現將成為他們在中國大陸推動全面改革的一種最重要的支援。相反地，中共當局，特別是保守派，則盼望臺灣的民主化和自由化陷入「天下大亂」的局面，因為臺灣的長期混亂不但將為中共侵臺的野心製造機緣，而且更足以斷絕大陸上一切民主自由的呼聲。

但是在肯定了「安全第一」的原則之後，我們認為國民黨的大陸政策仍大有改進的餘地。現行的政策似乎過分強調一個「不」字，是消極的而不是進取的，謹慎有餘而開創不足。我相信問題的關鍵是在於國民黨對大陸的變化缺乏明確的判斷，基本上還未能克服長期以來的「恐共」心結。

我個人經過深思熟慮的結果，覺得臺灣對大陸的「接觸」也許應該考慮以「對話而不談判」作為最高的指導原則。現在讓我對這句話加以更確定的解說。近十年來，中共一直在尋求和臺灣進行關於「統一」的政治談判，而國民黨則一直拒絕任何有關「國共第三次合作」的引誘。我覺得國民黨這個決定是十分明智的。中國的統一當然是所有中國人的共同願望，但決不能在馬列政權為正統的條件之下進行，更不能以中華民國降為變相的地方政權為統一的代價。中國人最後必須統一於一種共同的文化，也就是生活的方式，而這種統一又必須以人民能自由地選擇其生活方式為前提。對於中國人而言，文化是最高一級的概念，國家尚在其次。所謂「中國」或「中國人」都是文化概念，不是政治概念。所以在中國傳統中，「天下」的意識更重於「國家」的意識。現在中共要求在臺灣的中國人「統一」於他們的「黨」和「政府」，這是根本不值得考慮的。中國的統一只有在大陸上的生活方式轉變到和臺灣相接近的時候才會實現，現在當然不存在政治談判的可能性。

我所謂「對話」也不是指「政治對話」而是指文化層面的對話。我們今天已不能把中國大陸看成籠統的一整片，而必須具有庖丁「目無全牛」的那種分解的眼光。不但大陸的一般人民和知識分子已基本上與共產黨背道而馳，而且中共內部也已發生了深刻的分化。如果我們希望把臺灣的經驗有效地傳播給大陸的人民，那麼人民與人民之間的直接「對話」正是十分必要的。事實上，通過探親和海外的各種學術、文化、體育的交流，直接「對話」早已是一個公開的事實。國民黨仍然強調「間接」的原則幾乎無異於掩耳盜鈴。最近中央研究院向政府提出九月間派代表到北京參加國際科學聯合會的問題，據說已遭否決。我覺得這是一件很遺憾的事。我個人以為如果中央研究院院長親自出席在大陸召開的國際會議，則其事誠然值得斟酌。但是一般研究人員去大陸開學術會議實在沒有阻撓的必要。中央研究院和國立大學在名義上固然是政府機構，但事實上研究人員和教授卻從來沒有人以政府的官員自居，而且也根本不具備政府代表的資格。這只是國家的體制使然，而並不如實地反映了學術界的實際。兩害相權取其輕，我覺得讓學術界代表去大陸參加會議遠比不讓他們去對臺灣要有利得多。

其次，我認為雙向接觸也比單向接觸更符合中華民國的長遠利益。最近有一位大陸留學生提議：最好讓對臺灣無惡意但並非「反共」的留學生先到臺灣訪問。這可以改變國民黨只接受「反共義士」的極端政治化的形象。我覺得這個提議是很好的，即使從宣傳的觀點說也是最值得考慮的。讓大陸的學人、藝術家、體育人員個別地到臺灣和他們的同行進行「交流」和「對話」是在文化上促進大陸變革的一種最有效的方式。但是為了安全起見，我們當然必須對這種訪問採取嚴格而有效的控制，臺灣的容量有限，自然也不可能作到「來者不拒」的地步。經過嚴格揀別後的雙向交流似乎不致於對臺灣造成任何嚴重的困擾。據最近報載，臺灣應昌期圍棋教育基金會以一百萬美元贊助的世界圍棋冠軍大賽竟以礙於政府的禁令而不得不改在北京舉行，這尤其是一件荒謬絕倫的事。難道幾個大陸棋手，也許再加上三兩個大陸的體育報記者便能把臺北弄得天翻地覆嗎？國民黨對於自己的社會竟是這樣缺乏信心嗎？事實上，雙向「交流」和「對話」較之大陸探親所造成的衝擊是無法相提並論的。數以萬計的探親者和訪問者從大陸回來以後並沒有給臺灣帶來任何可見的不安，國民黨為什麼對於少數人的學術、文化方面的交流這樣害怕呢？

總之，兩岸的文化「對話」已形成一股巨大的壓力，這壓力並不是中共製造出來的，而主要是起於臺灣內部。國民黨似乎也無法長期靠一個「不」字訣來應付它。唯今之計，國民黨只有善用這股壓力，使兩岸的「對話」限於距離政治最遠的領域。我相信，大陸少數的學人、藝術家、文化工作者等親自看到臺灣的社會真相之後，他們所帶回海峽對岸的自由訊息很可能迅速傳布到整個大陸。這是「三民主義統一大陸」的不二法門，然而也是需要有勇氣的。

【編按】

原刊於一九八八年七月二日《中央日報》第二版，國民黨「十三全會」的五天前，標題「文化層次的對話而不談判」。

國民黨政府在一九八七年十一月允許人民赴大陸探親，引發臺灣社會的大陸熱。蔣經國過世前，從沒更改過他在一九七九年制定的「三不政策」：跟中共不接觸、不談判、不妥協。但在他過世後，臺灣朝野普遍認為既然已開放探親，「三不政策」已不合時宜。這是余英時此文的背景。

當斷不斷反受其亂

——論雙向交流的大陸政策

中國在兩千多年前便產生了兩句發人深省的諺語：一句是「奕者舉棋不定，不勝其耦」。另一句是「當斷不斷，反受其亂」。這兩句話一直到今天還是我們所常常引用的。但不幸近來國民黨的大陸政策竟一再為這兩句話提供了最生動的例證。蔣經國總統逝世前毅然開放大陸探親的政策曾獲得當時海內外的同聲喝采，而且後來的事實也證明這一政策對臺灣的安全是有利無弊的，至少也是利遠大於害。然而這十個月來國民黨「群龍無首、一國三公」，在許多重大問題上都顯得猶豫不決，而尤以大陸政策為甚。

關於大陸政策，我先後已不知發表過多少次的私見。我一向主張國民黨應該積極地、大膽地設計一套進取性的大陸政策。這個政策當然首先要顧慮到臺灣的安全問題。但是只要把雙方的接觸限制在非官方、非政治的領域之內，臺灣的安全是不可能受到威脅的。

今天的兩岸交通有幾個重要方面：第一是探親、第二是貿易、第三是文化學術的交流。其中貿易一項大致是間接性的，即通過香港而進行。這一點不在本文討論之內，姑且不說。探親和文化學術交流則到今天為止仍然是單向的或間接的，即臺灣的親人或學術文化人士可以在大陸或海外和大陸上的人聚首，但大陸上的人則不能到臺灣來探親或參加學術文化活動。昨天（十月二十七日）在紐約出版的《世界日報》上有一篇社論，題為〈從錢穆和聶衛平的事例談臺北的大陸政策〉，也主張政府趕快擬定新的政策，使錢先生的女兒可以及早到臺北來探視九四高齡的父親，也可以讓聶衛平如期到臺北來參加世界圍棋冠軍賽。《世界日報》是在美國為政府說話最力的報紙，這篇社論充分地反映了海外同情國民黨的人的輿論傾向，值得政府重視。而且這篇社論立論甚為正大，主張把探親和文化交流都提高到政策性的普遍層次，不僅是特別為一、二人而設的臨時措施。

和絕大多數的中國人一樣，我也衷心盼望著臺灣和大陸有重新「統一」的一天。為了促使這一天早日到來，我們的起點只有在學術文化的雙向交流上，而決不能對政治談判抱任何幻想。現在臺灣中央研究院的研究員已正式到大陸去參加科學會議了，這是一個可喜的新發展。但接下來的則是怎樣從單行道改為雙行道，使大陸的學人、文化工作者、藝術家、運動員等也可以到臺灣來訪問，我們一向說大陸是不自由的社會，而臺灣則以擁有自由而驕傲。如果在學術文化交流上的表現竟是適得其反，這恐怕無論如何也難以自圓其說了。

我曾一再強調，我們今天必須把大陸上的知識分子和中共政權之間加以嚴格的區分。

大陸上的知識分子，特別是年輕的一代和有傑出成就的人，不但對臺灣沒有敵意，而且頗多真正嚮往著臺灣的自由生活方式。今年九月初，新加坡召開了儒學會議，兩岸學者在一起足足討論了一星期之久。無論觀點如何分歧，大陸學者並沒有流露出一點「統戰」的氣味。其中好幾位都表示了訪問臺灣的強烈願望。

錢穆先生是我的老師，我最近也特別關切報上所載有關這件事的報導，內政部本已宣布大陸同胞來臺探親案將可於十月十一日開始接受申請，但突然又受阻於國民黨決策單位。我並不想為錢先生爭取任何「特權」，但是我實在不能理解，何以像錢先生如此高齡，決策單位竟不能稍作通融，一方面以個案方式使其女得以儘快來臺，一方面加緊作業，使全案得以全面實施？如果還有類似情況，政府也儘可以同作個案處理，這是爭取時間的一種最妥當的方式。以錢先生的特殊事例而言，不但他本人年高體弱，而且其女在外國停留的期限已屆，個案與全案為什麼不能同時並進呢？中國人向來有「法律不外人情」之說，西方人處理這一類的特案也同樣會本於「人道主義的原則」。國民黨一向以「復興中國文化」為號召，又一再宣稱自己是自由世界的一分子，信誓旦旦，我希望它能在實踐上有具體的表現。現在決策單位的藉口是「必須俟接待服務中心設置，無安全顧慮之後才能實施」。這在錢先生一案上是完全說不通的。錢先生的女兒來臺之後，自然是住在錢府上，何須等待「接待服務中心」的設置？錢先生「反共」之堅決，世所共見，更何「安全顧慮」之有？

關於兩岸學術文化的交流，這更是我的一貫主張，早在八年以前，我已經為費孝通來臺參加第一屆「國際漢學會議」的事在暗中努力過。當時時機過早，其事胎死腹中，但這是可以理解的。今年三月十一日我曾在《聯合報》發表了〈兩岸文化交流此其時矣！〉一文，其主旨便在於提倡「雙向交流」。所謂「雙向交流」，即不但臺灣的學術文化人士可以去大陸開會或訪問，而且大陸的學術文化人士也同樣可以來臺灣和同行交流經驗。七月二日我又在《中央日報》發表了〈文化層次的對話而不談判〉，進一步有所申議。根據我個人對大陸的瞭解，現在還不是臺灣和大陸談「政治統一」的時候。我主張兩岸「對話而不談判」，而且「對話」必須從距離「政治」最遠的領域開始，這是因為我深信文化共識是政治統一的基礎。文化並不是什麼神妙的東西，說穿了，不過是「生活方式」。價值觀念、知識取向、經濟活動、社會結構、藝術型態、政治體制等都是文化的構成部分。但政治確是其中最表面的一層，是整個文化的表現而不是決定文化——生活方式——的根本力量。這個看法的根據是十分堅強的，雖然無法在此處詳說。今天所有共產體制的國家幾乎都有解體的明顯跡象，正是因為經過最近四十多年的發展，共產國家中的文化已在不知不覺中發生了變化。所以雖以極權政治下那種專橫而嚴密的系統，也阻擋不住人民要求自由生活方式的衝力了。我當然不是說中國的政治統一必須建立在文化統一的基礎之上。文化，特別是現代文化，是不可能「統一」的。但是如果兩個地區的人民的生活方式相差得太遠，他們是不可能共存在同一個政治結構之下的。

今天南韓的盧泰愚儘管在聯合國大聲疾呼要求世界各國幫助他完成南北統一的大業，我敢斷言，這一呼籲在可見的將來只有政治宣傳的意義，絕無真正實現機會。南北韓的統一也必須在雙方的生活方式逐漸接近之後。

大陸知識分子無論是到臺灣來參加學術會議或其他正當的文化活動，在任一特定的時期必然只限於少數人。而且這些少數人又必然是臺灣學人所早已接觸過和相當熟悉的。這樣的人事實上早已經過了政治過濾，那些想為中共搞「統戰」的活動家是根本不可能獲得邀請的。國民黨對這樣的人歡迎之尚且不暇，何必緊張害怕呢？

總之，無論是探親或學術文化交流，國民黨都必須趕快拿出一套確實可行的新政策。國民黨首先必須考慮：雙向交流是不是可以並且應該阻擋得住的一種趨向？如果國民黨真的認為雙向交流將危害臺灣的安全，有百害而無一利，而又自信可以制止它的發展，那便不妨及早煞車，向海內外作一次公開的宣布。這樣做，可以息止目前的許多紛擾，相反地，如果國民黨在原則上肯定雙方交流是有正面意義的，那更應該及早決斷，擬定明確的交流政策。

「當斷不斷，反受其亂」。這似乎是國民黨所面臨的困境，但這一困境其實是最容易脫出的，只要國民黨有決心和智慧。

【編按】

原刊於一九八八年十一月二日《中央日報》第三版。

中國統一的近景和遠景

自從海峽兩岸的交流逐漸展開以來，中國統一的問題成為大家注視的焦點。現在關於統一的言論雖然很多，但是各方面對「統一」這個觀念首先便沒有統一的看法。在這種情況之下，許多討論統一的人事實上都是自說自話，彼此之間並無任何真正的溝通，最多不過是對這個問題表示一種態度而已。本文擬先就「統一」的概念略作分疏，然後再談一談中國統一的近景和遠景。

今天談統一問題，我們首先要注意到海峽兩岸的官方觀點，理由很簡單：和平的統一既不能不通過政治談判的方式，則兩岸的政權自然是決定性的力量。臺灣地區由於已走上民主化的道路，政府還必須尊重民間的意見，大陸在家長式的一黨專政的體制下，一二人即能當家作主，因此大陸官方的觀點尤其值得嚴肅的注視。

從最初葉劍英所提出的「九條」到最近鄧小平的言論，我們可以清楚地看出中共所謂「統一」的大體輪廓：臺灣必須取消「中華民國」的國號、解散其全國性的中央政府的結構、放棄對於中國大陸任何治權的要求，而自動降格為一個地方政權。在中共的心目中，所謂「一個中國」即是他們的「中華人民共和國」，所謂「統一」也就是臺灣接受中共政權的領導。當然，為了實現這種「統一」，中共在現階段也不能不作出某些過渡時期的讓步。例如，第一、過渡時期可以延長到五十年（如香港）或者更長一點；第二、在過渡期間臺灣是一個特別行政區而擁有某種限度以內的自主權，包括對外的經濟、文化關係和內部的政治體制（如民主選舉）；第三、臺灣可以繼續保留自己的軍隊；第四、私有制的社會經濟體系也持續不變。大致說來，中共的「統一」是以香港模式為準，但以現實條件不同而不得不略寬其尺度（如軍隊的保留）。

國民黨對中共的「統一」號召從來沒有作出任何正式的反應，但國民黨對「一個中國」的堅持則與中共無異。當年美國和中共的「上海公報」能在臺灣問題上輕易地獲得一致的協議正是因為海峽兩岸的政權都承認「臺灣是中國的領土」這一原則。記得一九七五年秋天吉星格國務卿應哈佛大學東亞研究所之邀，在哈佛法學院講演，他仍然對此點津津樂道，以為是自己的一大傑作。他並且樂觀地預言，海峽兩岸的問題將來一定可以照同樣的方式獲得自然的解決。其實在文字上肯定「一個中國」的抽象原則是易如反掌，然而一旦涉及「一個中國」的具體經驗內容則國共兩黨的理解簡直是南轅北轍。國民黨對於「統一」問題現在只有「三民主義統一中國」一句口號。照字面解釋，似乎只有在中共正式宣布放棄馬列主義為立國原則之後，國民黨才能和海峽彼岸的政權討論

「統一」的問題。雙方距離如此之遠，我們實在看不出中國統一在短期內有實現的可能。

據最近外電報導，中共不久以前曾召開過一個高層的統戰會議。鄧小平在會議中曾憤怒地表示不惜用武力來完成「統一」的願望。我們細察他憤怒的起因，原來是中共黨內有不少人已懷疑大陸政權是否「有資格、有能力解決統一的問題」。據我所知，不但中共黨內有人懷疑統一的可能性，黨外更有人懷疑現在立即著手「統一」工作是否有利於整個中國的前途。許多大陸留學生和學人都向我表示過一個意見：臺灣的民主改革對大陸有重大的啟示和刺激作用。如果現在便「統一」，大陸上的民主運動將更難推展了。

在臺灣的中國人當然更不會把「統一」看作是迫不及待的第一優先問題。這並不是他們對大陸這塊土地和十億中國人抱有任何敵意，而是他們不願意在中共政權之下討生活。也許臺灣有少數老人由於鄉土的情感或其他個人的原因而希望早日回到大陸。但這種個人問題已因探親政策的開放而不難獲得妥當的解決方式。

我們必須瞭解，「統一」主要是一個政治問題，中共所要求的「統一」尤其是指政治統一而言。今天對於政治統一最感到急迫的只有中共第一代的領導人如鄧小平、陳雲等。第一代的革命領導人通常都有一種特殊的歷史使命感。以中國的情況而言，國、共兩黨的第一代同以統一整個國家為他們的歷史使命。所以，過去國民黨的第一代也念念不忘「反攻大陸」，決不肯向政治現實低頭。今天中共的第一代在日薄西山之際同樣以未能「統一臺灣」為生平最大的遺憾。在他們的心中，臺灣不能歸屬於中共政權之下便是「革命尚未成功」，這在他們來說是不能甘心的。鄧小平最近的發言便充分反映出這種急迫的心理狀態。這種心理其實是早年革命時代的殘餘意識。但悲劇也在這裡：第一代革命者往往衝不破早年心理的羅網。世界早已變了，然而他們在心理上卻仍然停留在革命前期的狀態。幾年前我在耶魯大學聽過丁玲的一次即席談話，最使我驚訝的是她好像還是生活在三十年代，而她自己也仍然是一個二十多歲的革命女作家。以彼例此，今天中共第一代的心理狀態便不難理解了。這種人大概都自以為是「革命正義」的化身，思想早已僵化，失去了認識客觀世界的能力，也基本上失去了反思的能力。

從鄧小平的最近言論來看，他顯然還是用四十年代的眼光來看待臺灣問題和國民黨問題。他的最重要武器是武力和「統戰」；而「統戰」又必須以武力為後盾。現階段的「統戰」方案便是上面所提到四項「過渡」條件。在他的想法，這已是極盡寬大的能事了。「統一戰線」在共產黨的語言中是一種毫無掩飾的「革命手段」。共產黨人為了「革命的需要」可以在某些歷史階段暫時放下他們最終的革命目的，和敵人在特定的共同利害基礎上「統一」成一條「戰線」。因此「統一戰線」在本質上必然只有「過渡」的意義，而無久遠的意義。所以今天中共對臺灣進行誘和工作仍然是「統戰」部門的事，儘管鄧小平也隱約感到「統戰」兩字似乎已不甚妥當。由於他們已失去認識客觀世界的能力，中共第一代不但看不見臺灣的經濟、社會、文化、政治各方面的新發展，而且也看不清大陸本身在最近十年中所發生的新變化。單純從量的方面著眼，他們仍深信自己的力量是強大的，而國民黨則是「既頑固、又脆弱」的。在強弱懸殊的形勢下，他們自信以武力為後盾的「統戰」終究是會奏效的。

又由於失去反思的能力，所以他們竟能以「民族大義」作為要求「統一」的藉口。他們似乎忘記了：在現代中國造成長期的政治分裂，中共的責任並不少於其他的政治勢力。在江西蘇維埃時代，以及在抗戰邊區政府時代，中共早已在中國造成了一個「國中有國」的局面。毛澤東在延安親口對左舜生說：「蔣先生相信天無二日，民無二主，我不信邪，偏要出兩個太陽給他看看。」這種心理正是今天中國分裂的一個重要原因。

今天國共兩黨的隔海分治事實上是四十年前內戰狀態的持續。雙方既都認同於中國，則此中根本無所謂「民族大義」的問題。現在客觀的政治情勢是「一個中國、兩個政權」，「民族大義」並不是任何一方所得而獨佔的。幾年前我在大陸出版的《文物天地》上讀到一篇文字，竟然歌頌施琅為清廷平定了臺灣是對「祖國的統一」作出了「重大的貢獻」。這篇文字似乎反映了中共目前的觀點。但這樣的「統一」恰恰和中國人一向所瞭解的「民族大義」背道而馳。

如果以上關於中共現階段的「統一」觀點的分析大致不誤，那麼中國統一的近景是相當黯淡的。但是統一的遠景還是可以樂觀的。這是因為最近一年多以來，海峽兩岸突破了四十年的敵峙和隔絕，而開始了初步的接觸。這一接觸目前仍限於探親、文化、和經濟等方面，其性質是民間的而非官方的。但這正符合兩岸中國人的需要。中共官方的立場，如上文所分析，基本上是自居正統而視臺灣為其囊中之物，它所表現的整體姿態則是以大吃小、恃力迫和。這不但是在臺灣的中國人所絕對不能接受，而且也未必獲得大陸上多數中國人的同情。甚至在中共內部也已引起了深切的懷疑。所以國民黨目前不考慮和中共進行關於「統一」的政治談判是十分明智的。政治統一必須建立在兩岸人民自願、自發的基礎之上。這就要看「統一」是否會增加一般人民的幸福。相反地，如果「統一」的代價是生活上的痛苦，則這種「統一」便只有負面的意義了。人民怎樣才能判斷政治「統一」的價值呢？這就首先需要兩岸人民有一個較長期的互相交流、互相瞭解的過程。兩岸隔絕得太久了，不但政治、經濟的體制截然不同，而且文化上也早已分道揚鑣了。目前所進行的民間雙向交流是逐漸增加彼此瞭解的唯一可能的方式。依著這條交流的道路走下去，也許十年、二十年以後兩岸人民會感到有進一步聯繫的必要。「統一」的遠景便寄托在這一交流上。

兩岸的局勢都在迅速的變化中。臺灣的中國人已選擇了一條民主的道路。儘管目前存在著一些不可喜的「亂象」，但這條路是會走下去的。在民主體制下，「統一」問題最後只有讓在臺灣的中國人自己決定。臺灣和香港完全不同，它不是帝國主義的殖民地，因此它的政治命運也不可能由兩岸政府片面決定。大陸正在進行經濟改革，民間的民主要求也開始抬頭。大陸的改革和開放愈成功，則兩岸「統一」的遠景也愈光明。這應該是人人都看得見的道理。

【編按】

一九八九年二月出刊的《今日中國》二一三期有收這篇。

世界解構兩岸解凍

過去十年（一九八一—九〇年），是世界和中國都變動得非常劇烈的時代。以世界形勢而言，最大的變化自然是以美蘇為首的兩大對立陣營的解體。這一解體的過程是從蘇聯開始的。社會主義在經濟上的徹底失敗，終於使蘇聯不得不在政治上稍稍放鬆其極權的控制，以緩和人民的不滿。但極權政治的最大特色便是只能緊而不可鬆，一鬆之後便將不可收拾。所以東歐的共產政權從一九八九年的年底開始，真像骨牌一樣，一個接著一個倒塌了。

斯大林在二次大戰後所辛苦建立起來的「衛星」，幾乎在一夜之間整個消失了。與此同時，蘇聯內部的加盟共和國也開始要求獨立，波羅的海三國，特別是立陶宛，更是全力以赴，企圖脫離蘇聯的統治。蘇維埃大帝國似已呈土崩瓦解之勢。

在這一連串的蘇聯和東歐的變動中，我們顯然看到民族和文化的力量重新在世界上抬頭，以階級利益為號召的意識型態徹底破產了。但是所謂「社會主義陣營」的崩潰並不等於所謂「自由世界」的勝利。東歐各國的公民社會怎樣才能在廢墟上重建，現在還完全看不見端倪，整個世界似乎正在走向一個不可知的未來。

民族和文化的力量在阿拉伯世界也同樣不可低估。美國雖然在對伊拉克戰爭中取得了輝煌的勝利，中東「新秩序」的建立依然遙遙無期。

總之，今後十年之內，世界局勢將處於一個最嚴重的轉型階段，雖然處處都好像有新機運，然而處處也都潛伏著爆炸性的危險。

本文的主旨是在對中國過去的十年作一回顧，以為展望未來十年的一點參考。上面對於全世界的簡略觀察只是為這一回顧與展望提供一點背景的瞭解而已。下面讓我們轉入正題。

在過去十年中，海峽兩岸的中國也發生了驚天動地的巨變。這十年是中國大陸「改革」與「開放」的時代。如果我們暫時撇開八九年天安門的屠殺不談，僅僅把今天大陸的狀態和「文革」時期作一橫切面的比較，那麼我們不能不說，大陸的變化是極其顯著的，特別是在人民的一般經濟生活方面。中共的變革和蘇聯起於相同的原因——即所謂「社會主義經濟」的破產，但突破點不同：蘇聯的突破點在政治結構，中共則在農村經濟。這一差異和兩國的歷史背景之不同有關，此處不多做討論。

大體上說，中共的農村經濟改革是相當成功的，它復活了中國農民自力更生的精神，所以中國大陸的經濟情況，至少就日常生活的必需品而言確比蘇聯好得多。

但是大陸在這「改革」和「開放」的十年之中也充分暴露了中共內在危機的嚴重性。兩年前天安門血腥鎮壓和平請願的學生和市民，便是一個最有代表性的徵兆。這裡我們必須分析一下今天中共政權的性質和它十年來的基本政策。

中共的「改革」和「開放」自第一天起便嚴格地限定在經濟領域之內，而決不觸及政治體制。大概在一九七九年到八〇年，當鄧小平正在準備復出掌權的那一短暫的期間，中共的報章上曾提出過「民主」的口號，但那是指「黨內民主」。當時的形勢是：大權仍在華國鋒、汪東興一流人的手上，鄧小平則在黨內有較大的群眾基礎。因此只有通過「黨內民主」才能把這個形勢顛倒過來。但是鄧小平上臺之後，幾乎第一件事便是封閉了北京西單的「民主牆」，接著則把提倡民主的魏京生等人送進了監獄。

我特別指出這一段往事，是要說明天安門民主運動的命運是在十年前已決定了的，絕非出於偶然。

近十年來，我一再提出過一種觀察，即中共極權統治的本質從未因「改革」、「開放」而稍有改變，鄧小平的基本政策可以概括為「經濟放鬆，政治加緊」八個大字。我覺得這是我們海外的人——特別是在臺灣的中國人——必須時時刻刻記住的一項最重要的事實。

大陸十年來的「改革」與「開放」，在國際上造成了一個中國已全面緩和的假象，許多人都相信中共是真的變質了。這個假象直到天安門屠殺才初步揭穿了，然而幻覺仍未盡消失，還有人繼續相信這是一時的「逆轉」，是一個「突發事件」。

大陸以外的人之所以有這種幻覺，自然也不是全無根據的。

第一、中共經過了四十年的絕對權力的侵蝕，黨員早已普遍的腐化了，因此控制的能力也相應地減弱了。

第二、中共黨員內部也確實發生了思想上的分化，大多數已失去「革命信仰」。當初抱著理想主義而誤上賊船的知識分子黨員更普遍地覺醒了，他們確有放棄社會主義的神話而徹底改弦易轍的強烈願望。

第三、在天安門悲劇發生之前，大陸上各階層的人民，特別是知識分子和學生，在思想上、在行為上都表現得十分活躍，似乎已完全掙脫了馬列教條的桎梏。中共的極權系統看來已不可能運作自如，恢復到最初三十年那種狀態了。

這三點都是不可否認的事實，中共確是「變」了。但是我們必須常常記住，中國大陸上仍存在著一個十分強大的國家機器——包括一黨專政的組織系統和數以百萬計的現代化武力。

這部機器始終是掌握在權力欲望最強、而現代知識最少的一批共產黨員的手中。前面所說的那些失去了信仰的，和良知猶存的黨員，特別是知識分子黨員，他們的人數雖多，卻早已靠邊站了，他們是永遠不能進入權力的核心的。

如果說中共七十年的黨史包含著一種發展的規律，這個規律便是反淘汰：人性強而

「黨性」弱的人一批一批地被淘汰出去，只有「黨性」而全失人性的人則不斷地湧進各層權力的內圈。中共黨內一次又一次的所謂「路線鬥爭」，其實都是這個反淘汰的規律在發生作用，不過以前是隱蔽的，近年來才充分暴露出來而已。

我們應該這樣看：中共政權的本質和它的基本政策並沒有改變，仍然一貫地朝著「一黨專政」的目標進行，決不容許在共產黨之外存在任何稍有獨立意味的權力或影響力。但在策略的運用方面，中共在過去十年中的確作了大幅度的調整。「改革」與「開放」曾一度給人民帶來了較多的活動空間。但這不是中共政策的本意，而是出於意外的後果。

中共「改革」的最高指導原則是前面提到的「經濟放鬆、政治加緊」。為了搞活經濟，中共不得不暫時停止其對於人民生活中某些領域中的直接干涉，例如農村中解散人民公社而實行包產到戶。但是一旦「經濟放鬆」發展到直接威脅「政治加緊」的程度時，那麼中共便會毫不遲疑地犧牲經濟利益來挽救政治權力。

林彪曾說過：「有權力便有一切，失去權力也就失去了一切。」這是共產體制下的絕對真理。中共在城市改革失敗後，不惜任何代價以撲滅民主自由的火花，便十足證明他們仍然是林彪的最忠實的信徒。

中共在一九七九年以後普遍在農村發展了「包產到戶」的制度，取得了重大的成績。農民雖沒有獲得土地的所有權，但卻有了使用權。他們在分得的土地上可以自己作主，這是農村經濟復甦的唯一原因。所謂「改革」不過是從公社的農奴制改變為傳統的小農佃戶制而已。共產黨仍然是唯一的合法地主，它所起的作用是不再對農民的耕作橫加干涉。

除此以外，它對農村經濟的成長沒有一絲一毫積極的貢獻，因為農民生活的改善完全是他們自己努力創造出來的。農村改革並沒有帶來私有產權的困擾，因為絕大多數傳統的小農村於土地本來便只有佃權。但是經濟改革推廣到城市以後，立刻引起了整個社會結構的動盪。

一九八四年起，中共開始試行市場經濟，國營經濟的大一統結構出現了種種裂口：不但國營企業採取了承包制和股分制，而且還產生了中外合資企業、私營企業、個體經濟等等形式。社會上也隨之而出現了多元的利益集團，如企業家、個體戶之類，所以城市經濟改革很快地就碰到了產權關係的問題，也觸及了政治體制必須相應而改變的問題。

事實證明，「經濟放鬆」和「政治加緊」是完全背道而馳的，這兩個矛盾力量絕沒有最後統一的可能。十年來大陸上民主自由的聲音越來越響亮，是和經濟上「改革」和「開放」的步調分不開的。經濟一放鬆，政治自由的要求便如影隨形，揮之不去。

一九八三年「清除精神污染」，一九八七年「反資產階級自由化」和一九八九年天安門的鎮壓民主運動，一方面說明了大陸的民主力量在不斷增強，另一方面也顯示了中共統治集團的選擇是非常清醒的：他們為了保有和加強既得的政治權力，可以置整個國家的經濟利益於不顧。

現在我們要略略回顧一下臺灣在十年中的變化。由於《天下》的讀者對臺灣內部的情況耳熟能詳，我將避免陳述具體事實，而把重點放在整體的判斷這方面，特別注意臺灣和大陸的關係。

十年來臺灣政治民主化的成就已取得全世界的讚揚，雖然內部仍存在著無數待解決的問題。首先我想問：為什麼臺灣的中國人能在創造了經濟奇蹟之後，又開始向政治民主化邁出一大步，而大陸上的中國人卻不能呢？這不是由於兩岸的中國人在本質上有什麼不同，而主要是兩地的文化社會背景迥然有別。

四十年來，中共的極權統治徹底地摧毀了中國傳統民間社會的基礎，大陸人民在政治力量以外已沒有任何自由活動的空間，因此也沒有任何社會組織可以和極權的黨組織相抗衡。八九年天安門前的百萬群眾擋不住坦克車和機關槍的威力，而且一經血腥鎮壓之後，全國竟從此萬馬齊喑。

臺灣則不同，五十年的日本統治和四十年的國民黨專政並沒有根本觸動原有的文化社會根本，民間社會的傳統基礎一直是存在的。

大規模的「革命」現在已完全證明是有百害而無一利的暴力行為。法國革命和俄國革命在最近幾年來都有不少專家的研究問世，其結論幾乎完全是否定的。臺灣幸運地逃過了中國百年來多次「革命」的劫運。日本的侵佔使臺灣避開了辛亥革命和國民革命，國民黨的專制則使臺灣逃過了中共的「革命」。這真是歷史的諷刺與嘲弄。

由於臺灣保存了傳統文化和社會的基礎，它終能在這四十年中曲曲折折地發展出一個強大的中間階層，這個階層的存在與日益壯大保證了臺灣民主的萌芽與成長。

無可諱言，今天臺灣內部還存在著許多嚴重的問題。我們姑且說三點。

第一、是國民黨的憲政改革步調太緩。民意代表問題遲遲不能解決，是民主政治在制度上不能落實的癥結所在。

第二、反對黨派以「臺灣獨立」的號召大大加深了省籍意識，這樣發展下去會挑起本省人的激情和外省人的疑懼，使臺灣的全體人民之間永不可能有共識出現。沒有共識，民主體制也是建立不起來的。民主的主要精神是「少數服從多數，多數尊重少數」。這是鳥之兩翼，缺一不可。多數專制和少數專制則只有百步與五十步之別，都是和民主原則相背反的。

第三、臺灣的社會秩序已壞到了崩潰的邊緣，綁票、搶劫之類的事件層出不窮，已失去了新聞的價值，這使中間階層有人人自危之感。

但不幸以上三大問題又是互相糾纏在一起的。例如反對黨派推動省籍意識主要是針對著大陸籍老代表不肯退職而發的；社會治安的問題也可以和政治秩序的問題掛勾。如此雞生蛋，蛋生雞，勢將使所有問題都得不到解決的始點。

臺灣在過去十年中的進步自然是主要的，上述的問題也不妨看作是過渡時期不可避免的亂象。臺灣今後的命運也基本上掌握在自己的手中，但是這並不是說臺灣可以脫離整個世界，而單獨解決自己的問題，更不是說臺灣可以與海峽對岸的大陸不發生關係。所以最後我們不能不談談兩岸關係的問題。

兩岸關係的迅速發展也是近十年中國歷史上最值得大書特書的一章。最近「戡亂時期」的終止更有助於臺灣和大陸兩地人民的交往。但是從這兩三年來臺灣朝野對大陸的期待而言，我覺得大有令人憂慮之處。無論是官方還是民間，似乎都對中共政權缺乏真正的瞭解。他們都想從北京當權派的口中得到某種承諾，使臺灣可以一方面免於武力侵犯的恐懼，另一方面取得重回國際社會的機會。我可以斷言，這是完全不切實際而且十分有害的幻想。

如果我在前面對於中共政權本質的觀察大致不錯，那麼臺灣朝野希望從北京得到「放棄武力侵臺」、「一國兩府」之類的承諾是比與虎謀皮還要困難。臺灣的執政黨和反對黨似乎都企圖借重「中共牌」來為「統一」和「獨立」的主張加強聲勢，這尤其是不可寬恕的愚蠢。

對於這一類的權詐，今天世界上沒有任何政治集團可以與中共相比。臺灣的政治人物似乎不必想在這一方面與中共的當權派爭一日之短長。只要今天北京的政權不變，中共永遠不會放棄武力侵臺的企圖，也永遠不會承認臺灣是一個政治「實體」。

中共從來只說「兩黨」平等談判，沒有放鬆過半點口風，這還不明白嗎？中共會承認中華民國的政府是和它平等的「政府」嗎？它有絲毫可能會承認一個「獨立的臺灣國」

嗎？

有些主張臺灣獨立的人士似乎假定中共在今天的國際形勢之下，決不致或不敢用武力征服臺灣。從天安門的悲劇來看，我個人是絕對無此信心的。五月中旬，美國參、眾兩院的「經濟聯席委員會」發表了一份「一九九〇年中國經濟的兩難」的報告。該委員會的主席指出：「這些專家們的共識為：中國在政治上已變得腐敗、停滯，在經濟上猶豫不前，只有在軍事政策及武力運用上，其政府有果決的行動。」這段總結確是畫龍點睛，抓住了中共政權的特質，特別值得臺灣朝野參考。

談到大陸的經濟，我們不能不順便提一提臺灣民間和大陸的交往。

我十分肯定兩岸民間在文化和經濟上的溝通，我甚至還希望大陸的民間人士能有較多的機會訪問臺灣。但是臺灣有些工商人士在八九年的六四之後趁虛而入，到大陸去投資，以為有暴利可圖，這樣的表演我實在不敢恭維。我的觀點並不完全是政治的和道德的。我覺得這主要反映了他們對大陸的無知以及自身「利令智昏」的愚蠢。

在中共經濟改革陷入困境的今天，在法律保障全不存在的情況之下，臺灣的投資者有什麼把握可以在大陸取得利潤呢？中共這隻窮凶極惡的政治老虎是隨時可以吃人的，臺灣這些人士竟以為憑自己在市場上學得的一點翻雲覆雨的伎倆和聰明，便可以馴服得住這隻政治老虎嗎？

到現在為止，關於兩岸關係，我所說的似乎都是洩氣的話。但這不是我的本意所在。我只希望臺灣朝野不要為了一些私的——包括團體的和個人的——小打算盲目地在中共身上進行政治或經濟的投機。最重要的還是大家存異求同，先把臺灣這塊地方安定下來，絕沒有一個渾身是病的人可以闖蕩江湖而滿載歸來的。兵法說：「知彼知己，百戰百勝。」圍棋格言也說：「先求己之不可破，以待敵之可破。」是否一定能「勝」或「破敵」，固然未必，但至少比較有可能「全身而退」。

更要緊的，臺灣的中國人也須把眼光放遠一點，想想十年以後這世界、中國大陸，以及臺灣可能變成什麼樣子。

以大陸而言，我相信十年以後必有比過去十年更劇烈的變化，那隻政治老虎事實上已進入垂死之年。極權或專制政體是金字塔式的構造，非有一個最高的「強人」不能有效的運作，大陸上最後一個「強人」的存在決不可能超過十年，所以巨變指日可待。

事實上，中共的極權體制已在過去十年的「改革」與「開放」中開始解體。最明顯的是中央權力日弱，而地方權力在不斷增高。「強人」消失後的中國雖不一定是分崩離析的局面，但是四十年大一統的時代終將一去不復返。

「寧重地方，勿重中央；寧重民間，勿重政府。」這是我個人願意對臺灣朝野提供的十六字格言。

【編按】

原刊於一九九一年六月出刊的《天下》雜誌一二一期，十週年紀念號。同一個月月底，余英時在香港接受《開放》雜誌總編輯金鐘專訪，又提出「中國最好是分裂」之說。這篇專訪有收入《余英時評政治現實》一書。

中國和平統一的近景與遠景

林碧炤先生「中國統一與世界新秩序」是一篇非常有說服力的論文，既有理論的深度，又有經驗事實的支持。作者在論文中特別強調，世界新秩序的出現有待於新的主權觀念的形成，尤其是一針見血之論，但這似乎不是短期內所能完成的。人權的觀念今天雖然已廣泛地為世人所接受，然而接受者主要是個人而不是政府，特別是具有專制性格的政府，共產黨的極權政府就更不用說了。而且以人權代替主權還有一層大困難，即勢必打散國家的概念，而還原到千千萬萬的個人。這在國際社會上是絕對行不通的。

關於中國統一的問題，作者也實事求是地分析了海峽兩岸的內外處境和雙方到目前為止對統一所持的基本立場。我特別同意作者下面這一段話，作者說：

以兩岸目前內部的秩序來看，整頓與建設是要務，如果忽略了內部問題，急於加速互動關係，將使情勢失衡。臺灣需要凝聚共識，大陸排斥和平演變，雙方都需要安定的外在環境，以便於處理內部事務。當然，這種說法並非主張兩岸交流應當中止，而是強調優先順序，以便於維護秩序。

我認為這一段話已抓住了統一問題的核心。作者的分析是理性的，冷靜的，這和這次會議主題所透顯的理想主義可以互相補充。自有歷史以來，人類便有各式各樣的衝突，衝突的最高形式便是戰爭。但是人畢竟有超越現實的理性能力，戰爭的殘酷現實終於激發了人類追求和平的崇高理想。兩千五、六百年前，在春秋時代，中國是一個戰禍瀰漫的世界；但宋國的一位理想主義者向戌，在各大國之間奔走遊說，居然達成了一個「弭兵」的協議，為中國贏得了幾十年的和平。這一人所熟知的史實不但證明中國人的和平理想發生得很早，而且更說明中國人確有實踐和平理想的能力。這次世華和平建設大會懸「世界永久和平」為目標，這個理想顯然比向戌的「弭兵」還要徹底得多。

提到「永久和平」這個觀念，我們很自然地聯想到十八世紀歐洲大哲學家康德的「永久和平論」；這篇名著是西方近代政治思想史上最重要的文獻之一。這是西方人關於和平的偉大理想，兩百年來不斷激勵著許多理想主義作尋求和平的努力。在二十世紀初年，一直到第一次世界大戰開始，歐洲和美國都有人通過學會的組織提倡和平主義Pacificism。他們無條件地譴責一切戰爭。由於他們斷定國家至上的觀念是國際戰爭的一大原因，他們甚至懷疑絕對的愛國主義是不是值得表揚。例如二十世紀美國有一個十分流行的口號：「我愛我的國家，無論是對是錯。」（My country, right or wrong.）這個口號當時便曾受到和平主義者的嚴厲攻擊。第一次世界大戰爆發以後，英國第一流的哲學家羅素便因公開反對英國參戰而入獄，他堅決拒絕改變他的和平主張。中國的胡適那時適在美國康乃爾大學讀書，他也參加了和平主義的運動，曾奔走於各大城市，在和平主義者的集會上發表了無數次的講演。

和平主義者的理想是絕對的；他們用一句簡單扼要的話代表他們的中心原則，那便是「不惜任何代價求得和平」（Peace at any price）。但是兩次世界大戰的經驗終於使世人瞭解，不惜任何代價不但不能求得和平，還反而鼓勵了戰爭。英國張伯倫和希特勒訂立〈慕尼黑協定〉便是一個最著名的例子。中國在一九三一年「九一八」之後對日本處處忍讓，雖因國力所限不得不然，但和平也終不可得。所以胡適在一九三七年蘆溝橋事變以後已不能不修正他持之二十餘年的和平主義，並從而提出了「和比戰難」的論點。羅素到老都堅持和平主義，所以在五十年代主張西方國家全面向蘇聯投降，以免全人類遭原子彈的毀滅。幸而當時西方自由國家並沒有聽從他的主張，否則人類已陷入長期的黑暗時代。

在整個東歐所謂社會主義陣營和前蘇聯崩潰以後，冷戰時代已成過去，世界和平在理論上已出現了新的希望。但眼前我們所看到則是一個更分裂、更混亂、區域性的衝突更尖銳化的世界，南斯拉夫分裂後戰爭的殘酷已引起全世界的關切。中東地區、南非隨時都會因種族和宗教的衝突而爆發武力鬥爭。前蘇聯——今天的獨立國協——內部也潛伏著深刻的危機。從世界整體的觀點看，上述幾個地區的動盪不安是新的和平秩序不能建立的主要障礙。但是，佔世界人口差不多四分之一的中國如果繼續處在分裂和衝突的狀態之中，則世界和平所受到的長期、潛在的威脅是不言而喻的。因此中國的和平統一不但符合全世界華人的願望，而且也是其他各國所亟於樂觀其成的。

但關鍵在於如何統一？何時統一？海峽兩岸的兩個中國政權理論上仍是在內戰狀態中，因為一九四六、四七年開始的國共戰爭並沒有結束。儘管國民黨方面已放棄了反攻大陸的政策，中共方面則從未排除武力統一的可能性。和談絕不可能由單方面一廂情願而取得具體的結果。我同意作者的看法，即臺灣方面必須首先在內部凝聚共識才能開始嘗試調整兩岸關係；我也同意本大會所提出的一個重要的理念：「臺灣率先革新、先為不可勝[1]，才能突破目前統一的僵局。」

關於臺灣內部如何「凝聚共識」？如何「革新」？與會的其他同仁都比我知道得深切，我不想在這裡班門弄斧。我只想略說幾句有關大陸方面的話。臺灣和大陸隔絕了

1 編註：「先為不可勝」語出《孫子》，意思是先創造條件，讓敵人無法戰勝自己。

四十年，彼此都不瞭解對方，最近幾年來雖已開始有各種交往，然為時尚短，知識仍屬有限。在這一點片面知識的基礎上，臺灣人民如果僅僅去大陸作短期旅遊和訪問，那是沒有問題的；如果進行大規模的、長期的投資則所冒的風險已大得驚人，如果政府在內部特殊利益集團的壓力之下竟去和中共開始關於統一的談判，那便無異於舉國自焚。

首先我們必須指出：臺灣已是一個自由、開放的社會，每一個人都可以在法律允許的範圍內，根據一己的利害計算，到大陸上去進行個別的活動。而且臺灣方面有關大陸的法令規章今天又在隨時變更之中，總的趨勢是放寬而不是加緊。但是大陸近十幾年雖然採取了所謂「開放」和「改革」的路線，其極權控制的基本性質却並無改變。鄧小平的如意算盤，自一九七九年始，即是「經濟放鬆，政治加緊」。這一內在而不可克服的矛盾使大陸在這十多年中出現一種忽鬆忽緊的惡性循環。用大陸上流行的語言來說，即是所謂「一放即亂，一收即死」。三年前天安門的屠殺便是「一放即亂」的結果。天安門事件更用人民的鮮血寫出了一個最清楚的事實：共產黨的政治控制仍然是十分有效的；在失去政權和損失經濟兩者之間，他們的選擇必然是後者而不是前者。只要「一黨專政」受到威脅，中共寧可冒天下之大不韙而公開屠殺人民，則一時的經濟損失更不足道了。

其次，我們近來注意到一個有趣的現象：臺灣個別的人到大陸去活動，無論是工商人士的投資或政客求取政治資本，回來時大概都沾沾自喜，各以為大有斬獲。造成這個現象的原因很複雜，此處不能詳說。概括言之，我們可以說臺灣工商人士，在大陸受到歡迎和優待一方面是出於中共的政策，另一方面則是由於中共的貪污腐敗已從最高層一直蔓延到最低層。至於臺灣政客之受到鼓勵則明顯地因為他們的活動，恰好符合了中共「統戰」的要求。

我們決不否認，這些來自臺灣的個人都是精明幹練之士，否則他們不可能在臺灣各有所成。但是他們的思維方法和行為模式都是在一個比較開放、自由的社會中形成的，對於極權制度的整體運作，他們完全是陌生的。所以我在美國和大陸知識分子討論兩岸關係的現狀，他們都十分困惑，完全不瞭解何以號稱反共堡壘的臺灣，竟會有那麼多人對中共發生種種離奇古怪的幻想。這正反映了兩種絕對不同社會所衍生的兩種極端分歧的心態（mentalities）。以我們旁觀者的眼光看，這些染上了「大陸熱」的臺灣人士，在理智層面上無異是「瞎子摸象」；在利欲層面上則無異是「燈蛾撲火」。中共今天所設計的「統戰」機器好像是一架大吸塵機，儘量把臺灣的個別有錢有勢的分子吸入其中，使他們的個別利益和大陸發生不可分割的關係。久而久之，這些人在臺灣自然會形成一個巨大的壓力集團，迫使政府早日與中共展開統一的談判。

最後我們要提到，近三年來大陸內部似乎是穩定的，東歐和蘇聯都崩潰了，中共政權則依然無恙，而且經濟仍在成長，農民充衣足食。這就給我們一種印象，中共至少在短期內是不致發生大危機的。何況鄧小平目前又在推動「改革」、「開放」，可見的未來只有比過去更好。我們似乎不能否認這個人人看得見的事實。因此，臺灣有不少人都說，既然中共不可能崩潰，那麼我們不如早點和它達成某種協議，遲談不如早談。

但是我個人認為中共目前的所謂「安定」，是表象，不是本質。要說明這一點必須有很長的論證，這裡自不可能。前面已指出，中共改革中含有一個內在不可克服的矛盾；這個矛盾只要改革進行到一定的程度，便必然會再度表面化、尖銳化。市場經濟一旦熱起來，一方面經濟成長固然加速，但另一方面，通貨膨脹也必然隨之而來。英國《經濟學人》雜誌最近已指出這一件事實，並勾出了上升的曲線。大陸安定的因素在農村，但改革的動力則在城市。現代化是城市領導農村，不可能像傳統中國那樣長期維持著一種緩進甚至停滯的狀態。中共的過去幾年政治穩定，主要繫於極權體制下的「最後強人」即以鄧小平為首的所謂「八老」。今天「八老」已開始死亡，這是自然規律，無可抗拒。所以不出十年，中共的政治和軍事必進入一個全新的局面。那時中央再無法憑個人關係維繫全國的重心，地方經濟與軍事勢力的聯合「割據」是一個十分可能的發展。

總之，我個人無法相信大陸的所謂「穩定」是長期性。前蘇聯和東歐的經驗已充分證明：或者採取所謂社會主義經濟，或者恢復市場經濟與私有財產（不等於所謂「資本主義」），中間的道路是絕對不存在的。

從以上的簡略討論，我個人認為中國的和平統一必須在大陸制度徹底變更以後。這不是臺灣單方面的努力所能完成的，甚至也不是臺灣與大陸之間可以孤立解決的；國際關係的連鎖性也必須考慮在內。我贊成臺灣和大陸逐漸加強經濟、文化的交流；這是為未來的和平統一作奠基工作。但是從臺灣方面說，政府與社會之間必須建立共識，並發展交流的共同規範；這樣臺灣才不致於各自為戰、處處陷於被動，以致在大陸的變革尚未定型之前已被中共的吸塵機吸了進去。

【編按】

原為一九九二年七月發表的一篇講詞，場合是臺北圓山大飯店舉行的第一屆「世華和平建設大會」，刊登於一九九四年一月出刊的《今日中國》二七二期。大會主辦者是馬鶴凌，馬英九的父親。一九九三年版《民主與兩岸動向》並沒收錄此文。

第四輯　世局與通論

世界體系和中國動向

主要由於現代科技和經濟的迅速發展，整個世界不斷地在縮小。從任何方面觀察，我們都不難把整個世界看成一個「體系」。自從華勒斯坦（I. Wallerstein）的多卷本《現代世界體系》問世以來，政治學家受到很大的衝擊，「世界體系」已成為最流行的一個專門術語了。我在本文中所用的「世界體系」則是通名而非專名，更非純從資本主義經濟體系的世界影響著眼。簡單地說，今天世界各地區是互相影響、環環相扣的；地域性的局部變動往往會引起世界性的連鎖反應。相反地，世界性的整體變動當然也會波及各個地域。

讓我們首先看一看眼前世界動態中的幾個顯著的特點：

第一、世界局勢明顯地趨向和緩，戰爭幾乎絕跡了。中東仍是最危險的地區，但是自兩伊停戰以後，大規模的戰爭似乎一時尚不致於爆發。特別是「巴勒斯坦解放組織」的阿拉法已公開宣布放棄恐怖政策，美國也開始願意和阿拉法進行對話。現在的問題是美國怎樣能說服以色列，使它肯和巴解組織直接談判。

最重要的當然是美國和蘇聯之間的和解。雷根初任總統時，把蘇聯看作是一個「邪惡帝國」，但在他即將卸任的今天，對蘇聯的態度已變得相當友好。美、蘇的限武談判也已獲得實質的進展；明年（一九八九年）在正式會議中可以達成協定，當可預卜。美蘇關係的改善不能不在很大的程度上歸功於戈巴契夫個人的出色表現。他是蘇聯第三代的領袖，代表著革命狂潮過去以後的成熟和理性。所以在他的領導之下，蘇聯一方面對外改善國際形象，另一方面則在國內進行一系列的政治和經濟改革。我們雖然不敢預斷蘇共內部是否已完全穩定，但照目前的一切跡象來看，蘇聯似乎已超越了革命所帶來的僵化階段，而開始走上一條新的道路。在亞洲方面，蘇聯也同樣在尋求國際局勢的和緩；它和中共關係的正常化，以及從阿富汗撤兵都象徵著擴張主義的終止。

此外，中共除了和蘇聯改善了關係以外，最近又和印度恢復了交往，這也是整個世界動向中的一個環節。總之，今天的世界局勢已發生了基本的變化，進入了一個相對的和平的階段。第二次大戰以後，世界一直存在著第三次大戰的危機。美蘇之間的緊張，以及後來美、蘇和中共之間的緊張，好像隨時都足以觸發大規模的戰爭。只有在今天，我們才敢相信：絕大多數的人畢竟還是有理性的，不肯輕易踏出自毀毀人的一步。這當然不是否認今天世界政治舞臺上仍有不少瘋狂的人。由於各種複雜的心理因素，政治瘋子永遠會出現的，過去如此，將來也如此。但是只要這個世界大體正常，理性大概總有尅治瘋狂的能力。

第二、政治意識型態的淡化可以說是當前世界動態的另一特徵。在第二次大戰之後，不但整個世界向兩極激化，意識型態也是如此。當時對這兩大壁壘的劃分，每個人因為立場不同而有完全相異的理解。同情英美式的思想的人把世界分成「極權」和「自由」（或「民主」）的兩極；站在蘇聯一邊的人則視此兩極為「革命」和「反革命」（或「反動」）之分。比較中立的人便只好把這兩大陣營分別稱之為「資本主義」和「社會主義」了。這不只是名詞之爭，不同的理解涵蘊著對世界未來發展的不同期待。不可否認的，社會主義的意識型態在過去三、四十年中一直是處於主動進攻的地位，而資本主義的意識型態則被迫採取了防守的姿態。原因很簡單，前者是革命的，是要徹底摧毀不合理的現狀的，而後者則首先要求社會秩序的安定，其次是在安定中求逐步的改進。所以在戰後的世界，貧窮、落後、混亂的地區最早成為社會主義思潮的溫牀。這些地區的知識分子最容易把一切的希望都寄托在社會主義革命上面，因為他們的現狀是明顯的醜惡，而社會主義的美好理想則是十分誘人的。戰後中國的現狀很自然地使知識分子抵擋不住社會主義思想的誘惑。但六十年代以後，由於越戰所引起的社會不安，西方（特別是美國）的知識分子也開始為馬克思式的革命意識型態所吸引。儘管西方馬克思主義或「新左派」與蘇聯的官方馬克思主義截然有異，儘管西方社會對於這種革命意識型態仍具有內在的抗拒力量，但意識型態的兩極化確已掩脅了整個西方的知識界。然而最近幾年來，意識型態的淡化逐漸形成了一個世界性的趨勢。這一趨勢來自兩個方面：一方面是西方知識分子對於「新左派」的革命理想開始持疑了。馬克思主義在學術思想界雖然仍有影響，但作為社會實踐而言，已失去吸引力了。另一方面，社會主義國家的知識分子不但大膽地批判和懷疑官方馬克思主義，而且對西方近代主流思想中的某些觀念，如「人權」、「自由」、「民主」等發生了濃厚的興趣。所以我們今天已看不到兩種政治意識型態的尖銳對立，思想的互相交流和轉化逐漸造成一種多元的新局面。

第三、社會改革也成為新世界體系中的一個重要組成部分。這大致可以分成兩類：一是新興的或發展中社會的改革要求。以亞洲而言，南韓、菲律賓、臺灣都是很明顯的例子。第二類是社會主義國家的改革運動，蘇聯、中國大陸、波蘭等尤其有代表性。我們可以分別加以檢討。先說第一類，其性質是民主改革。民主改革在非西方地區是一個很艱難的過程。第二次大戰後，美國為了對抗蘇聯勢力的擴張，曾企圖把西方式的民主制度引進不安定的非西方地區。最著名的失敗的例子便是中國。當時杜魯門派馬歇爾這樣重要的人物到中國來主持國、共和談，便是希望讓兩黨都能接受一種英、美式的憲政民主。我們姑且不論國、共兩大黨對於西方式民主的真正態度如何。至少中間黨派之內對西方式憲政民主沒有信心的也大有人在。當時參加政治協商會議的梁漱溟在《憶往談舊錄》中便一再指出：他「認為不論五權憲法或英美式憲政在中國統統行不通，統統不是那麼回事。」（見第一七八頁，又二二〇頁）他的看法在當時自然也是有根據的。但今天由於經濟的發展，有些非西方地區也出了相當強大的中產階層，因而為民主改革奠定了社會基礎。

第二類改革運動則是一個嶄新的世界現象。社會主義國家中的革命政權從來便認定它們所建立社會、經濟、政治等制度是最進步的，也是最有優越性的。在二十年前，我們根本無法想像蘇聯和中國大陸的政權也有進行經濟改革的一天，而且這種改革不是跨向「各取所需」的共產主義，而是退向市場經濟的資本主義。然而經濟問題是最現實的，人民的生活欲求也是最強烈的，都不是僅靠宣傳口號便能加以解決的。社會主義國家普遍地受到長期生產落後的困擾，現在已到了不能不面對現實的時刻。但是經濟統制一旦放鬆，便有如巨石走峻坂一樣，非達於平地不止。即使是最擅於組織人民、控制人民的共產黨在這一點上也決不可能保持其收放自如的機動性。經濟是下層基礎，政治、法律、文化等是上層建築之說，在其他社會中未必完全適用，唯有在共產黨統治下的社會倒是具有一種規律性。因此經濟開始自由化之後，政治自由化、社會自由化、以及思想多元化等等問題便必然會接踵而至。但經濟改革雖不利於「無產階級專政」，對於社會主義國家的人民而言則確實是一大解放、一大生機。這一型的改革運動還在初步實驗的時期，結果如何尚有待時間的證明。不過有一點可以斷言，經濟改革易放難收，社會主義國家從此將步入一個全新的歷史階段。

第四、文化價值的再發現是新世界體系的一種精神動向。近一兩百年來，西方近代的價值觀念宰制著全世界。無論是資本主義型或社會主義型的文化都是西方的，而且兩者有共同的源頭，主要即是十八世紀的啟蒙運動。這是西方文化俗世化的一個最重要的關鍵。今天流行的「現代化」的概念基本上是以西方近代文化變遷的歷程為模式而推衍出來的。在「現代化」的標幟之下，非西方的社會都在摸索著走西方的道路。因此「現代化」有時竟成為「西化」的同義語。「西化」的道路也並非全不可走，但是這裡引申出一個不必要而且相當可怕的誤解，即以為「現代化」必須以徹底拋棄「傳統」為前提。把「現代」和「傳統」看作互相排斥的一對觀念正可以溯其源於啟蒙運動。啟蒙時代的思想家要徹底打破傳統的偶像，故美國開國元勛之一的傑佛遜認為對於生命的提高、自由的保障、或幸福的追求而言，傳統都是一種障礙。非西方社會的知識分子一旦接受了這種觀念，便難免要把自己傳統中的一切文化價值都看成「現代化」的阻力。文化傳統越是長遠，由於變革更困難，該傳統中的人也就越會感到傳統是一種無可忍受的負擔。中國現代反傳統之風歷久不息，而且愈揚愈烈，其故恐正在於是。

但是最近西方人已修正了他們對於傳統的看法。越來越多的人認為西方近代文化的精神其實是導源於近代以前的宗教傳統。甚至馬克思主義的學人也開始注意「革命」的宗教遠源了。（參考 Jaroslav Pelikan, *The Vindication of Tradition*, Yale, 1984, p.13）無論如何，今天世界宗教力量的抬頭是一項無可否認的事實。由於西方人重新發現了自己的文化價值的遠源，他們也同樣開始認識到每一個民族的文化都有其價值系統。今天很少人還堅信美國是一個大文化熔爐，可以化盡來自世界各地的移民。相反的，多元的民族文化意識在美國空前的高漲，幾乎每一支少數民族都有「尋根」的運動。

各民族文化價值的再發現當然不等於全面擁抱傳統，更不等於全面排斥現代化。再發現是為了擴大價值選擇的可能性。現代人對於傳統必然是有取有捨，但在取捨之先必須對傳統有恰如其分的認識。

以上所說的是目前世界體系中四個重要的動向。我們特別提出這幾項而不及其他的動向是因為這些都和整個中國特別相關，對於臺灣尤其有啟示性。

今天海峽兩岸敵對性的降低，是空前的，我們有理由相信雙方將維持一種和平共存、和平競賽的關係。中共方面雖然不時以武力相要脅，但從整個世界情勢來看，中共恐怕也不能輕易發動一場師出無名的戰爭，兩岸的經濟、文化交流不斷增加才是通向中國和平統一的唯一途徑。以目前文化溝通的情況而言，兩岸意識型態淡化的速度是相當驚人的。兩岸的改革運動雖然屬於兩種不同的類型，然而毫無可疑地，改革如果有結果則只有使雙方更為接近，而不是隔得更遠。文化價值的再發現可以說是最弱的一環，但也不是完全落了空。大陸的《河殤》影片最近轟動一時，也可以看作是一種「尋根」的努力。無論此片的思想內容有多少可以指摘的地方，創作者的嚴肅用心仍然是值得我們尊重的。臺灣的文化狀態與大陸不同，沒有強烈的反傳統意識，也沒有強烈的「尋根」的衝動。但是我們必須記住，臺灣仍是中國文化價值保存得比較完整的地方，至少傳統價值在那裡沒有經過有系統、有計畫的摧殘。

不過我們對於臺灣的整個精神面貌終覺得有所不足。這不是說臺灣在文化上落後於大陸，而是因為臺灣的文化和它的經濟成就太不能配合，尤其太不符合民主改革現階段的精神需要。放眼看今天的世界的新動向，理性、秩序、容忍正是這個和平時期所最為需要的精神價值。然而這些價值在臺灣的政治文化中竟沒有容身之地。我們所看到的只是一股暴戾之氣在橫衝直撞。我們很願意把這種情況看作是民主改革初期的必有「亂象」。但是如果「亂象」長期持續下去，而且變本加厲，則恐怕不能不說是很嚴重的文化問題了。從前胡適曾警告過大家不要染上島國的「小」氣，殷海光也曾形容過臺灣是「淺」碟子文化。島國並不必然和「小」或「淺」有什麼關聯，不過如果島上的人真像河伯一樣，看見「秋水時至，百川灌河」，便「欣然自喜，以天下之美為盡在己」，那就誠難免於「小」和「淺」之譏了。「小」和「淺」都是不難醫治的病，治之之道便是放眼於世界。河伯「順流而東行，至於北海，東面而視，不見水端」，終於「望洋而歎」。能夠「望洋而歎」，則所見者既「大」且「深」了。

【編按】

原刊於一九八九年一月二日《聯合報》第六、七版。

民主運動與領袖人才

在迎接九十年代的前夕，我們一方面禁不住要歡欣鼓舞，另一方面又不免抱著憂慮。歡欣，是因為世界共產主義畢竟開始全面崩潰了，在二十世紀民主和極權、自由和奴役的長期爭持中，我們終於親眼見到了民主、自由的勝利的曙光。憂慮，是因為半個世界的極權體制的總崩解勢必對全世界發生無可估計的衝擊，在極權的廢墟上重建自由的秩序決不是一件容易的事。人類歷史又開始了一個未可知的新旅程。

在這一歷史大轉折的時刻，我們對於中國的未來更是交織著歡欣和憂慮的雙重情感。這次共產世界的喪鐘是中國人在北京天安門廣場上首先敲響的。中國人的血沒有白流，成千上萬的中國生命換來了整個東歐的自由和解放。雖然今天十一億中國人仍然屈服在鄧小平的屠刀之下，但是中國大陸的自由和解放已只是時間的問題。北京一群屠夫儘管對於東歐驚心動魄「大形勢」裝作若無其事，我們可以斷言，他們的心裡正在發抖。羅馬尼亞的屠夫 Nicolae Ceausescu 的下場便是他們的前車之鑒。中國民主運動眼見便到了開花結果的階段，這當然是值得我們歡欣鼓舞的。

但是民主制度怎樣在中國落實卻不能不引起我們的憂慮。今年六、四以後，大批的民運人士逃亡到了海外；他們和海外的中國知識分子合流，認真地從事民主組織的工作。據我們所知，他們最初無論在觀念或組織方面都暴露出民主修養不足的嚴重缺點。這是不必詫怪、更是不應苛責的。四十年來，大陸知識分子都是在極權體制下成長起來的，他們的政治觀念和行為受到共產黨的運作方式的潛移默化太深了。在顯意識方面，他們已完全與共產黨劃清了界線，這已是一項了不起的成就。但是在潛意識方面，他們往往不免感到「即以其人之道，還治其人之身」是最有效的方法。這就會使他們走上非民主、甚至反民主的道路而不自覺。不過經過一再地反省、檢討、批評之後，他們現在已開始摸到了民主的門徑。民主在近代西方早已是一種生活方式，具有三、四百年的文化背景。因此學習民主是需要一個過程的。這便是所謂「民主修養」，只有在「修養」中才能塑造出「民主的人格」。

海外民運發展的例子對於我們有重要的警惕作用，使我們對中國民主的前途不敢抱盲目的樂觀態度。今天在海外從事民主運動的人都是知識分子，而且人數是非常有限的。如果在這樣的小團體中還發生落實民主的困難，我們又如何能夠相信民主制度可以擴大到十一億人口的中國大陸呢？這裡必然引出一個重要的問題：怎樣形成領導民主的中心力量。民主決不是單純的群眾運動。專以群眾運動而言，納粹和共產黨都遠比民主政黨更為擅長。極權領袖好像《老子》所說的「聖人」，是「以百姓為芻狗」的。所以毛澤東曾毫不掩飾地說：「所謂群眾運動其實是運動群眾」。

民主領袖則不然，他確以多數人民的利益為依歸，但是在他的政治綱領不為多數人民所理解時，他除了憑理性來作說服工作外，決不煽動群眾的暴力傾向或採取其他非法手段。更重要的是他絕不為了奪取或保持權力而利用支持他的多數來壓迫反對他的少數。這是容忍異己、尊重少數的精神，也是民主的精義所在。民主領袖雖然有時也通權達變，然而他必須堅守自己的原則。一味譁眾取寵的人只能算是暴民首領（demagogue），而不是民主領袖。這裡所列舉的是理想的民主領袖的幾項最重要的條件，自然談不上窮盡無遺。我們不難看出：要想滿足這幾項條件，民主領袖無論在知識上或道德上都必須有長期的修養工夫。但是領導民主的中心力量的形成是不能缺少這樣的領袖人才的。

孫中山先生曾以「先知先覺」來比喻這種領袖人才，他又以「後知後覺」或「阿斗」來比喻人民大眾。孫先生所用的是中國的傳統名詞，然而他確實抓住了民主政治的中心結構。今天是一個「大眾文化」、「大眾社會」盛行的時代，一般人又深受平等主義（equalitarian）思想的感染，因此對於孫先生這一表述方式也許有人會譏之為「精英主義」（elitism）。其實「精英主義」和「精英」（elite）之間大有分別，我們不贊成前者，但無法否定後者，所謂「精英」即是領袖或領導人物，這是任何社會所不能沒有的。在民主社會中，也並不是人人都是一字并肩王；其中仍然存在而且必須存在著各行各業的領袖人物，政治領袖不過是其中一項而已。由於民主社會是多元的，政治領袖在價值上並不高於其他的領袖。然而事實俱在，政治領袖的影響力終是無法否認的。美國民主領袖傑佛遜曾指出：歷史上一直有兩種「貴族」，一種是「自然貴族」（natural aristocracy），一種是「人為貴族」（artificial aristocracy）。前者的憑藉是德行和才能，後者的憑藉則是財富和家世。他尊重「自然貴族」，但是看不起沒有德行和才能的「人為貴族」。他所謂的「自然貴族」即是我們今天所說的「精英」。我們不能以詞害意，誤會傑佛遜的「自然貴族」是「生而知之者」。「德行」和「才能」其實都是經過修養訓練才能發展出來的東西。

民主社會不能沒有修養深厚的領袖，這是人人都必須承認的事實。美國人文主義大師白璧德（Irving Babbit）在一九二四年出版了一部書，名為《民主與領袖》（*Democracy and Leadership*）。他強調民主社會特別需要有好的領袖。白璧德雖然有濃厚的保守傾向，但是這個論點仍為今天美國的自由派學者（如 Arthur M. Schlesinger, Jr.）所接受。對於中國的民主前途而言，白氏的論點尤其富於啟發性。他認為在民主領袖能夠進行社會改革以前，首先便要進行自我改革。白氏最能欣賞孔子的學說，這一論點很可能受有中國儒家的影響。儒家的理論把「修己」和「治人」分為兩個不同的領域。「修己」是針對「士大夫」——也就是領袖人物——而說的，不是強迫一般人民去「修養」。「治人」則先富之而後教之。在傳統中國社會中，這不失為一個比較合理的安排。在今天民主社會中，我們已不能接受「修己」、「治人」的雙重原則。但是只要民主社會依然少不了領袖人物，「修己」還是不可或缺的。傳統和現代之間並不是完全斷層的；「修養」的內涵可以有古今之異，修養工夫的本身終究是不可廢的。

在中國推動民主的人往往有過於注重爭取群眾的傾向；這種傾向發展到極致便必然會流於「媚世」。領導民主的中心力量之所以遲遲不能形成，這也未嘗不是一個原因。無可否認，今天中國的民主運動仍然要靠湯因比所謂的「創造少數」為其最初的動力。這些創造少數大致分別在兩個不同的領域中努力而彼此相輔相成。一部分人是政治活動的直接參與者，另一部分人則承擔著社會、政治批評者的功能。後者在中國傳統中即是所謂「清議」。這兩種人都不能稍存「媚世」之念。顧炎武曾說：

某雖學問淺陋，而胸中磊磊，無闇然媚世之習。

這雖是傳統士大夫的風骨，但對於現代知識分子似乎更為重要。四五十年來，中國政治的兩極化使「清議」不復有容身之地。知識分子的「媚世」傾向——包括「媚」政治權威和「媚」群眾——更是對「清議」力量的自我取消。顧炎武又說：

天下風俗最壞之地，清議尚存，猶足以維持一二。至於清議亡，而干戈至矣。

世界形勢的巨變為中國民主運動提供了最有利的時機。中國迫切需要大批的領袖人才，包括從政的和清議的。但是人才不會從天而降，德行和才能都必須由長期修養中得來。這是中國前途的關鍵所在。我們的歡欣在此，憂慮也在此。

一九八九年十二月廿四日

【編按】

原刊於一九八九年十二月二十七日《中國時報・人間副刊》。

一九八九年世變的啓示

一九八九年也許是二十世紀人類史上最重要的一年。在短短的一兩個月之間，共產黨的極權統治在東德、匈牙利、保加利亞突然解體了。在本文撰寫之際，斯大林主義在東歐的最後堡壘——羅馬尼亞——正在迅速的崩潰之中。屠夫丘沙士古（Ceausescu）和他的妻子已被處決，但是他的私人武力——安全部隊，還在各處負嵎頑抗。但看來不過是時間問題而已。現在東歐只剩下了一個微不足道的阿爾巴尼亞還在那裡堅持馬列主義，其餘的都在人民和黨內改革派的裡應外合之下倒下去了。在五十和六十年代，西方曾一度盛行所謂「骨牌理論」，認為第三世界未經現代化的舊政權終將一個個地為共產黨取而代之，這個理論後來證明是錯誤的，但是想不到它今天竟應驗在極權世界。骨牌倒塌雖發生在東歐，其最先的動力卻來自中國。六、四天安門的民主運動對於東歐反抗極權的廣大群眾發生了示範作用；北京一群屠夫的殘暴表演也給予東歐各國共產黨內的改革派以最深刻的教育。據西方的報導，東德、捷克等國人民在和平示威期間都不斷提到天安門的屠殺，捷克的示威人民並且在中共大使館前面強烈譴責天安門屠殺學生的罪行。東德克倫茲是在六、四之後奉命去北京向鄧、李、楊一群屠夫致敬的人，但是在東德人民群起效法天安門民主運動的時刻，正是這個克倫茲宣布了開放柏林圍牆，並接受與人民直接談判的要求。東德局勢的發展從此急轉直下。這一事實最能說明北京一群屠夫這次確實擔任了東歐共產黨改革派的反面教員。

羅馬尼亞的丘沙士古則以北京屠夫為師，想用大規模屠殺來鎮壓人民爭自由的運動。但是他的下場也比其他共產黨的領導人要悲慘得多。總結地說，最近東歐的政治巨變清楚地顯示出，共產黨政權的終結有兩條不同的途徑。第一條是黨內改革派接受人民的要求而放棄極權統治，這是波蘭、東德、匈牙利、捷克、保加利亞所走的路，我們可以稱之為「解體」（disintegration）；第二條是黨內強硬派繼續作垂死掙扎，以屠殺來鎮壓人民。這是羅馬尼亞的道路，其結局可以稱之為「崩潰」（collapse）。「解體」是和平的轉化，「崩潰」便不能避免流血的革命了。

東歐的政治地圖幾乎在一夕之間變了色，但是運動發源地的中國卻仍在一群屠夫的宰制之下。北京的屠夫們依然提刀叱咤，顧盼自雄，大有「任他風浪起，穩坐釣魚臺」之概。這一強烈的對照說明什麼問題呢？難道說中國真有如此強固的專制傳統，以致現代極權體制一旦生根以後便再也無法撼動了嗎？中國的歷史背景與東歐當然不同，詳細的分析在這裡既不可能，也無必要，而且更不是我所能勝任的。不過我願意指出一個重要的事實，即東歐的共產主義是蘇聯從外面強加於各國的，而中國的共產主義則主要是因為社會、文化失調而從內部蔓延出來的。由於是外面強加而來的，所以東歐各國的原有組織和傳統並沒有受到徹底的破壞。波蘭的天主教、東德和其他國家的新教，以及知識分子和工人的反抗傳統，雖然不斷受到壓制，卻沒有中斷過。在中國，起先是少數知識分子為共產主義的理想所吸引，但當列寧、斯大林式的極權政黨在中國組織起來時，理想主義的知識分子如陳獨秀、瞿秋白等都經不起殘酷的黨內鬥爭，黨權落到了邊緣知識分子和痞子、光棍一類人的手中。由於這個光棍集團是從社會內部層層鬥爭中翻上來的，深知中國社會的力量和弱點所在，它在奪得全國政權之後便全力摧毀一切可以對它構成威脅的組織、團體、和個人。因此中共的黨組織最後竟伸展到中國社會的每一角落，並且直接控制著每一個家庭和每一個人。總之，中共政權是自己打出來的，不是靠蘇聯的軍隊替它建立的，因此它對中國的控制也遠比東歐各國為有效。

我們必須知道，在一九四五年十一月匈牙利的選舉中，共產黨只得到百分之十七的選票，而走中間路線的民主政黨（Small holders）則佔百分之五十七的絕對優勢。如果自由選舉同時在波蘭、羅馬尼亞、保加利亞等國舉行，獲勝的也都會是民主派而不是共產黨。只是由於美國當時的外交政策完全放棄了東歐，蘇聯才能在那裡建立起那麼多的衛星國家。（可參看 Geir Lundestad, *The American Non-policy Toward Eastern Europe, 1943-1947*, Oslo, 1978）捷克更是東歐唯一實行過民主制度的國家，西方的傳統尤其強固。這一背景使我們瞭解為什麼東歐反蘇、爭自由的運動前仆後繼，並且特別大規模地發生在一九五六年的波蘭和匈牙利，以及一九六八年的捷克。東歐爭自由運動以前之所以失敗和這次之所以成功，其最重要的關鍵都在蘇聯的坦克車和槍砲。今天蘇聯本身也被迫走上了「開放」的道路，不肯也不敢再以武力支持它的衛星國家（蘇聯在阿富汗的慘痛經驗也是一個重要的教訓），東歐極權政體便像骨牌一樣，一個接著一個倒下去了。

中共政權這次沒有立即崩潰是由於它的歷史背景和東歐不同，但是這種歷史背景最多只能使它多延長幾年痛苦的生命，卻無法挽救它必須滅亡的最後命運。天安門屠殺充分暴露了中共的致命弱點，它已具備了東歐各國共產政權垮臺前夕的一切病象。

本文的旨趣不在為中共政權算命，也不只是為東歐共產政權的相繼倒臺而喝采。現實政治的發展往往不易見其歸趨，東歐在極權的廢墟上如何重建新秩序？這個新秩序將是什麼樣子？現在即使作推測也嫌太早。如果我們要問一九八九這一年的巨變，包括天安門的民主運動和東歐的變革，究竟顯示了什麼重大的歷史意義，我們的眼光便不能僅僅停留在巨變中那些可歌可泣的具體事件上面。我們必須把這一連串的政治發展放在一百多年來共產主義運動史上來加以評估。

近代共產主義的思潮自然是直接源於工業化初期勞工所受到的種種不公平待遇。所以這種思想代表了近代知識分子的社會良知。但是自從一八四八年《共產黨宣言》發表以來，共產主義（或社會主義）竟以「科學真理」的面貌出現了。恩格斯的《社會主義——從空想到科學》（一八八〇）更加強了所謂「科學的」觀點，要人相信社會主義將取代資本主義是必然的，也就是說是由歷史規律決定的。馬克思則是第一個發現了這一規律的人。馬克思對於資本主義社會的不滿本是受了十九世紀浪漫主義的深刻影響，但是他同時又在十八世紀啓蒙思想的籠罩之下，對理性、科學、進步等觀念持著堅定的信仰。近代這兩種互不相容的思潮便在他那裡獲得了「矛盾的統一」。但是如果沒有俄國一九一七年的「十月革命」，馬克思的共產主義也許只是西方近代思想史上的一家之言而已。「無產階級專政」在馬克思只是一個抽象的觀念，我們根本無法斷定它的政治涵義究竟是什麼。列寧抓住了這個觀念，把它發展為共產黨一黨專政的實際組織原則，這才建立了二十世紀的極權體制。這個體制在斯大林手上更進一步變成了「一人專政」，而且不惜使用任何殘酷和恐怖的手段。這便是今天家喻戶曉的斯大林主義，不用多說了。

由於共產主義（或社會主義）只是一種社會理想，帶有極其強烈的道德意識，更由於蘇聯鐵幕之內的實際真相不甚為外人所知，幾十年來它始終對於知識分子有無窮的吸引力。從西方到東方，不滿現狀、富於正義感的知識分子都在不同的程度上相信共產主義代表著人類的前途。三十年代，不少英國高級知識分子竟甘心情願地終身做蘇聯的間諜。他們並不是為了賺錢而出賣國家的機密；他們是心安理得地為全世界的解放而獻身。第二次大戰以後，世界分為民主和極權兩大陣營，表面上好像壁壘分明。但是所謂自由世界的許多知識分子，特別是西歐和亞洲，卻十分傾心於蘇聯。最極端的例子是法國。

在四十年代末和五十年代初，斯大林的罪行已充分暴露了出來。但法國存在主義思想家如沙特和梅洛龐提等人卻不惜以種種說詞為斯大林開脫。沙特不能否認蘇聯有大規模集中營的殘酷事實，但是他不願對此有任何譴責的表示。因為他認為攻擊蘇聯便會使自己陷於「反革命的立場」。梅洛龐提則更為有趣，竟公然為斯大林誣陷其政敵的「莫斯科審判」辯護。他也承認控詞是偽造的，但是這一點在他看來是無關緊要的，因為斯大林所根據是未來的法律，比現有的法律更為公正。當時法國的工人階級有時已不肯接受共產黨的領導，照理說，這一事實應該引起這些思想家對於馬克思主義的反省了。然而不然，他們反而批評工人階級，說無產階級已受到資產階級影響的腐蝕，因而思想上陷於混亂。而共產黨則仍然是正確的。

一九五六年蘇聯清算斯大林以後，西方知識分子自然再也無法擁護斯大林主義了，許多人確也因此和蘇聯劃清了界線。但是他們對於共產主義仍不死心。馬克思主義的絕對真理的地位依然沒有動搖，不過蘇聯所實行的不是真馬克思主義罷了。從六十年代到七十年代，西方知識分子開始把實踐共產主義的希望寄托在第三世界，古巴的卡斯楚和中國的「文化大革命」成為新的歌頌的對象。這時馬克思主義已從西歐傳到了美國，而且以各種改頭換面的方式出現在西方的學術界，反越戰的激情則為這股狂潮提供了巨大的動力。「世界體系」、「依賴理論」、「批判理論」，以至「解放神學」都是這一時期的新產品。

馬克思主義如果僅僅作為一家之言，自然有它引人入勝的地方，其中不少犀利的論點也早已吸收在西方學術思想的主流之中。但是馬克思關於人類歷史發展的論斷則完全是嚮壁虛構的；他的社會主義不但沒有絲毫「科學的」根據，而且比古今中外一切的烏托邦還要烏托邦。他的「階級鬭爭」的理論，經過列寧和斯大林的「發展」，更是流毒無窮。馬克思主義以經濟決定論為其理論的基礎，但是在實踐中經濟偏偏是它最無法解決的問題。在今天所謂社會主義的國家中，經濟上的徹底失敗是一個最普遍的現象。這真是絕大的諷刺。這次東歐各國共產政權的解體和崩潰，經濟破產也是一個最直接的原因。

一九八九年的世界巨變以經驗事實正式宣告了共產主義神話的徹底破產，二十世紀初葉以來一直困惑著人類的思想魔咒終於在世紀結束之前得到了解除。這件事的歷史意義的重大是無可比擬的。另一方面，民主、自由、人權等正面價值又重新獲得世界上大多數人的肯定，這更是最值得我們興奮的。這些價值是文藝復興、宗教革命以來西方人逐步建立和發展出來的，從清末開始中國人也一直在追求這些價值的實現。這些價值是合乎普遍人性的，因此超越民族和國家的界線。中國文化傳統中雖然沒有正式發展出這些概念，但是並不缺乏和民主、自由、人權相契合的精神基礎。

由於馬克思主義造成了思想的混亂，最近四、五十年來許多知識分子都傾向於把民主、自由、人權看作「資產階級的意識型態」。他們根本不肯承認民主和極權的分野，一口咬定這是西方資本主義國家對蘇聯進行「冷戰」所製造出來的假象。三、四百年間民主不斷擴大的歷史事實便這樣被輕輕地一筆抹煞了。我願意在這裡徵引胡適一九四七年八月一日在北平的一段講詞。他在「眼前世界文化的趨向」的廣播中說：

最後，世界文化還有第三個共同理想目標，就是民主的政治制度。

有些人聽了我這句話，也許要笑我說錯了。他們說最近三十年來，民主政治已不時髦了，時髦的政治制度是一個代表勞農階級的少數黨專政，剷除一切反對黨，用強力來統治大多數的人民。個人的自由是資本主義的遺產，是用不著的。階級應該有自由，個人應該犧牲自由，以謀階級的自由。這一派理論在眼前的世界裡，代表一個很有力量的大集團。而胡適之偏要說民主政治是文化的一個共同的理想目標，這不是大錯了嗎？

我不承認這種批評是對的。

我是學歷史的人，從歷史上來看世界文化的趨向，那民主自由的趨向，是三、四百年來的一個最大目標，一個最明白的方向。最近三十年的反自由、反民主的集團專制的潮流，在我個人看來，不過是一個小小的波折，一個小小的逆流。我們可以不必因為中間起了這一個三十年的逆流，就抹煞那三百年的民主大潮流、大方向。

這是四十二年前的話了，我們仍然可以從胡適的語氣中感受到當時中國知識分子的思想氣氛。他剛剛講到民主這個題目，便先要預防別人笑他說錯了。這正是因為當時的知識分子，特別是青年學生，在思想上早已成為馬克思主義的俘虜了。胡適的預感很靈驗。在講演之後，他果然收到不少聽者的「批評與抗議」，爭論的焦點正在「三百年的民主大潮流、大方向」這句話上。所以他不得不再寫一篇〈我們必須選擇我們的方向〉，重申他的論點。

但是四十二年後的今天，歷史卻為胡適的論斷作了最有力的辯護。從蘇聯的「開放」、天安門的民主運動、到東歐各國的變革，都充分證明那個「小小的波折、小小的逆流」終究擋不住「民主的大潮流、大方向」。在丘沙士古屠殺人民之後，不但西方民主國家一致譴責羅馬尼亞的屠夫政權，蘇聯外長居然也在大西洋公約國的議會上明白地宣稱：「我只能表示非常深刻的遺憾。我們是斷然反對使用武力的。」這件事曾引起《紐約時報》極大的驚詫。該報在十二月二十一日的一篇社論中便特別強調：美國和蘇聯之間現在竟有共同的立場了，這是多麼令人興奮的事！蘇聯也開始加入「民主的大潮流」了。「兔死狐悲，物傷其類」，今天大概只有北京的屠夫在哀悼羅馬尼亞的屠夫之死吧！

今年的世界巨變是民主戰勝了極權、自由戰勝了奴役，但決不能說成資本主義戰勝了社會主義。如果用最後一種說法，我們不但墮入了共產黨的語言魔術，而且也在不知不覺中接受了馬克思主義的一套預設。資本主義一詞今天究竟有什麼確定的涵義，在專家之間已大有爭議。如果把自由市場看作資本主義，那麼它只是整個自由體制在經濟領域中的特殊表現。民主、自由、人權並不是資本主義的寄生物。

共產主義神話的破滅也結束了烏托邦的狂想曲。所謂「科學的社會主義」其實是基督教千禧年的現代變相。根據宗教觀點，只有全知全能的上帝才能創造新天新地。人是不能如此狂妄的。但是近代「上帝死亡」之後，往往有狂人想取代上帝的位置。他自以為對於過去、現在、和未來都已有全部的知識，因此要依照自己所設計的藍圖來全面改造社會。馬克思便是這樣一個狂人。波普（Karl Popper）曾把這種狂妄的企圖稱之為「烏托邦的工程設計」；為了建造烏托邦，工程師首先必須徹底打碎舊秩序。此之謂「不破不立」。所以「烏托邦的工程設計」一旦付諸實踐便非革命或造反不可。革命或造反不難，收拾亂局就不易了。托克威爾（Tocqueville）說得最好：「造反和寫小說一樣，最難的地方是在布置結局。」這是一部近代共產主義運動史給人類的最大教訓。隨著共產主義神話的破滅，我們希望至少在可見的未來，不要再出現烏托邦的工程師。

一九八九年世變的啓示是說不完的！

一九八九年十二月廿七日

【編按】

原刊於一九九〇年一月一日《聯合報》第六版。

第五輯　人物

「吾曹不出如蒼生何」的梁漱溟先生

梁漱溟先生的逝世象徵著一個時代的終結——「五四」時代。梁先生出道很早，他在北京大學任教是和陳獨秀、胡適、李大釗等人同時的，所以「五四」新文化運動發生時他正處於這場大風暴的中心。但是他並沒有為「五四」反傳統的潮流席捲而去。相反地，「五四」的衝擊把他推向為傳統辯護的方向。他公開宣稱他在北大主要是為孔子和釋迦打抱不平而來的。他一生最著名的作品——《東西文化及其哲學》——便是這樣產生的。如果我們以「五四」代表當時思想的主流，那麼梁先生可以說是「反五四」的主要人物之一。「五四」和「反五四」是同時並起的兩股思潮。這裡所謂「反五四」當然不是說反對「五四」所代表的一切觀念。梁先生仍然承認「民主」和「科學」是現代中國人所必須追求的價值。不過認真分析起來，他所理解的「民主」與「科學」及其在整個文化體系中所佔據的地位，則與「五四」主流思想處處顯得針鋒相對。用英文說，他所代表的「反五四」不是 Anti-May Fourth 而是 Counter May-Fourth。這和西方「啓蒙」

（Enlightenment）與「反啓蒙」（Counter Enlightenment）之同時出現是頗為相似的。從思想史的觀點看，「五四」和「反五四」都同樣值得重視和研究。梁先生在「五四」一開始的時候便發出了一個反主流的聲音，並獲得巨大的回響，這是他對中國現代思想史的重要貢獻。所以我特別要強調：他的逝世象徵著「五四」時代的終結。

最近馮友蘭在《三松堂自序》中指出：梁先生在當時是作為一個「好學深思之士」而講東西文化之「意」的。《東西文化及其哲學》所講的正是當時一般人心中的問題。這一評論大致是合乎實際的。梁先生這部書幾乎是和德國史賓格勒（Oswald Spengler）的名著《西方之沒落》同時出版的，作意也大有相通之處。梁先生說西方文化是「意欲向前要求」，這和史賓格勒以近代西方文化具有「浮士德式」（Faustian）的精神頗為相契，真有「東海、西海，此心同，此理同」的巧合。這種「直截簡易」的文化公式在當時確能滿足一般人的心理需求。

和史賓格勒一樣，嚴格地說梁先生也不是學院式的「學者」或「哲學家」。他們的著作都不能用純知識的觀點去衡量。（包括梁先生晚年的《中國文化要義》在內。）但是和史賓格勒不同，梁先生所代表的人格典範是重社會實踐的中國傳統士大夫，而不是西方式的文化觀察家和批評家。現在大家都把他看作「新儒學」的一員，因為他和熊十力、馬一浮等人一度過從甚密，想法也有相近之處。其實在思想信仰上他自己則歸宗於佛教而非儒家。如果一定要說他和儒家有關，這種關聯也僅僅存在於儒學所薰陶的士大夫性格上面。像傳統儒者一樣，他是以改造世界自負的，並且自居於「以先覺覺後覺」的地位。他在民國七年所寫的〈吾曹不出如蒼生何〉一文可以概括他的一生。正是基於這種傳統士大夫心理，他才毅然於抗戰之後出任國共和談的調人。他自信憑他的理想、熱情，和誠懇便可以息止黨爭。這是「天降大任於斯人」，而且非他莫屬。梁先生後半生的悲劇便由此開始。

梁先生有志於改造世界，不但是「好學深思之士」，而且是「豪傑之士」。這個「豪傑之士」恰是孟子所說的：「待文王而興者，凡民也；若夫豪傑之士，雖無文王猶興。」但不幸的是他對於所要改造的現代世界缺乏真正的瞭解，對於以權力為核心的現實政治更是茫無所知。更不幸的是：他雖「不待文王而興」，卻竟誤認毛澤東為當代的「文王」，而且天真地向「文王」要求納言的「雅量」。他至死都還是對「文王」傾倒的，所以有「偉大人物的偉大錯誤」的論調。

然而他也確保持了傳統士大夫的完整人格，並沒有在薰天的權勢面前雙膝發軟。這是因為他始終都能不失其「真」、不失其「誠」。以馮友蘭和他相比，他所表現的節概是卓越的，馮友蘭在第一次赴毛澤東餐約時所露出的那種受寵若驚的神態是在梁先生那裡找不到的。在別的客人都已離去之後，馮友蘭還賴著不肯上車，以期單獨獲得毛澤東的青睞，這也是傳統士大夫的另一種典型，相形之下，梁先生真是「其愚不可及也」。

隨著梁先生的逝世，他所體現的傳統士大夫的凜凜風骨也將一去不返。我們這個時代要求的是另一典型的現代知識分子，而不再是「吾曹不出如蒼生何」的「士大夫」，雖然兩者之間依然有不絕如縷的歷史聯繫。

【編按】

原刊於一九八八年七月十六日出版的香港《百姓》半月刊一七二期。

胡適與中國的民主運動

胡適是一八九一年出生的，今年十二月十七日是他的一百虛歲的生日。在這一個值得特別紀念的日子裡，海內外許多知識分子都有紀念的活動。

最近在和大陸知識界的朋友們多次交談中，我發現胡適關於民主、自由、人權的言論受到他們的普遍而深切關注。胡適在這一方面的思想仍然顯示了強大的生命力，「胡適的幽靈」似乎又開始在中國大地上遊盪了。所以我想撇開胡適的其他方面，集中地談一談他對民主政治的信念。

民國三十六年（一九四七）八月一日胡適在北平作了一次廣播演說，他的題目是「眼前世界文化的趨向」。他指出世界文化有三個共同的大趨向：第一是用科學的成績解除人類的痛苦，增加人生的幸福。第二是用社會化的經濟制度來提高人類的生活。第三是用民主的政治制度來解放人類的思想，發展人類的才能，造成自由獨立的人格。在談到第三點——民主的政治制度——時，他特別說道：

有些人聽了我這句話，也許要笑我說錯了。他們說最近三十年來，民主政治已不時髦了，時髦的政治制度是一個代表勞農階級的少數黨專政，剷除一切反對黨，用強力來統治大多數的人民。個人的自由是資本主義的遺產，是用不著的。階級應該有自由，個人應該犧牲自由，以謀階級的自由。這一派理論在眼前的世界裡，代表一個很有力量的大集團。而胡適之偏要說民主政治是文化的一個共同的理想目標，這不是大錯了嗎？

我不承認這種批評是對的。

我是學歷史的人，從歷史上來看世界文化的趨向，那民主自由的趨向，是三、四百年來的一個最大目標，一個最明白的方向。最近三十年來的反自由、反民主的集團專制的潮流，在我個人看來，不過是一個小小的波折，一個小小的逆流。我們可以不必因為中間起了這一個三十年的逆流，就抹煞那三百年的民主大潮流、大方向。

遍讀胡適一生的政治言論，我深感只有上引這一段文字最能代表他的民主精神和信念。在一九四七年向中國青年知識分子宣揚西方的民主政治，把它說成文化的大潮流，同時又把蘇聯式的社會主義「革命運動」看作是「一個小小的逆流」，那是最犯眾怒的事。事實上，據我親身的體驗，那時中共和它的同路人早已在青年知識分子間把胡適醜化得不像樣子。他們重新塑造胡適的政治形象已完全成功了；他是「美帝的文化買辦」、「蔣介石的御用文人」。醜化胡適的運動早始於二十年代的末期，但大功告成則在抗戰後他出任北京大學校長的時代。「眾口爍金，積毀銷骨」，至少在短時期內是十分有效的。

在這一空氣之下，胡適的廣播講詞當然立刻激起了強烈的批評與抗議。許多聽眾都寫信攻擊「民主是世界文化的大潮流」這一論點。即使是同情他的立場的人也不免懷疑正流逆流的劃分。因此胡適在同月又寫了〈我們必須選擇我們的方向〉一文，作為答覆。在這篇文章中，他坦承他的基本立場是「偏袒」自由民主的潮流的。他申述了三個「偏袒」的理由：「第一，我深信思想信仰的自由與言論出版的自由是社會改革與文化進步的基本條件。」「第二，我深信這幾百年中逐漸發展的民主政治制度是最有包含性，可以推行到社會的一切階層，最可以代表全民利益的。民主政治的意義，千言萬語，只是政治統治須得人民的同意。」「第三，我深信這幾百年（特別是這一百年）演變出來的民主政治，雖然還不能說是完美無缺陷，確曾養成一種愛自由、容忍異己的文明社會。」最後，從歷史的角度指出：爭自由、爭民主的潮流曾經遭到無數次的壓迫與摧殘，而且今後也仍然隨時有被暴力摧毀的危險。但是他對民主的信念則絲毫沒有動搖，他堅信三四百年來民主自由的大運動是站得住的了，是將來「一定獲勝」的了。

我特別重視胡適在一九四七年的兩次發言並不是因為其中有什麼創造性的民主理

論，而是因為自由、民主的思想在一九四七年的中國是處於最低潮的階段。不但追求「進步」的青年知識分子已轉而嚮往「新民主」或「無產階級的民主」，以民主同盟為代表的中年知識分子也都變成中國共產黨的同路人了。胡適在這個低潮時期竟能如此熱情洋溢地歌頌民主和自由，這可以看他的信念是多麼的堅定。十一年之後（一九五八）他在美國回憶當時關於民主是文化大潮流的議論時，仍然說：

> 我觀察了這十年（一九四七——一九五八）的世界形勢，我還不悲觀，我還是樂觀的。
> （一九五八年一月十一日覆陳之藩的信）

他的「樂觀」並不是盲目的或一廂情願的，一九五六年的「匈牙利事件」和中國大陸上「右派」的言論是使他再度「樂觀」的主要根據。但是在一九五八年的美國，他的觀點比在一九四七年的中國還更要孤立。當時美國的「中國專家」恐怕沒有一個人會同意他的判斷。

在一九四七年的中國公開宣稱以蘇聯為首的社會主義集團是歷史上「一個小小的逆流」，更是一個膽大包天的舉動，如果沒有絕對的自信是不可能說這句話的。但是一九八九年東歐社會主義的全面崩潰、蘇聯的遽速變革，更加上中國天安門的民主運動竟證實了他在四十二年前的觀察，胡適似乎成為一個「偉大的先知」了。「眼前世界文化的趨向」這篇講詞因此也就在中國民主運動史上具有極不尋常的文獻價值了。

但是胡適並不是「先知」，他自己也決不會承認他是「先知」。他之所以能「談言微中」主要是憑藉著兩點：第一是他對民主的無比信心，第二是他抓住了民主的基本要點。而這兩點則都建立在他對近代歷史動態的大體認識上面。這種認識其實又是很平常、很淺顯的。在人文學的領域內，胡適可以說是以均衡的通識見長，一涉及專業——任何一方面的專業——許多專家都勝過他。這是為什麼以專門絕業自負的人往往都對他不服氣，但又似乎不便徹底否定他的整體貢獻，也許開風氣的啓蒙人物正當如此。

胡適在中國提倡民主自由運動恰好能發揮他的通識的長處，因此他在這一方面的言論在今天還有值得參考的地方。禪宗和尚說：「佛法無多子」[1]。其實民主更是「無多子」，關鍵在於能不能「探驪得珠」。下面我想舉出幾點來作一簡單的說明。

第一、他在一九四八年所寫的〈自由主義是什麼？〉一篇短文中說：

> 基本權利是自由，多數人的統治是民主，而多數人的政權能夠尊少數人的基本權利才是真正自由主義的精髓。

這真是「卑之無甚高論」的說法，但卻是非常扼要的解釋。他介紹《陳獨秀的最後見解》（一九四九年）也能一方面對他的亡友的晚年思想「片言居要」，另一方面為民主政治「畫龍點睛」。他說：

> 獨秀……看的更透徹了，所以能用一句話綜括起來：民主政治只是一切公民，（有產的與無產的，政府與反對黨）都有集會、結社、言論、出版、罷工之自由。他更申說一句：
>
> 特別重要的是反對黨派之自由。

在這十三個字的短短一句話裡，獨秀抓住了近代民主政治的生死關頭。

胡適又指出：「獨秀最大的覺悟是他承認民主政治的真實內容有一套最基本的條款，——一套最基本的自由權利——都是大眾所需要的，並不是資產階級所獨霸而大眾所不需要的。」這就回到他自己所說的「基本權利是自由」這一中心論旨上去了。「自由」並不只是一個抽象空泛的觀念，在民主政治下，「自由」必須制度化而成為每一個公民的具體的「權利」。後來張佛泉寫《自由與人權》一部專著其實也就是根據西方政治史和思想史來證實這一中心論旨而已。胡適論民主以人的基本權利為核心，這不正是

1 編註：唐代禪宗高僧臨濟義玄悟道之語，語譯：佛法就這麼一點點。

今天中國追求民主的人所強調的方向嗎？

第二、胡適早年對於社會主義的理想也曾憧憬過，他在一九二六年曾說：「十九世紀中葉以後的新宗教信條是社會主義。」但是一九四一年他在美國密西根大學講演「意識形態的衝突」，已對於這一點做了重大的修正。他認定極權與民主的衝突可以歸結為兩點：（一）急進的革命與漸進的改革；（二）控制劃一的原則與個體發展的原則。暴力革命要推翻一切現存的社會制度，並阻止它恢復或再生，其結果必流於極權，控制劃一在經濟上必然走上全面計畫的道路，扼殺個人的自由發展。其結果是「阻礙人格與創造力，使偏私、壓迫、與奴役成為不可避免」。這是胡適在思想上的一個重要的變化，即徹悟到計畫經濟對民主自由的危害性。他早年的朋友中，如丁文江、如翁文灝等人，多少都有傾向於計畫經濟的想法。但他自一九三七年到美國之後，讀到了不少西方關於蘇聯情況的新資料，因此在幾年之內，改變了對於社會主義的看法。他這篇文字雖然粗略，但已與稍後海耶克的《到奴役之路》和波普的《開放社會及其敵人》兩部名著在運思上同其方向。他在一九四七年敢於斷定社會主義革命是「逆流」，根據即在於此。

第三、胡適雖以「反傳統」著稱，但是他在推動中國的民主運動時，卻隨時隨地不忘為民主、自由、人權尋找中國的歷史基礎。他承認中國歷史上沒有發展出民主的政治制度。但是他並不認為中國文化的土壤完全不適於民主、自由、人權的移植。所以他解釋「自由」往往上溯至孔子的「為仁由己」，在〈自由主義是什麼？〉中，他甚至說：

從墨翟、楊朱到桓譚、王充，從范縝、傅奕、韓愈到李贄、顏元、李塨，都可以說是為信仰自由奮鬥的東方豪傑之士，很可以同他們的許多西方同志齊名比美。

他為了給「不自由，毋寧死」的名言尋求中國的根據，終於找到了范仲淹〈靈烏賦〉中「寧鳴而死，不默而生」兩句話，並進而推論古代諫諍的自由即是言論自由的前身。儘管他的考證是疏略的，他的用心卻是很值得我們同情的。這種移花接木的工作在他的英文著作中尤其突出。例如他在一九五三年所寫的〈中國傳統中的自然法〉便是為中國的天賦人權說找觀念上的線索。至於晚年在中美學術合作會議所發表的「中國傳統及其將來」的著名演說，那更是為了說明中國文化中的人文精神和理性精神足以構成接引民主與科學的「中國根底」。這一點對於今天中國大陸上爭取民主、自由的人更具有重要的啓示。胡適從不把中國傳統看成籠統的一片；相反的，他對傳統採取歷史分析的態度，他要辨別其中哪些成分在今天還是有生命力的，哪些是已經僵死的。

在二十世紀的中國，胡適是始終對民主不曾失去信心的人。一九三六年，他經過日本，和日本作家室伏高信談話。他對室伏高信說：「我雖然是個自由主義者，但是像我們這樣的自由主義者已經成了少數了。」[2] 這是一句很傷感的話。因為在三十年代，民族危機已淹沒了民主自由的追尋。他的自由主義的同志，包括丁文江、蔣廷黻、錢端升等人，都在政治上傾向於「專制」、「獨裁」了。在經濟方面，翁文灝、錢昌照等人也認為只有「專制」或「獨裁」才有利於有計畫的工業建設。這是今天大陸上「新權威主義」的先驅。胡適在當時是唯一堅持民主和法治的人。

胡適攻擊傳統中的八股、小腳、地獄的監牢、夾棍板子的法庭等等，曾被人譏罵了幾十年，許多人都說他侮辱了中國文化。我在這裡也不想為他辯護。我注意的倒是他下面這一段話：

> 今日還是一個大家做八股的中國，雖然題目換了。小腳逐漸絕跡了，夾棍板子、砍頭碎剮廢止了，但裹小腳的殘酷心理，上夾棍打屁股的野蠻心理，都還存在無數老少人們的心靈裡。今日還是一個殘忍野蠻的中國，所以始終還不曾走上法治的路。
>
> （〈三論信心與反省〉）

這一段話最可注意，原來他攻擊的主要是當時中國的殘忍。他提倡民主和法治也是為了救治這種根深柢固的殘忍症。這一點對中國民主自由運動卻有新的意義。今天西方有不少自由主義的知識分子也開始注意到「殘忍」（cruelty）的問題。有人主張在社會一般惡德（ordinary vices）之中，「殘忍」應該放在第一位，因為「殘忍」是自由意識所最不能容忍的罪惡。胡適常常說民主社會是一個最有人情味的文明社會，他也說過：中國先民的宗教，在佛教傳來之前，也是最近人情的。其實關鍵都在「殘忍」上面。胡適的論點是否客觀公允是另一問題。從人情、人性著眼，胡適大概也承認中國沒有不能接受民主的理由。孔子說：「善人為邦百年，亦可以勝殘去殺。」這和今天西方新自由主義者在精神上並無分別。孟子的「不忍人之心」、「惻隱之心」更和西方所說的「以情絜情」（participatory emotions）若合符節。孔子和孟子也正是胡適所最推重的兩位中國哲人，他在英文文字中，有時甚至稱孟子為「民主哲學家」。

那麼，「勝殘去殺」也許可以為民主與中國文化的匯流提供了另一個重要的銜接點。讓我們用這個意思來紀念中國民主的前行者——胡適。

2 編註：這段話見於室伏高信寫的〈胡適再見記〉一文，日文版刊登於一九三六年七月日《讀賣新聞》，中文版刊登於同年八月《獨立評論》二一三號。室伏高信在日本是《日本評論》主編，胡適與他曾在一九三五年就中日關係打過筆仗。胡適勸日本國民不該支持日本軍方對中國的蠶食鯨吞，室伏高信則主張中國人不該仇日，應該跟日本一起對抗西方。

【編按】

原刊於一九九〇年十二月十八日《聯合報・聯合副刊》。倒數第二段的「善人為邦百年，可以勝殘去殺」語出《論語・子路》，是余英時很重視的一句話。一九九七年他用英文發表一篇〈民主觀念和現代中國精英文化的勢微〉，引用此句，證明儒家思想雖然與西方自由主義是截然不同的思想系統，在痛恨殘暴這點卻是完全相通。此文收入《人文與民主》與《人文與理性的中國》二書。二〇〇〇年元旦，《聯合報》刊登他一篇〈說「勝殘去暴」〉，他寫他希望二十一世紀成為「勝殘去殺」的世紀，此文收入《余英時時論集》。二〇〇一年，九一一發生後，他在自由亞洲電台有一篇〈文明與野蠻〉講詞，說這世界沒有文明衝突的問題，只有怎麼消除殘暴的問題，阿拉伯世界面臨的是這問題，中國也是。

附錄

在北京包餃子的期望

——憶英時表哥二、三事

張先玲

余英時先生是我大姑媽唯一的孩子。表哥一出生，大姑媽就走了。為了這原因，表哥一輩子不過生日。

我從沒見過大姑媽。抗戰開始，父母帶著我們從杭州輾轉回到桐城老家。那時英時表哥在潛山老家，我雖然尚未和他見到面，不過，卻常常從大人談話中聽到關於他和大姑媽的事。

我們祖上是清代名臣張英、張廷玉，所以安徽桐城的大宅子被稱為「相府」。其中住著四房人家，我們是最小的一房。祖父張傳縉（英時表哥的外公）曾捐過候補知府，從未出過實缺。祖母黃玉檀（表哥的外婆）是浙江布政使黃祖絡的小姐，我出生時她已去世。但從照片上，和我父母親及上輩人的敘述，我覺得祖母是個端莊美麗的舊式貴婦人，很有威儀，懂詩文，愛京劇，擅長梅派。

大姑媽小時候住桐城，後來才隨父母搬到北京。因為我祖母喜歡城市生活，而且北京有祖母的娘家人，和一些地位相當的親戚。大姑媽是祖父母的第二個女兒（第一個女兒夭折），家譜記載她名是家瓊，字韵清。當時都是以字行，所以，很多人只知道余英時母親名張韵清，連《潛山余氏宗譜》記錄的也是字，不是名。

《潛山余氏宗譜》還寫說她「才學德行俱優，著有《穀香齋詩》一卷待梓。」這本詩集可能沒出版，但我的同宗興葦齋主人有在民國十六年（一九二七）出版的《民彝》第八期中找到她的四篇詩作，如下：

〈暮遊北海公園〉：久困塵囂裡，來從世外遊。參天多古樹，涉水一扁舟。爛漫花如錦，清輝月似鉤。仙源原有路，何用武陵求。

〈登陶然亭〉：細草微菌遍陌阡，嫣紅姹紫倍鮮妍。偏從病裡聞幽笛，更在愁中弄小弦。悵望故園悲萬里，分飛雁序隔雲天。登臨不禁滄桑感，鶯語聲消又杜鵑。

〈詠梅〉：應伴孤山處士家，豈同凡卉鬥妍華。最憐明月來相照，瘦影參差上壁斜。

〈柳〉：記得堤前學舞腰，吳宮嫵媚遜他嬌。廿番風信真無賴，催促春光滿灞橋。

小時候在家裡看到過祖父母全家和親戚們在北京頤和園、北海、天壇等各大景點的照片。大大小小的合影中，大部分都有大姑媽的倩影，可惜「文革」中所有照片都付之一炬。

雖是相府大小姐，也沒念過新式學堂，但大姑媽不只通文墨，還善理家。聽我母親說，在北京時一大家子上上下下，人情往來等事務，祖母都依靠大姑媽協助。雖有不少人來提親，祖母都不滿意。當時表哥的父親余協中先生正在北京某大學任教，經親戚介紹男方的家世和工作性質，雙方父母和當事人也看過了照片，我祖母卻不大同意，認為張家三世一品，歷代書香，余家只是鄉紳，沒有功名，家世不夠顯赫。另外，她還對留過學的人有偏見。

我大姑媽卻表示願意見面談談，以考察對方的學識和風度。後來由介紹人及長輩親戚陪同見了面，不久就訂婚了。在那個時代，那樣的家庭，能在婚姻上堅持已見，說服父母，也是很少見的。可見大姑媽的思想境界不同一般。

出嫁後不久，姑父到天津南開大學就職，她也就隨著遷往天津。她常常回北京看望父母。聽母親說大姑媽為人溫和，且善解人意。那時我母親新婚不久，大姑媽已經有了身孕（也就是英時表哥），每次回來，都會關心我母親住慣的是杭州，嫁來北京生活是否習慣。她安慰我母親說，祖母雖然看起來嚴肅，但性格平和，很疼愛小輩，有什麼想吃的用的只管說，不要拘謹。

後來聽說，大姑媽臨產時祖母要她回北京，但姑父要她在天津一家德國人的醫院分娩，大姑媽難產去世，祖母為此一直心存芥蒂。大姑父從此未回過岳家。

大約在一九四六年，祖父去世後的第二年，抗日戰爭剛剛勝利。有一天，聽說潛山的余表哥要來桐城小住，孩子們都很興奮，好奇等待這位遠方的表哥。

依稀記得有一天，大人將我們都叫到第一進，因為爺爺去世不到三年，正房第一進的堂屋還擺設著他老人家的靈堂。我進去就看見靈堂邊站著父母親、爺爺的兩個小女兒六姑七姑，還有一個高高瘦瘦的男孩，看上去年紀比我們大，像是中學生，膚色較黑，但很是文靜儒雅。我們進去後，爸爸指著男孩說：「這是潛山來的余表哥。」接著，余表哥先在爺爺的牌位前磕了三個頭，又給兩個小姑姑磕一個頭，雖然兩個小姑姑的年紀都要比他小七、八歲，但是，她們是大姑媽同父異母的妹妹，是他的姨母。那時，第一次見長輩還是要磕頭的。拜過長輩，他轉過身面對著我們兄妹三人，爸爸說：「叫表哥。」我們一起叫「表哥」，向他鞠了躬。從此他和爸爸、哥哥就住在前進，我們幾個女孩跟著母親住在後進。

表哥是少年老成的孩子，身體不大好，面黃體瘦，當地人說這樣的孩子是有「痞塊」，中醫說是「食積」，現在說法就是消化不良。母親隔幾天就要帶他去「丁回子」診所看病，他是縣裡有名的專治這病症的醫生，回族。服了一段時間的湯藥，果然面色紅潤起來，人也胖了一點。

那時我們只有八、九歲，他已是十六歲的少年，父親時常誇獎他中文好，字好，將來會有出息。通常他總在爸爸的書房裡看書，或者有父親的朋友來談詩論畫，父親也會叫他去參加。父親就是《余英時回憶錄》中的二舅張仲怡，他的一句「進士平生仕不優」經過友人建議改成「進士平生酒一甌」，表哥覺得深受啟發，在《回憶錄》中把整首詩都錄了下來。

「潛山來的余表哥」都在跟父親一起談詩論畫，我們對他只能敬重多於親近，就當他是學習的榜樣。他也從不和我們這些孩子一起玩，但有時會在旁發表幾句文謅謅的評論。記得有一天我忘了是什麼原因，眉毛沾了白粉，我拿手絹對著鏡子一邊擦，一邊發牢騷，表哥正好坐在旁邊的搖椅，等著我母親帶他去看病。看到我不高興，他一邊悠閑的搖著椅子，一邊慢幽幽的念：「卻嫌脂粉污顏色，淡掃蛾眉朝至尊。」我知道這詩句是描寫虢國夫人的，聽了很生氣，覺得在諷刺我，卻不敢發作。

幾十年後，一九七八年再見到時，跟他說到這件事，他笑了，說：「那時候我看你們都是小孩子，不是有意諷刺你的，你還記得！那現在我給你道歉。」

表哥在「相府」沒住多久，南京那邊表哥的二姨母張盡宜，也就是我的二姑媽，帶了一位小表弟也回到桐城，她是來接表哥去南京讀書的。這個小表弟倒是和我們玩得挺開心。現在回憶起來，二姑媽住了大約半個多月，就帶著英時表哥一起回南京了，《余英時回憶錄》有她的照片。聽說表哥去南京是準備上大學，這對我們兄妹是個激勵。我哥哥從表哥走後，就鬧著要去大城市讀書。一年以後他就到杭州外婆家去讀中學了。

一九五三年他在南京考區，以優異成績考入清華大學。

一九四六年分別後，相隔三十多年我們才又見面。一九七八年改革開放，我們從一位姻親處得知表哥的地址，那時我母親還在，和我住一起，她寫了一封信，這樣聯繫上的。正巧他要率領漢代研究代表團來大陸訪問。母親聽到消息，激動地流下眼淚。她絮絮叨叨說：「這孩子從小沒母親，身體又弱。不知現在怎樣了？」我告訴她：表哥現在已經是美國名牌大學的教授，是知名學者了。她這才破涕為笑，說：「這樣就好，這樣就好。你爸爸就說他將來會有出息！他媽媽在天之靈也得到安慰了。」

那時我的先生王范地正好出差，大孩子王松要準備第二年的高考，時間緊張。表哥到北京之後，我和母親帶著兩個孩子王楊、王楠去北京飯店與他見面。一見表哥，母親就哭了，表哥溫和地摟著母親的肩膀說：「二舅母，不要傷心，我們不是見面了嗎？」母親喃喃地說：「可惜你二舅走了……。」

表哥在我模糊的記憶裡是個瘦高的少年，現在已變成學者風範的中年人。他臉龐的下半部和嗓音都有些像我父親。落座後，他問了我們兄妹以及在大陸親戚的情況，又談了些過去的事情，我們就告辭了。

表哥從外地訪問回京，準備回美國之前，我們又見了一次。那時，我的思想還很懵懂，還沉浸在「打倒了四人幫」的輕鬆感，對未來充滿期盼。我問他這次在外地的觀感。他沈重地說：「百廢待興啊！有的事積重難返，再興也很難了。」

談到時局，我說：「現在開放國門了，外面有些先進的思維和事物會給國家帶來新的局面。」他說：「會比以前好。但開放了泥沙俱下，壞的東西學得更快，這就要看共產黨領導層的見識、胸懷和智慧了。」

他還說：「美國也有不足之處，比如無罪推定是正確的，但明明知道某人是殺人犯，沒有證據就無法定罪，這就是不足之處。不過比起你們這裡『欲加之罪，何患無辭』，那是天壤之別了。」

談到兩岸統一，他說：「兩岸都有我的親戚，我當然願意統一。但這不是簡單的事，現在兩邊的差別還比較大。只要大家朝同一個正確的方向努力，達到一定的高度——」抬起兩手做出兩肘等高的姿勢，接著說：「到那時自然就統一了。當然，那不會很快。」

臨別，他抄了三首此行寫成的詩詞送我做紀念，跟他後來印在書裡的選字有些微差別，應該是初稿。他給我的版本如下：

〈車行河西走廊口占〉：昨發長安驛，車行逼遠荒。兩山輕染白，一水激流黃。
開塞思炎漠，營邊想盛唐。世平人訪古，明日到敦煌。

〈由敦煌至柳原口占〉：一彎殘月渡流沙，訪古歸來興倍賒。留得鄉音皤卻鬢，
不知何處是吾家。

〈題敦煌文物研究所紀念冊〉：初訪鳴沙山下，莫高瑰寶無窮。漢唐藝術有遺踪，

風格中西並重。

一九八九年天安門學生運動，我的小兒子王楠在南長街南口遇難，他一九九三年知道這個消息，在《中國時報》發表了〈民主、天安門與兩岸關係：一位母親的來信〉一文，披露孩子遇難的事實，譴責了大陸政府的暴行。對於我參與「天安門母親」群體的事，他十分理解，並囑咐我注意安全。九〇年代後期，他曾將一筆稿費捐贈給群體中困難的老人。

我們最後一次見面是在華府，離上次已經二十多年。二〇〇〇年十一月，我隨先生王范地去美國參加一個藝術活動，住華府附近。那幾天表哥正好要去參加一個會議，為了會面，淑平表嫂特意在華府賓館訂了兩個房間。那天，他們到達賓館已經比較晚，我是第一次見到表嫂，表哥也是第一次見到我的先生。四個人談得很融洽，真是一見如故。

表嫂有著南方人的秀麗嫻雅，舉足投手之間，顯出大家閨秀的風韻。她告訴我她生在北平，所以叫淑平。果然，談吐亦有幾分北方人的爽朗。他們對王楠遇難表達了深切的關心和哀悼，對六四屠殺十分憤慨。表哥說：「六四慘案不解決，我不會去大陸！」

第二天又一起共進早餐，當時，大家對於國內的形勢還抱有希望，以為十年、二十年左右，局勢會有好的變化，我們相約，到那時請他們來北京包餃子。

二〇〇四年三月發生的變化卻不太好。那是「六四」十五周年前夕，香港送給「天安門母親」幾十件T恤，北京國安局將我和另一位在北京接收郵包的「天安門母親」拘留，並將人在外地的丁子霖監視居住。消息披露，世界輿論譁然，紛紛譴責中國政府，表哥也積極參加營救活動。

好的變化雖沒發生，我們還是常在電話中談到期望早日能在北京包餃子。淑平表嫂是堅強而睿智的女性，她常在電話裡爽朗笑說她今天跑了哪些地方，辦了那些事，然後加一句：「我是行萬里路，你表哥則是讀萬卷書。」我想，正是她行萬里路，才保證表哥能讀萬卷書，寫下等身著作。

可惜，在北京一起包餃子的期望終於還是沒實現，表哥就遽然仙逝了，給我們心中留下無盡的遺憾！

二〇二一年十一月十日於北京

【編按】

張先玲即序文引述的那封信的作者。此文是我轉交給「聯經思想論壇」網站發表，後已陸續收入《余英時評政治現實》、《心有思慕》二書。

Canon 36

民主與兩岸動向

作　　者　余英時
主　　編　顏擇雅
總 編 輯　初安民
責任編輯　陳健瑜
美術編輯　陳淑美　黃昶憲
校　　對　孫家琦　陳健瑜　顏擇雅

發 行 人　張書銘
出　　版　INK 印刻文學生活雜誌出版股份有限公司
新北市中和區建一路249號8樓
電話：02-22281626
傳真：02-22281598
e-mail：ink.book@msa.hinet.net
網　　址　舒讀網www.inksudu.com.tw

法律顧問　巨鼎博達法律事務所
施竣中律師
總 代 理　成陽出版股份有限公司
電話：03-3589000（代表號）
傳真：03-3556521
郵政劃撥　19785090　印刻文學生活雜誌出版股份有限公司
印　　刷　海王印刷事業股份有限公司

港澳總經銷　泛華發行代理有限公司
地　　址　香港新界將軍澳工業邨駿昌街7號2樓
電　　話　852-2798-2220
傳　　真　852-2796-5471
網　　址　www.gccd.com.hk

出版日期　2023年 9 月　初版
ISBN　978-986-387-679-3
定　　價　450元

國家圖書館出版品預行編目(CIP)資料

民主與兩岸動向／余英時著.
--初版. --新北市中和區：INK印刻文學, 2023. 09
面；14.8 × 21公分. --（Canon；36）
ISBN 978-986-387-679-3 (平裝)
1.臺灣政治　2.兩岸關係　3.文集
573.07　112014135

舒讀網